SOUS UNE PLUIE D'ÉTOILES

L’autrice

Laura Wood écrit des romans destinés à la jeunesse depuis 2012. Diplômée en littérature du XIXe siècle, elle adore transmettre son amour de la lecture aux enfants ou aux étudiants.

De la même autrice chez PKJ

Sous un ciel d’or
Sous des flocons d’argent

SOUS UNE PLUIE D'ÉTOILES

LAURA WOOD

Traduit de l'anglais par Aurélien d'Almeida

POCKET JEUNESSE
PKJ·

Titre original : *Under a Dancing Star*

Directeur de collection :
Xavier d'Almeida

Loi n° 49 956 du 16 juillet 1949 sur les publications
destinées à la jeunesse : mai 2023.
Publié pour la première fois en 2019 par Scholastic, à Londres.

ISBN : 978-2-266-31166-3
Dépôt légal : mai 2023

À Paul, pour cause d'amour.

« Je vous connais depuis longtemps. »

William Shakespeare,
Beaucoup de bruit pour rien[1],
Acte II, Scène 1

1. Tous les extraits de la pièce sont tirés de la traduction établie par François-Victor Hugo en 1868. *(Toutes les notes sont du traducteur.)*

PREMIÈRE PARTIE

Angleterre, juin 1933

DON PEDRO
C'est votre silence qui me déplairait,
et la joie est ce qui vous va le mieux.
Oui, sûrement vous êtes née dans une heure joyeuse.

BÉATRICE
Non, certes, monseigneur, car ma mère criait fort ;
mais alors il y avait une étoile qui dansait,
et c'est sous cette étoile que je suis née…

William Shakespeare,
Beaucoup de bruit pour rien, Acte II, Scène 1

CHAPITRE 1

— Ça y est…, je murmure en rampant furtivement. Je te tiens…

Les mains immobiles, je retiens mon souffle dans l'attente du moment idéal pour passer à l'attaque. En un éclair, j'emprisonne ma proie dans le bocal avant de revisser le couvercle d'un geste théâtral.

Il est temps de savourer ma victoire. Les yeux fermés, je lève la tête pour offrir mon visage à la chaleur du soleil. Non loin de là, une fauvette des jardins entonne son chant. La mélodie serpente dans l'air, marquant les limites du territoire de l'oiseau.

En cet instant, le monde n'est que perfection.

— Béatrice ! Ne me dis pas que tu as recommencé !

La voix horrifiée me ramène aussitôt sur terre. J'ouvre les yeux et découvre une silhouette qui marche vers moi à grands pas furieux.

— Bonjour, Mère ! Pardonnez-moi, j'étais perdue dans mes pensées. (Sa mâchoire se contracte.) Que faites-vous ici ? Ne deviez-vous pas vous préparer pour la fête ?

Elle est obnubilée depuis des mois par la réception qui a lieu ce soir.

— Je suis déjà prête, réplique-t-elle d'un ton glacial.

Maintenant qu'elle se tient juste devant moi, je ne peux que le constater. Mère est très distinguée en toutes circonstances, mais aujourd'hui elle l'est encore plus que d'habitude. Son collier de perles et sa robe du soir rose poudré (qui n'est pourtant pas de première jeunesse) lui confèrent un glamour indéniable.

Mère est une femme délicate : svelte, élégante et visiblement fatiguée, à l'image de ces fleurs de serre qui semblent perpétuellement sur le point de dépérir. Je la trouve jolie, mais j'ai vu d'anciennes photos d'elle et je sais combien elle était ravissante quand elle avait mon âge. Cette beauté d'autrefois vibre toujours en elle ; dans la rue, on se retourne souvent pour l'admirer. Je la surprends parfois en train de feuilleter les pages d'un vieux magazine de mode en soupirant à la vue des jeunes modèles à la silhouette de rêve.

— Ah oui ! D'ailleurs, vous êtes très belle, je la complimente en lui offrant un sourire charmeur, dans l'espoir de l'amadouer.

Mère braque un regard désapprobateur sur le bocal dissimulé sous ma robe, que personne d'autre qu'elle n'aurait jamais remarqué.

— Peux-tu me donner une seule bonne raison pour justifier ta présence au beau milieu de notre lac, pieds nus et couverte de boue ? me demande-t-elle avec un calme inquiétant.

En vérité, notre lac est une grosse mare, mais il est indéniable que je suis dedans. Et que mes pieds nus sont couverts de vase et de végétation. Tout comme mes jambes. Ainsi que l'extrémité de ma robe. Il serait donc illusoire de chercher à expliquer à la femme qui se tient devant moi qu'on peut décider de retirer ses bas pour le simple plaisir d'enfoncer ses orteils dans la vase.

Je m'éclaircis la gorge avant de tenter un nouveau sourire.

— *Lampyris noctiluca*, je chuchote sur ce ton qu'on emploie pour apaiser un étalon trop fougueux, tout en présentant à ma mère le bocal que j'agite doucement. Une créature des plus fascinantes.

Mère reste de marbre.

— Le meilleur est encore à venir, je poursuis. Pour le moment, ceux-ci sont encore au stade larvaire, mais j'espère pouvoir observer de près leur bioluminescence quand ils atteindront leur forme adulte. (Aucune réaction.) Ils brillent, j'ajoute, au comble du désespoir. Ce sont des vers luisants.

— Tout s'explique. Tu as plongé dans le lac pour y pêcher des vers luisants.

— Oui ! Ce sont de merveilleux êtres magiques.

Je m'accroche à l'espoir que mon enthousiasme soit contagieux, même s'il est hautement incertain que Mère développe un intérêt soudain pour la nature. Il est beaucoup plus probable qu'elle me fasse un sermon. Comme celui-ci pourrait être assez long et que je ne suis pas censée lui donner la réplique, je me contente de garder un œil vigilant sur elle, préoccupée par une tout autre question : comment vais-je nourrir mes larves ?

Ma mère se masse les tempes : un geste de lassitude que je ne connais que trop bien.

— C'est donc la poursuite de ces… vers magiques qui t'a conduite à te vautrer dans un marécage ?

— À vrai dire…, j'entreprends d'expliquer prudemment, j'étais partie à la chasse aux papillons. Je suivais un joli Argus bleu nacré quand j'ai glissé dans le lac. C'est seulement alors que j'ai eu la chance de découvrir les vers luisants. (Je m'interromps, car je viens de repenser à sa question.) D'ailleurs, si je peux me permettre, Mère, les vers luisants ne sont pas du tout des vers. Ce sont des insectes, de l'ordre des *Coleoptera*.

— Je comprends mieux. (Elle semble extrêmement sereine, ce qui, à l'évidence, annonce un accès de rage imminent.) Et je suppose que toute cette verdure a atterri sur ta tête.

Je détache le long ruban d'algue emmêlé dans mes cheveux noirs.

Je me contente de répondre par un murmure évasif, avant de pousser un grand cri : j'ai trouvé la solution.

— Des escargots !

— Comment ? s'exclame ma mère en reculant d'un pas, la mine dégoûtée. Où donc ?

— Oh, non, pardon ! Je ne m'adressais pas à vous. Je viens simplement de me souvenir que les larves de ver luisant raffolent des escargots. Il faut que j'en débusque un.

Aussitôt, je me mets à patauger entre les touffes d'herbe grasse au pied du muret qui délimite les parterres de fleurs. Celui-ci est recouvert d'une végétation abondante et désordonnée, le type de cachette qu'affectionne *Mollusca gastropoda*.

Lorsque je relève la tête, je constate que la bouche de ma mère s'ouvre et se referme sans qu'aucun son n'en sorte. J'arbore sur-le-champ une expression digne et respectueuse, car j'ai déjà eu l'occasion d'observer ce phénomène par le passé. Il s'ensuit en général une crise d'hystérie fort longue, que je tiens naturellement à éviter.

Par bonheur, nous sommes alors interrompues par une salve d'aboiements enthousiastes. J'ai tout juste le temps de lire l'horreur dans les yeux de ma mère avant qu'Eustache jaillisse à travers la haie.

En théorie, Eustache, notre terrier survolté, est un chien de travail : un ratier censé vivre dans l'écurie auprès des chevaux.

Je l'ai baptisé d'après le saint patron des chasseurs, dans l'espoir de l'encourager à accomplir sa destinée, mais la nature en a décidé autrement. En réalité, Eustache a une peur bleue des rats et il préfère largement dormir au pied de mon lit plutôt que de mettre la truffe dans les écuries. Le voilà qui sourit à ma mère (oui, il sourit). Sa langue, aussi rêche que du papier de verre, pend sur un côté de sa gueule tandis qu'il se prépare à propulser son corps couvert de boue sur elle. Pour une raison qui m'échappe (peut-être parce que Mère exprime très clairement le dégoût qu'il lui inspire), Eustache est fou amoureux d'elle et il lui manifeste une dévotion à toute épreuve.

— Béatrice ! s'écrie l'objet de son affection.

Je jette mon bocal dans l'herbe, puis m'efforce de traverser la mare pour intercepter le chien crotté avant qu'il ne s'écrase sur la robe de soirée de Mère.

Après avoir coincé la créature couinante contre ma poitrine, je lui parle d'une voix apaisante en le grattouillant derrière les oreilles. Ainsi neutralisé, il se contente de lancer des regards languissants en direction de Mère.

— Nous en rediscuterons plus tard, Béatrice, gronde cette dernière. (La réception semble être redevenue sa priorité, ce qui me vaut un moment de répit.) L'urgence, c'est que tu retrouves un aspect un tant soit peu respectable.

Lorsqu'elle fait glisser sur moi un regard empreint de désespoir et de lassitude, un frisson secoue son corps gracieux. Je devine que l'intervention de notre terrier couvert de boue n'a pas amélioré mon apparence, mais son entrée en scène a eu le mérite de lui faire oublier mes vers luisants. Quand on est confronté à ce type de situation, il est crucial d'observer les choses du bon côté.

— Les invités ne vont plus tarder, poursuit-elle, presque paniquée. File te nettoyer, tout de suite.

— Bien, Mère.

Dès qu'elle a le dos tourné, j'attrape mon bocal, puis je coince Eustache sous mon bras avant de la suivre docilement vers la maison.

— Bonsoir, Hobbs, je lance au vieux majordome qui se tient digne et droit dans notre vaste hall d'entrée.

Je constate que les lieux semblent moins décatis que d'habitude. Plusieurs gros vases garnis de fleurs du jardin masquent à demi la tapisserie en lambeaux et les boiseries en décomposition.

— Bonsoir, Miss Béatrice, répond Hobbs d'un ton lugubre.

Il ne manifeste pas la moindre émotion face à mon aspect déplorable, pas même un tressaillement de sourcil.

— Hobbs, avez-vous ajusté le plan de table ? s'inquiète Mère.

Je profite de leur discussion pour disparaître dans l'escalier de pierre en colimaçon, tandis qu'Eustache gigote entre mes bras.

Langton Hall appartient à ma famille depuis des siècles, et je défie quiconque de trouver une monstruosité gothique plus délabrée dans toute l'Angleterre. Après qu'un membre particulièrement dévergondé de notre arbre généalogique a dilapidé la fortune des Langton, il y a de cela quelques siècles, les générations suivantes se sont efforcées de survivre en dépit de ressources toujours plus maigres. C'est pourquoi des ailes entières de cette vieille bâtisse croulante sont totalement inhabitables (du moins pour des humains : nous hébergeons quantité de rongeurs et de chauves-souris). Nous jouissons également de couloirs ornés de toiles d'araignée, de gargouilles sinistres et de parquets grinçants, le tout constituant un décor idéal pour une histoire de fantôme. D'ailleurs, la première fois que j'ai lu *L'Abbaye de Northanger*, je me suis demandé si Jane Austen n'avait pas été inspirée par une visite à Langton Hall.

En revanche, nous ne disposons ni de confort ni de chaleur, au sens propre comme au figuré. Vous trouvez peut-être excitante, voire romantique, l'idée de vivre dans une grande demeure délabrée, mais je jure que rien n'est moins romantique que des encadrures de fenêtres moisies, des papiers peints humides et des bains glacés. Même le héros byronien le plus blasé ferait la grimace en entendant gronder notre antique plomberie. On se sent moins dans une maison que dans un musée mal entretenu.

Ma famille étant sur le point de faire faillite pour de bon, une atmosphère lugubre imprègne les lieux à la manière d'une brume matinale. À moins d'un revirement aussi soudain qu'inespéré, nous devrons tout vendre à la mort de Père. Je ne crois pas que mes parents aient de solution en vue. (Lorsque j'ai proposé de céder tout de suite une partie du domaine ou de me chercher un travail, ils ont paru aussi horrifiés que si j'avais été Hérode ordonnant le massacre des Innocents.)

J'ai le terrible pressentiment que leur unique espoir est de me trouver un époux. Le fait que, à seulement dix-sept ans, je n'aie pas la moindre envie de me marier, de vivre en couple ou de passer ma vie à Langton ne semble guère les préoccuper.

De mon côté, je serais plus que ravie de déménager dans une maison où je pourrais prendre des bons bains chauds à volonté, mais mes parents ne sont pas de cet avis. Ils ne peuvent concevoir leur existence que dans cette énorme maison décrépie, entourés de leurs terres. Ils ne sont pas les seuls : les quelques familles que nous fréquentons sont dans la même situation, bien qu'ils donnent l'impression de disposer d'un peu plus d'argent pour affronter le problème.

Toutes ces prestigieuses familles occupées à entretenir leurs palais des courants d'air me rappellent l'histoire du roi de Siam, qui avait pour coutume d'offrir des éléphants blancs à ses courtisans. Hériter de l'un de ces pachydermes sacrés était un honneur incomparable, mais posséder un tel animal se révélait si onéreux que son malheureux propriétaire finissait invariablement ruiné. Voilà ce à quoi me faisaient penser ces maisons : à d'immenses éléphants blancs accroupis sur le sol.

Ne vous méprenez pas : je compatis aux problèmes de mes parents. Nous avons toujours vécu tous les trois, sans autre compagnie que les quelques domestiques âgés qui déambulent à travers notre maison. Ils sont pareils à une poignée de pièces pathétiques tintant au fond d'une vieille tirelire. Je suppose que mes parents avaient imaginé sauver notre lignée en donnant naissance à une couvée de garçons à leur image, et certainement pas à cette fille rebelle et incompréhensible apparue au moment où ils se résignaient à n'avoir aucune descendance. Du point de vue de mes parents, les filles ne sont pas d'une grande utilité. Je ne suis pas censée sortir du domaine pour faire quoi que ce soit. Ils aimeraient que je sois plus… ornementale. Je suis trop grande, trop bruyante, trop intelligente… trop tout.

Je force Eustache à entrer dans la vieille baignoire de ma salle de bains et m'évertue à le nettoyer malgré ses protestations vigoureuses. Comment lui en vouloir ? Même en juin, l'eau semble provenir d'un glacier. Je frissonne en réalisant que ce sera bientôt mon tour. Une fois relativement propre, Eustache s'ébroue un bon coup, me trempant encore un peu plus. Je le laisse filer au rez-de-chaussée, où il ne manquera sûrement pas de faire trébucher tout le monde en tentant de prendre les cuisines d'assaut.

Je dépose mon *Lampyris noctiluca* sur l'étagère consacrée à mes trouvailles, entre ma collection de fossiles et le squelette de corbeau que j'ai découvert dans le jardin, en parfait état, il y a une quinzaine de jours. Mère a trouvé cela morbide, mais j'ai pensé qu'on pourrait en dire autant des armoiries moisies sous lesquelles nous nous tenions alors. J'ai baptisé ce magnifique squelette Edgar. J'admire une nouvelle fois mon bocal rempli de larves, puis mon bureau enseveli sous les pages de notes prises à la volée.

J'entends une cloche retentir au rez-de-chaussée ; un tintement obstiné et strident, qui laisse deviner un sentiment d'urgence. Je soupire. Ce doit être Mère qui somme Hobbs d'accourir pour régler un problème domestique de la plus haute importance. Peut-être une fourchette à dessert tordue. La cloche sonne de nouveau, plus pressante encore. Ce pauvre vieil Hobbs ne se déplace plus aussi vite qu'autrefois.

Ce n'est pas le moment d'entreprendre l'étude de mes vers luisants. Si Mère a déjà des palpitations, le moindre retard de ma part pourrait bien la faire passer de vie à trépas. J'ai fini par comprendre, dans la douleur, qu'il me fallait dans un premier temps faire semblant de m'intéresser à ces activités sociales, pour pouvoir ensuite vaquer à mes occupations en paix.

J'aperçois mon reflet dans le miroir : force est de constater que le regard désespéré de Mère était sans doute justifié. Mes longs cheveux noirs rassemblés en tas au sommet de mon crâne n'ont rien à envier aux nids que les corbeaux freux ont aménagés sur la cime des arbres en face de ma fenêtre. Les mèches qui s'échappent des épingles plantées çà et là dégoulinent sur ma robe. Cette dernière, à l'origine bleu pâle, a tourné au gris sale et se trouve maculée de taches d'herbe, de traînées de boue sombres et de traces de pattes. Elle n'est pas de première jeunesse, comme l'ensemble de ma garde-robe, et n'est plus à ma taille : elle me comprime la poitrine et les hanches. Contrairement à Mère, j'ai un corps robuste, plus proche du vaillant cheval de trait que de la jument racée.

Je me détourne du miroir et me résous à me rendre présentable. Les invités devraient arriver dans moins d'une demi-heure, ce qui ne m'enthousiasme guère. Cela dit, cette réception a l'avantage de rompre avec notre routine… Au moins, il y aura d'autres gens. Peut-être qu'elle sera très réussie et que mes parents seront si satisfaits de mon attitude qu'ils m'épargneront leurs reproches au sujet des vers luisants, du lac et de mes pieds nus.

Je mets un genou à terre et brandis ma brosse à cheveux avant d'entonner un serment digne d'un chevalier du temps jadis :

— Je fais la promesse solennelle que tout se passera bien, cette fois, et que mon comportement sera à la hauteur des attentes de mes parents.

Pleine d'espoir et de bonne volonté, je me relève puis file dans la salle de bains pour y faire disparaître la crasse du lac et me métamorphoser en une jeune fille « bien comme il faut ».

CHAPITRE 2

Vingt-six minutes plus tard, je suis la jeune fille idéale. J'ai réuni mes cheveux propres et lissés en une longue tresse soyeuse. Ma robe mauve est impeccable, bien qu'un peu courte et moulante. Je me tiens debout dans l'entrée aux côtés de Mère, offrant un sourire charmant aux invités avant d'engager avec eux le type de conversation qui recevrait la bénédiction de notre vieux pasteur intraitable.

Ce dernier est bien sûr venu avec sa femme, tout aussi avenante que lui. Leur attitude envers notre famille est un mélange subtil entre la déférence due à notre nom glorieux et le plaisir mesquin que leur inspirent nos difficultés financières. Le pasteur n'hésite jamais à manifester sa désapprobation vis-à-vis de tout ce que je dis ou fais, sous la forme d'interminables citations de la Bible.

Pour autant, je m'efforce d'écouter d'un air compatissant leur récit du rhume qui a frappé l'un de leurs horribles enfants.

— Oui, j'approuve, tout en songeant à la chasse à la limace qui m'attend cette nuit. Rien n'est pire qu'un rhume en plein été.

Mère se détend peu à peu. Sa voix devient toujours plus mélodieuse à mesure qu'elle s'empare de ce rôle d'hôtesse qu'elle apprécie tant.

— Ah, Philip ! s'exclame-t-elle joyeusement.

Philip Astley est notre plus proche voisin. Son domaine jouxte le nôtre et il est bien plus riche que nous. C'est un homme très gentil, bien qu'affreusement ennuyeux. Il ne sait pas comment se comporter avec moi depuis que je ne suis plus une enfant à qui on peut caresser la tête.

Il me tapote le bras avec assez d'enthousiasme pour y laisser un bleu, tout en marmonnant « épatante, épatante », et dépose un baiser fugace sur la joue de ma mère.

— Vous êtes ravissante, Delilah, comme toujours, ajoute-t-il avec galanterie.

Mère pousse un soupir béat, puis ses yeux tombent sur le jeune homme qui se tient derrière lui.

— Merci, Philip. (Sa voix est soudain caressante ; Mère ressemble à s'y méprendre à un chat découvrant une souris.) J'imagine qu'il s'agit de votre neveu ? Je suis ravie de vous recevoir. La dernière fois que vous êtes venu ici, vous étiez encore un enfant. Nous manquons cruellement de jeunes esprits ; je suis certaine que Béatrice est heureuse de vous voir.

Elle se tourne alors vers moi, les yeux écarquillés. Ce que je lis dans son regard me met aussitôt sur mes gardes.

Je contemple le neveu de Philip : il doit avoir mon âge, mais je le dépasse d'au moins cinq centimètres. Il arbore un regard vide pareil à celui d'un bovin. Mère se moque bien de ces détails et je comprends soudain pourquoi : je fais face à l'héritier de la fortune des Astley.

Un énorme poids me comprime la poitrine. Cette réception est un piège dans lequel je me suis naïvement jetée tête baissée. Je cligne plusieurs fois des yeux dans l'espoir que cette scène s'évanouisse comme par magie. Mon cœur s'emballe. Mes parents ne se contentent plus de m'accabler de sous-entendus insistants au sujet du mariage : ils sont passés à l'action.

— Comment allez-vous ? je parviens à articuler en tendant une main au neveu Astley.

Je jette un regard noir à Mère, qui m'ignore superbement. Une colère sourde s'éveille en moi.

— Bonsoir, répond-il, en me gratifiant d'une poignée de main molle et humide. Je m'appelle Cuthbert.

Malgré mon dépit, je suis prise de pitié. Ce pauvre garçon n'a jamais eu la moindre chance de s'en sortir. Comment s'élever au-dessus de la mêlée quand on est affublé d'un tel prénom ?

— Béatrice, je me présente à mon tour avant d'essuyer furtivement ma paume sur ma robe.

— Bien, intervient Mère allégrement, nous n'allons pas vous forcer à rester dans l'entrée, Cuthbert. Vous avez certainement beaucoup de choses à vous dire, tous les deux. Béatrice va vous faire visiter les lieux et vous offrir un verre. N'est-ce pas, ma chérie ?

— Bien entendu, Mère.

— Épatant, épatant, s'extasie Philip Astley, qui se balance sur ses talons, les mains dans les poches.

En accompagnant Cuthbert jusqu'au salon, je rêve que mon corps devient poussière et que Hobbs vient balayer ce qu'il reste de moi avec son efficacité discrète. Nous rejoignons une douzaine de personnes prisonnières du cycle sans fin des conversations mondaines. Le regard entendu que m'adresse Père, qui trône devant le chariot des boissons, me laisse deviner que tout se déroule selon ses plans. C'est tout juste s'il ne se frotte pas les mains en nous voyant entrer. Je redresse la tête et lui lance un regard assassin. Il tressaille légèrement.

Père est un homme franc et généreux, à la moustache hérissée et aux yeux gris-bleu. Il m'a appris à monter à cheval, ce dont nous raffolons tous les deux, même s'il n'a jamais compris mon refus de l'accompagner à la chasse, ce loisir cruel et barbare. D'ailleurs, il ne s'est jamais autant énervé que le jour où j'ai détourné les chiens de la piste du renard qu'ils poursuivaient, de sorte qu'ils n'ont fait que tourner en rond. « Cette enfant est trop intelligente… Qu'allons-nous bien pouvoir en faire ? » l'ai-je entendu soupirer plus d'une fois.

— Hum ! Voilà donc le fameux Cuthbert, déclare-t-il en donnant une tape si violente sur l'épaule du pauvre garçon que celui-ci manque de trébucher.

Il semble que Cuthbert commence enfin à comprendre la situation, car il nous observe à tour de rôle, l'air terrorisé. Il porte une main à son col comme pour le desserrer.

— Co… Comment allez-vous, monsieur ? parvient-il à bredouiller d'une voix faible.

— Laissez-moi vous servir à boire, Cuthbert, je propose, prise de pitié.

Je ne vais pas compter sur lui pour nous extraire de ce marasme : Cuthbert ne me donne pas l'impression d'être du genre à prendre les choses en main.

— Oh ! Mer… Merci, bégaie en rougissant le jeune homme reconnaissant, tandis que sa pomme d'Adam joue au yo-yo dans sa gorge.

Profitant du fait que Père discute avec d'autres invités, je remplis deux verres de punch, et j'ajoute à celui de Cuthbert une rasade d'un quelconque alcool fort dans l'espoir de lui donner un peu d'assurance.

— Merci, répète-t-il avant d'avaler une gorgée.

Il se met aussitôt à tousser bruyamment. Consciente d'avoir peut-être forcé sur la liqueur du courage, je lui tapote le dos.

— Est-ce que tout va bien ? demande Père en nous jetant un regard alarmé.

— Très… très bien, monsieur, parvient à répondre Cuthbert.

Lorsqu'une cloche retentit pour inviter les convives à passer à table, Cuthbert, déjà à bout de nerfs, fait un bond prodigieux.

— Finissez donc votre verre, lance Père en désignant la boisson du neveu Astley.

Dès qu'il a le dos tourné, je saisis le verre de Cuthbert pour en vider le contenu dans la plante en pot la plus proche.

Avec un sourire timide, Cuthbert m'offre son bras et me conduit à la salle à manger, pour le plus grand plaisir de Père.

Le dîner est aussi déplaisant qu'attendu. Comme il s'agit d'impressionner nos invités, la nourriture est légèrement meilleure que d'habitude, mais notre cuisinière n'a jamais su traiter un légume autrement qu'en le faisant bouillir sans pitié. Je suis assise entre Cuthbert et Mère, qui ne cesse de lancer de nouveaux sujets de conversation.

— Béatrice, Philip m'a appris que Cuthbert est passionné de philatélie. N'est-ce pas fascinant ?

— Tout à fait, je me résigne à approuver. (Après tout, Cuthbert n'est pas plus responsable de cette situation que moi.) Possédez-vous des timbres rares ?

— Euh… Pas vraiment, bredouille Cuthbert, dont la nuque se couvre de plaques rouges. Je ne les collectionne pas moi-même, à vrai dire. Mon oncle m'a offert l'un de ses vieux albums, et…

— Hmmm.

J'entreprends de dessiner dans la sauce avec la pointe de mon couteau. À l'autre bout de la table, Père est en grande discussion avec M. Astley. Ils parlent de chasse, un sujet auquel ils seraient ravis de consacrer toute la nuit, se réjouissant d'être du même avis. Le pasteur est en train d'expliquer à sa voisine de table pourquoi la moralité de ses paroissiens n'est pas à la hauteur de ses attentes. Sa femme raconte à nouveau l'histoire du rhume à grand renfort de geignements.

Soudain, leurs voix s'entremêlent et le vrombissement incessant de ces conversations polies assaille mon esprit. Je serre les dents tandis qu'un frisson me parcourt des pieds à la tête. Je ressens le besoin urgent de me lever pour fuir aussi vite et aussi loin que possible.

Pourtant, je me force à me concentrer sur mes voisins.

— Voyons, Cuthbert ! s'écrie Mère d'un ton espiègle. Ne soyez pas si modeste. Je suis persuadée que vous n'aurez aucun mal à prendre les rênes du domaine. À condition, bien entendu, que vous ayez à vos côtés une femme qui sache comment tout cela fonctionne : une jeune personne bien née et familière de votre milieu. Qu'en penses-tu, Béatrice ?

Elle ne me laisse pas le choix. Ses mots masquent à peine sa volonté de fer.

— Vous avez tout à fait raison, Mère, je réponds d'un air détaché. Avez-vous songé à publier une petite annonce dans le *Times* ?

Mère laisse échapper un rire nerveux doublé d'un regard menaçant. Nous savons toutes les deux que je suis sur le point de faire un scandale. J'étais disposée à me montrer sous mon meilleur jour, mais même une sainte ne pourrait supporter ce coup monté. Mère ne peut s'en prendre qu'à elle-même.

Je crois bien que je vais en profiter pour m'amuser un peu.

Cuthbert se racle la gorge avant de nous dévisager à tour de rôle avec anxiété.

— À… À quoi vous occupez-vous, Béatrice ? demande-t-il, désespéré de la tournure prise par la discussion. Avez-vous un passe-temps favori ?

Je m'appuie sur mes coudes et me penche vers lui en arborant mon plus radieux sourire.

— Oh, Cuthbert ! Votre intérêt me touche beaucoup.

— Béatrice…, gronde Mère, qui décèle à mon ton le danger à venir.

Mais il est trop tard.

— Ces jours-ci, je me consacre à l'étude du *Lampyris noctiluca*, qu'on appelle plus communément « ver luisant ». (Je recule le buste et m'adosse de nouveau contre ma chaise.) Je m'intéresse tout particulièrement à ses mœurs nuptiales.

Cette dernière phrase résonne à travers la pièce soudain silencieuse.

— Ses… mœurs nuptiales ?

Cuthbert est plus rouge que jamais. Il lance un regard anxieux à sa mère, qui se contente d'écarquiller les yeux. Je remarque alors que même le pasteur s'est tourné vers moi.

— Oui. Ses mœurs nuptiales. En d'autres termes, j'étudie l'accouplement qui mène à la reproduction.

Cuthbert entrouvre la bouche, sa fourchette mollement suspendue au bout de sa main. Les autres convives semblent s'être changés en statues de sel.

— La femelle du ver luisant émet une bioluminescence afin d'attirer le mâle, je poursuis avec enthousiasme. D'ailleurs, plus elle brille, plus elle devient attractive aux yeux de ses congénères, car une luminosité puissante dénote un haut taux de fécondité.

— De fé... fécondité ? souffle Cuthbert.

Un grondement s'élève de l'autre bout de la table, où Père se prend la tête à deux mains. Mère est blême. Les convives me dévisagent sans ciller.

— Tout à fait, je réponds en me tournant vers le reste de l'assemblée. La fécondité, je répète avec délice. Qu'on appelle également « fertilité ». Une qualité très recherchée en matière de copulation, puisqu'elle optimise les chances de perpétuer l'espèce.

— Béatrice, ce n'est ni le lieu ni le moment pour aborder ce sujet, intervient Mère, qui a retrouvé l'usage de ses cordes vocales.

— Je dirais même qu'une jeune lady ne devrait aborder ce sujet en aucun cas, peu importent le moment et le lieu, ajoute le pasteur sur le ton qu'il emploie pour ses plus orageux sermons du dimanche.

Mère vacille.

— Vraiment ? Et pourquoi les jeunes femmes n'auraient-elles pas le droit de s'intéresser à la question ? Après tout, monsieur le pasteur, c'est bien nous qui sommes destinées à devenir mères, afin que l'espèce humaine puisse se perpétuer. N'est-ce pas ce que dit la Bible ? « Soyez féconds et multipliez-vous », et tout ce qui s'ensuit, je précise en agitant une main désinvolte. Vous admettrez donc qu'il est totalement irresponsable de maintenir les jeunes femmes dans l'ignorance en ce qui concerne les rapports sexuels.

— Les rapports sexuels, murmure la femme du pasteur, alors que Mère se balance sur sa chaise.

— Tout à fait, je confirme en souriant de toutes mes dents. C'est exactement ce dont il s'agit. Délicieux dîner, Mère. Vous transmettrez mes compliments à notre cuisinière.

Sur ces mots, je plante ma fourchette dans une carotte, puis la porte à ma bouche, tandis qu'un bourdonnement désapprobateur s'élève autour de moi.

CHAPITRE 3

— Je trouve que cela ne s'est pas si mal passé.

Prostrée sur la méridienne, ma mère se met à grogner.

Le dîner s'est conclu sans heurt grâce aux efforts surhumains que cette dernière a déployés. Après qu'elle m'a flanqué un coup de pied sous la table, je n'ai plus dit un mot. Une fois que les hommes ont avalé le digestif réglementaire et que les dames ont mis un terme à leur conversation d'une politesse glaciale dans le petit salon, les invités se sont empressés de fuir dans la nuit. Père s'est retiré dans son bureau pour fumer son cigare « en paix ».

— Copulation, gémit Mère, en portant la main à son visage.

Elle a prononcé ce mot d'un ton si mélodramatique que je dois maquiller mon rire en toux.

— Tu as parlé de copulation en présence du pasteur. Je vais en subir les conséquences jusqu'à la fin des temps. Il va s'arranger pour y faire référence dans son sermon de dimanche, tout le monde devinera de quoi il s'agit, et on me fera comprendre que c'est ma faute si tu te comportes si mal et que tu tiens des propos si scandaleux. Béatrice, qu'est-ce qui t'a pris ? Une jeune femme respectable ne parle pas de… de cela. Surtout pas en si honorable compagnie.

— Bon sang ! Ne faites pas comme si le pasteur n'y connaissait rien, je réplique. Si lui et son horrible femme ont eu deux horribles enfants, c'est forcément qu'ils l'ont fait au moins deux fois.

— Béatrice !

Son cri indigné est à peine étouffé par les coussins sous lesquels elle a enfoui son visage.

— D'autant qu'il s'agissait d'une discussion pédagogique. Je cherchais simplement à expliquer à…

— Merci, inutile d'insister, me coupe Mère en se redressant. Je ne tiens pas à revivre ce moment. Tu as dépassé les bornes, Béatrice. Je ne supporte plus de te voir te comporter comme un garçon manqué. Tu scandalises nos voisins, tu bats la campagne dans un état lamentable, tu remplis des pots de bestioles répugnantes, tu te bourres le crâne de latin. Et Dieu sait ce que ces fichus livres contiennent d'autre, quand on entend ce que tu te crois autorisée à raconter à table…

Une fois encore, je peine à réprimer mon envie de rire à l'évocation de mes lectures latines dégradantes. (Elle ne se doute pas que j'ai découvert les romans à l'eau de rose qu'elle cache derrière des pots dans la serre. Ceux-ci, pour le coup, ont constitué des lectures fort instructives.)

— Je suis désolée, je concède, ressentant la morsure ardente et familière de la culpabilité. Je sais que je n'aurais pas dû, mais je n'ai pas pu me retenir. Franchement, Mère… Cuthbert ?

Une colère froide illumine son regard.

— Cuthbert Astley était ta toute dernière chance, ma fille ! clame-t-elle en agitant un doigt sous mon nez.

Je ricane avec mépris, mais son ton désespéré m'a glacé le sang.

— Cuthbert Astley ne peut être une chance pour personne, Mère, que ce soit la dernière ou pas, dis-je d'un ton serein.

— Oh, je te reconnais bien là, Béatrice ! s'exclame-t-elle, et cette fois je perçois l'étendue de son inquiétude. Tu te crois au-dessus de tout, mais que deviendras-tu quand ton père et moi ne serons plus là pour prendre soin de toi ?

Elle extrait un mouchoir blanc tout chiffonné de derrière l'un des coussins du canapé.

Je m'agenouille à ses côtés et lui prends la main.

— Je suis désolée. Je sais que tu te fais du souci pour moi, mais très honnêtement, je ne crois pas que le mariage soit une solution. Je pourrais me trouver un travail, comme je vous l'ai déjà...

Cette fois, c'est ma mère qui ricane.

— Un travail, s'étouffe-t-elle.

— Et pourquoi pas ? Je pourrais me faire embaucher. De nombreuses femmes travaillent, dans bien des domaines.

— Pas des femmes de ta condition, réplique Mère en se massant les tempes d'un air las.

Elle ne comprendra jamais mon envie de travailler. Ni même d'étudier. Mon désir d'aller à l'université pour y apprendre la science ou la médecine se fait si ardent qu'il me brûle soudain la poitrine. Je pose une main sur mon cœur, afin d'apaiser ma souffrance.

Je n'ai jamais abordé le sujet avec mes parents. Ils ne seraient pas d'accord, or je ne peux rien faire sans leur bénédiction. La vérité, c'est que je ne supporterais pas de les entendre rejeter cette envie comme ils l'ont fait avec toutes les autres ; elle m'est trop précieuse.

— Je t'en supplie, ma chérie, cesse de m'accabler, gémit Mère. Tu sais que je suis à bout.

Elle se met alors à pleurer à chaudes larmes. Je me sens terriblement coupable.

— Regarde ce que tu as fait, Béatrice ! tonne Père, qui vient d'apparaître à la porte. Tout est ta faute, ajoute-t-il en s'agenouillant près de Mère à son tour pour lui prendre l'autre main.

Son accusation met le feu aux poudres. Je sens un immense brasier rugir en moi.

— Vous vous accrochez à de vieilles traditions ridicules, tous les deux ! je crache sans vergogne en me relevant. Les gens de mon âge s'évertuent à changer les choses, ils mènent des vies modernes et excitantes, pendant que nous sommes bloqués dans ce tombeau. On croirait que le temps s'est arrêté. Je n'en peux plus !

— Épargne-nous tes crises de nerfs, riposte Mère d'une voix stridente.

Si je comprends bien, elle est l'unique membre de cette famille autorisé à perdre son calme.

— Je ne fais pas une crise de nerfs ! (J'inspire profondément et m'efforce de poursuivre plus posément.) Mais de fait, vous me proposez à vos amis comme si j'étais une jument de concours, sans vous préoccuper un seul instant de mes désirs…

— Nous essayons d'agir dans ton intérêt. (Le visage de Père a pris une curieuse teinte rouge sombre.) Pourtant, tu ne nous montres aucun signe de reconnaissance, sans même parler de ton manque total de respect pour ta famille et son histoire. Les Langton vivent à Langton Hall depuis CINQ CENTS ANS !

En temps normal, je me contenterais de hocher la tête. Je le laisserais s'étendre sur l'honneur de la famille en pensant à autre chose, mais en cet instant précis, je suis incapable d'endurer son discours. Je ne supporte plus le poids de Langton Hall et de son héritage, le regard que tous ces ancêtres braquent sur moi. J'ai la sensation que les murs de la maison se rapprochent peu à peu, me coupant du reste du monde.

— Je sais que les Langton vivent à Langton Hall depuis cinq cents ans, dis-je, ravalant mes larmes. Mais comprenez que même si vous parvenez à vos fins et que j'épouse un riche aristocrate de haute ascendance pour sauver le domaine, alors… Eh bien, alors, je ne serais plus une Langton.

— Mais tu serais en position de poursuivre notre œuvre, dit Mère.

— Tu perpétuerais la lignée des Langton ! ajoute Père d'une voix étouffée par l'émotion.

La compassion me gagne. Mes parents me paraissent plus petits que d'habitude, et l'exaltation fait scintiller leurs prunelles.

— Je suis désolée, je concède avec lassitude, écrasée par la culpabilité.

— Je ne sais pas ce que nous allons faire de toi, Béatrice, souffle Mère. Je n'en ai pas la moindre idée.

Désemparée, elle semble avoir abandonné tout espoir à mon propos. Je me sens encore plus mal. J'ai beau me moquer de Cuthbert, ils ont raison : je n'ai pas d'avenir. Je ne peux pas continuer ainsi éternellement. Cuthbert, ou l'un de ses semblables, est peut-être la seule solution.

— Du calme, Delilah, dit Père. (Il arpente la pièce de long en large pendant quelques instants, puis il se fige soudain et la regarde droit dans les yeux.) Écoute, je crois… Je crois que le moment est venu d'étudier la proposition de Léo.

— Non ! s'écrie Mère. Michael, nous étions d'accord pour…

Mon père lève une main, ce qui suffit à la faire taire. Elle obéit toujours à son époux.

— Nous n'avons pas le choix, reprend-il. Il est clair que nous ne parvenons pas à contrôler Béatrice. Ces enfantillages deviennent intolérables, et elle nous a humiliés devant la moitié du comté. La meilleure solution pour tout le monde serait de l'éloigner durant quelque temps, sous haute surveillance. Je suis persuadé (il se tourne vers moi, soudain affreusement grand, une détermination d'acier dans le regard) que si nous lui offrons l'opportunité de réfléchir à la situation, Béatrice se rangera à notre avis, et qu'à son retour elle se comportera comme une jeune femme de son rang.

— À mon retour d'où ? je demande avec méfiance. Où comptez-vous m'envoyer ?

— D'après ton oncle, ta cousine Héro aimerait fréquenter davantage de jeunes gens. Il t'a invitée à séjourner chez lui cet été. Ta mère et moi n'avions pas encore pris notre décision, mais au vu des derniers événements, je pense que ce serait une excellente idée.

— Oncle Léo ? je m'exclame, assaillie par un élan d'enthousiasme. L'oncle Léo qui vit en Italie ?

— Il ne s'agit pas de vacances, jeune fille, réplique mon père. Ce serait l'occasion pour toi de corriger ton attitude intolérable.

— Oui, bien sûr.

Mes pensées virevoltent à toute allure. Je serre mes mains l'une contre l'autre pour les empêcher de trembler.

En Italie. Le sentiment de claustrophobie qui m'assaillait relâche légèrement son emprise.

— Léo est un homme des plus droits, déclare Mère. Il ne souffrira pas le moindre écart de conduite, et la compagnie d'une adorable enfant comme Héro t'encouragera à faire le deuil de tes mauvaises habitudes. Ma sœur, qu'elle repose en paix, était une femme très digne. Tu as raison, mon cher : c'est exactement ce dont Béatrice a besoin.

Une vision de tante Thea, sinistre et décharnée, se présente à mon esprit ; je parviens à peine à réprimer un frisson. Mon oncle Léo m'a toujours eu l'air assez sévère, lui aussi. Mais tout de même. En Italie.

— Nous pourrons raconter que Béatrice est partie passer l'été en Europe, afin d'y parfaire son éducation, poursuit Mère. Cela permettra de faire oublier cette horrible soirée, ajoute-t-elle dans un frisson.

— Sans compter, reprend Père, que Léo vit une vie paisible à la campagne. Il est sur le point de se remarier. Avec une veuve respectable, semble-t-il, qui aura certainement la meilleure des influences sur toi, Béatrice.

Mon cœur bat à tout rompre. Peu m'importent ces discours : la perspective éblouissante de passer l'été en Italie ne peut être assombrie par cette inquiétante « veuve respectable » ou par l'inflexible oncle Léo. Malgré tout, je fais mon possible pour masquer mon excitation. Je ne voudrais pas que mes parents devinent que j'y vois autre chose qu'un juste châtiment.

— Très bien, je murmure, les yeux baissés. Vous savez ce qui est le mieux pour moi.

— Il va de soi qu'il faudra adopter une attitude irréprochable, Béatrice Emma Langton, rétorque Père d'un ton menaçant. Notre nom ne saurait être sali par-delà les frontières. Tu dois me promettre de ne pas commettre la moindre frasque en Italie.

— Oh, bien entendu, Père ! je réponds en le regardant droit dans les yeux avec un sourire radieux. Je vous le promets.

DEUXIÈME PARTIE

Villa di Stelle, juillet 1933

« Il y a une espèce de guerre joyeuse
entre le signor Bénédict et elle :
ils ne se rencontrent jamais, qu'il n'y ait
entre eux escarmouche d'esprit. »

William Shakespeare,
Beaucoup de bruit pour rien, Acte I, Scène 1

CHAPITRE 4

Le bateau s'éloigne du quai. Mère et Père ne sont bientôt plus que des silhouettes à l'horizon.

Lorsque ces confettis disparaissent enfin, je me sens plus légère. Malheureusement, je suis escortée par une lointaine parente du pasteur, une femme rougeaude sans qui je me mettrais à sautiller sur place. Le pasteur en personne s'est déclaré très favorable à mon exil, ce qui ne m'a guère étonnée. Il a même gratifié Mère d'un sourire approbateur, un événement si rare qu'elle en est restée tout étourdie, incapable de réciter son Notre Père.

Les falaises blanches de Douvres se déploient derrière nous, dessinant un ruban immaculé sur un ciel bleu pastel. À chaque vague qui m'éloigne de chez moi, j'ai le sentiment de défaire un nouveau bouton de ma robe étriquée. Je savoure l'air frais du large et le sel qui se dépose sur mes lèvres.

Je passe presque tout le voyage sur le pont, accoudée à la rambarde, fouettée par les embruns, offerte à la brise qui s'enroule autour de moi et me décoiffe. J'ai peine à en croire mes yeux lorsque, lentement, la France apparaît à l'horizon.

À Calais, je suis confiée, tel un paquet indésirable et encombrant, à une femme tout aussi revêche que la première, qui me conduit jusqu'à mon train pour Paris. Tant de sensations m'assaillent au court de ce trajet que je suis incapable de les relever toutes. J'ai beau me vouloir intrépide, j'avoue ne pas être mécontente d'être accompagnée. Après tout, je n'ai presque jamais quitté ma ville, sans même parler de mon pays. Je suis déroutée par les bruits, les lumières, et cette foule de gens qui semblent tous très bien savoir où ils vont. Mais je suis aussi très excitée. *Je suis leur semblable.*

Lorsque nous descendons du train à la gare du Nord, il pleut. Au milieu de l'océan de parapluies noirs, je me sens étrangement invisible. Personne ne sait qui je suis, et cette idée m'électrise.

Je poursuis seule ma route vers l'Italie. Ma seconde dame de compagnie me guide jusqu'à mon train, manifestement soulagée d'avoir mené sa mission à bien. Je gravis précautionneusement le marchepied, suivie par un bagagiste chargé de transporter l'énorme sac de voyage que j'ai déniché dans notre grenier. L'homme me désigne ma place. Je ne suis pas encore assise lorsque le train se met en route, si bien que je vacille pendant que les roues gémissent et grondent sous mes pieds.

Après un coup de sifflet aussi sonore qu'un clairon, je me retrouve soudain merveilleusement, incroyablement seule. J'en suis presque effrayée : on m'a arrachée à ma vie normale, comme un magicien retire la nappe d'un coup sans faire tomber les couverts posés sur la table. Je range mon sac dans le compartiment à bagages, puis je me laisse glisser sur mon siège et éclate d'un rire tonitruant qui ricoche sur les parois du wagon désert.

Mon livre fermé sur les genoux, j'observe les formes floues et détrempées qui défilent de l'autre côté de la vitre. Le jour laisse place à la nuit avant de faire son retour. Je somnole brièvement, mais la plupart du temps, l'excitation me maintient éveillée. Au moment de changer de train seule à Milan, je sens quelque chose s'épanouir en moi, chanter dans mes veines. Lorsque je comprends ce dont il s'agit, j'en ai le vertige : c'est la liberté. Pendant un court instant, je songe que je pourrais monter dans un train pour la Suisse, l'Espagne ou le fin fond de la Russie et disparaître à jamais. Je n'en fais rien, bien sûr, mais cette seule possibilité suffit à me couper le souffle.

Ce périple a quelque chose d'irréel. Je pourrais être n'importe où. Les fragments de paysages alléchants qui surgissent au-dehors s'évanouissent avant même que je puisse les observer. Après ces longues heures de voyage, le wagon commence à me sembler petit et inconfortable. Je suis tout ankylosée et l'impatience me gagne : j'ai hâte d'être arrivée.

Lorsque le train entre en gare d'Arezzo, il est déjà tard. Il règne un calme lugubre et la pluie battante s'est changée en une bruine maussade. Je suis presque seule dans le wagon. Quand je baisse la vitre, la fraîcheur de l'air me prend par surprise.

Il est prévu qu'oncle Léo m'attende sur le quai, mais je ne l'aperçois nulle part. Je rassemble mes affaires et me dirige vers la porte. Pas le moindre bagagiste à l'horizon. J'hésite un instant : mon sac est plutôt lourd et le marchepied qui mène au quai fort escarpé. Au moment où je me décide à lancer mon sac par la porte, un jeune garçon surgit, la main tendue. Âgé d'une douzaine d'années, il me sourit en m'adressant quelques mots en italien. Je lui confie mon bagage avec reconnaissance, puis je descends les marches à reculons.

Une fois sur le quai, je vois le garçon fendre la foule au grand galop en brandissant mon sac comme un trophée.

— Hé ! je hurle avant de m'élancer dans sa direction en bousculant tous les voyageurs sur mon chemin.

Le garçon se retourne, visiblement étonné d'être pris en chasse. Il se fige quelques secondes, ce qui me permet de le rattraper et d'agripper mon sac. Je tire dessus de toutes mes forces dans l'espoir de trouver une meilleure prise, tandis que le garçon fait de même en criant.

Tout à coup, une voix puissante retentit derrière moi, qui semble proférer des injures en italien. Sans doute un complice ! Pour la première fois, je ressens un mélange de peur et de colère. Je suis cernée par l'ennemi.

Une main ferme enserre mon poignet. J'ai tout juste le temps de constater que ce nouvel adversaire est grand, bien plus grand que moi, avant de riposter.

Je lâche mon sac et projette mon coude vers l'arrière pour en enfoncer la pointe dans l'estomac de l'assaillant. Avec un grognement, ce dernier libère mon poignet. Je me retourne pour lui faire face. L'homme se tient désormais courbé, le souffle coupé, un bras devant son torse en guise de protection. Lorsqu'il commet l'erreur de relever la tête, je me dis qu'il a les traits d'une statue grecque. Puis je passe à l'action.

Le moment est venu de mettre à profit mes connaissances acquises à la lecture assidue des ouvrages de Père consacrés à la boxe. Je serre le poing en veillant à laisser mon pouce par-dessus mes autres doigts, puis je frappe le nez de mon adversaire. Il pousse un grand cri, titube à reculons puis s'écroule.

Faisant fi de ma main douloureuse et des battements affolés de mon cœur, je me retourne et découvre mon sac abandonné au sol par le voleur, qui a lui-même disparu. Je ramasse mon bagage. Survoltée, je fais volte-face en brandissant mon sac comme un bouclier, prête à fuir ou à combattre si la situation l'exige.

— Arrête, mais arrête, bon sang ! crie l'homme, qui se relève, les mains levées en signe de reddition.

Je me fige, stupéfaite. Un accent anglais.

— Qui es-tu ? je demande, ravie de constater que ma voix tremble à peine.

Le jeune homme se redresse en faisant la grimace. Un flot de sang se déverse sur sa chemise blanche.

— Je m'appelle Ben, répond-il d'un ton cinglant. Et toi, je suppose que tu es Béatrice.

CHAPITRE 5

— Si tu penches la tête vers l'avant en te pinçant le nez, le sang devrait cesser de couler.

Ben me fusille du regard par-dessus mon mouchoir.

— Oh ! merci pour le conseil, grogne-t-il. Mais je vais m'en passer.

Il gît sur l'un des bancs de la salle d'attente. Depuis que le calme est revenu, les badauds se sont éloignés, me laissant seule avec Ben, missionné par mon oncle pour m'accueillir.

— J'essaie de t'aider, voilà tout.

— Tu t'y prends un peu tard. Le mieux aurait encore été de t'abstenir de me cogner…

— Je me suis déjà excusée. Plusieurs fois.

Je me retiens de lever les yeux au ciel. Il se lamente depuis de longues minutes alors que ses blessures sont insignifiantes.

— Non, ne te redresse pas tout de suite. Il faut laisser au sang le temps de coaguler.

Maintenant que nous ne sommes plus en train de nous battre, je constate que Ben est plus jeune que je ne l'avais cru. Il doit avoir dix-huit ou dix-neuf ans. Il est très beau : grand, large d'épaules, avec des boucles dorées qui ondulent sur son front, et le mouchoir masque à demi un visage aux traits parfaitement symétriques. J'en déduis que la symétrie joue sans doute un rôle crucial dans la beauté. Ce jeune homme très symétrique est très séduisant… et quelque chose me dit qu'il en a conscience.

— Par ailleurs, je déclare en lissant ma robe, tu ne peux t'en prendre qu'à toi-même. À quoi t'attendais-tu quand tu t'es rué sur moi pour me ceinturer ?

Après m'avoir lancé un nouveau regard noir, Ben jette le mouchoir et se relève à grand-peine. Je scrute son nez avec sévérité ; le saignement s'est interrompu.

— Je ne me suis pas rué sur toi, réplique Ben. J'essayais de te sauver.

— Me sauver ? (Je m'efforce d'avoir l'air imperturbable.) Je vois. Et qu'est-ce qui t'a laissé penser que j'avais besoin d'être sauvée ?

— Oui, bon. (Il grimace, puis palpe son nez du bout des doigts.) Comment aurais-je pu imaginer que tu allais te transformer en furie déchaînée ?

Je décide d'ignorer sa complainte pour me concentrer sur un sujet plus urgent. Je fais un pas vers lui.

— Qu'est-ce que tu me veux ? s'écrie-t-il en reculant précipitamment.

Ses jambes heurtent le banc, qui percute le mur avec fracas.

— Du calme. Je veux juste palper ton nez.

— Palper mon nez ? s'indigne-t-il.

Je ne peux m'empêcher d'éclater de rire, ce qui ne fait qu'attiser sa colère.

— Oui. Je veux m'assurer qu'il n'est pas cassé. Je suppose que tu tiens à ton visage. Il est vraiment très joli, j'ajoute en penchant la tête pour mieux l'observer.

Éberlué, il se contente de balbutier quelques mots incompréhensibles. J'en profite pour tendre le bras et tâter son nez.

J'examine son visage parfait et, ce faisant, je prends conscience de la bizarrerie de la situation. Depuis que j'ai vu le jour, mes interactions avec les garçons de mon âge se sont limitées à d'ennuyeuses discussions polies, et chaque fois que je me suis risquée à me comporter autrement, cela a semblé terroriser mes interlocuteurs, à l'image de Cuthbert. Ben ne se laisse pas faire. Nos échanges n'ont rien d'aimable, mais, étrangement, je les trouve d'autant plus amusants.

Il s'éclaircit la gorge, et je m'aperçois que mes mains sont toujours posées sur son visage.

— Rien de cassé, je commente en m'écartant de lui. Tu es aussi symétrique qu'avant.

— Je rêve ou tu sembles déçue ?

— Je n'avais encore jamais frappé quelqu'un. J'ai beaucoup lu sur le sujet, mais je manquais de pratique. Pour être honnête, j'espérais être capable de faire un peu plus de dégâts, j'ajoute en contemplant mes doigts.

— Je t'assure que c'était bien suffisant.

— Je suis prête à parier que cela m'a fait plus mal qu'à toi. Et pourtant, je n'en fais pas toute une histoire.

Ben lorgne mes phalanges meurtries. L'espace d'un instant, j'imagine qu'il va s'inquiéter de mon état. Cependant, à ma grande surprise, il arbore un petit sourire satisfait.

— Ça t'apprendra.

Il se penche, ramasse le sac à l'origine de tous nos problèmes, puis le jette sur son épaule.

— Allez, suis-moi. Je dois te remettre à ton oncle en un seul morceau. Il se faisait beaucoup de souci pour toi. Il ne voulait pas que tu sois livrée à toi-même... Toi, une innocente jeune fille de bonne famille ! (Il ricane.) Et moi, je suis le roi d'Angleterre. (Il me dévisage, les yeux plissés.) J'ai même l'impression que tu t'es bien amusée.

— J'admets avoir apprécié cet instant où tes pieds sont passés par-dessus ta tête, juste avant que tu t'écroules sur le quai, je réponds d'une voix douce.

— Tu m'as eu par surprise, grommelle Ben avant de tourner les talons.

Une fois hors de la gare, je le suis jusqu'à une vieille automobile qui semble ne tenir en un seul morceau que grâce à la rouille et à l'espoir. Ben jette mon sac sur la banquette arrière et je me glisse sur le siège passager. Il démarre le moteur, puis nous nous éloignons de la gare, filant droit dans la nuit noire.

À travers les ténèbres, je ne distingue presque rien du décor : la lueur diffuse des phares est seulement bonne à attirer tous les papillons de nuit du voisinage. Le ciel est si couvert qu'on n'y voit qu'une poignée d'étoiles, tandis que la lune me présente de temps à autre son visage rassurant et familier, au gré du déplacement des nuages soufflés par le vent. Je suis presque surprise de retrouver la même lune que chez moi au terme de ce long voyage. Par le toit décapoté de la voiture s'engouffre une brise fraîche chargée d'une puissante odeur d'aiguille de pin.

Je frissonne, sans pouvoir dire si cela est dû au froid ou à l'excitation que je ressens.

J'aperçois une couverture rêche pliée sur la banquette arrière, à côté de mon sac. Je me retourne et allonge le bras entre nos sièges pour l'attraper. Ben fait grincer la boîte de vitesses.

— Quelques problèmes de conduite ? je demande sur un ton compatissant, en reprenant place sur mon siège. Si je peux me permettre, tu changes de vitesse un peu trop brusquement.

— Mon seul problème, c'est toi ! fulmine-t-il. Impossible de rester concentré si tu gesticules dans tous les sens.

— J'ai froid. J'avais besoin de cette couverture.

Je m'y emmitoufle et savoure aussitôt la chaleur qu'elle me procure.

Nous poursuivons notre route en silence, ce qui me convient : je suis ravie de pouvoir laisser mes yeux vagabonder dans le noir, à l'affût du moindre élément donnant forme au paysage qui nous entoure. *Je ne rêve pas : je suis en Italie*, me dis-je tandis que Ben chantonne dans sa barbe et que la voiture tangue doucement.

Soudain, Ben donne un grand coup de volant vers la gauche et, alors que nous tressautons sur une route de terre, une rangée de cyprès apparaît. Leurs longues silhouettes en lame de couteau dessinent des ombres profondes sur le ciel d'encre. Quelques instants plus tard, j'aperçois des lumières : des torches plantées dans le sol révèlent une allée accidentée et un long mur imposant percé d'un porche en son centre. On croirait une forteresse, et la lueur des torches projette des ombres fantasmagoriques sur le mur de pierre. J'ai l'impression d'avoir été brutalement expédiée dans le passé.

— Il n'y a pas d'électricité à l'extérieur de la maison, explique Ben en désignant les torches.

La nuit doit désormais toucher à sa fin. Dans un calme absolu, nous franchissons le porche et pénétrons dans une cour. Ben se gare et éteint les phares.

Je respire profondément ; il flotte dans l'air une odeur puissante et fruitée semblable à celle du jasmin. Ben sort de la voiture. Je l'imite après avoir repoussé la couverture et étiré mes membres engourdis.

— Nous sommes arrivés, je murmure dans la nuit.

Je ne parviens pas à y croire.

Ben attrape mon sac, puis le laisse tomber à mes pieds.

— Comment as-tu deviné ? demande-t-il.

Je choisis d'ignorer ses sarcasmes. En scrutant les ténèbres, je distingue des murs bruts et une grande tour crénelée qui nous surplombe, donnant aux lieux l'aspect d'un décor de conte de fées.

Ben se penche vers l'intérieur de la voiture. Le bruit bref du klaxon rompt le silence aussi sûrement qu'un coup de fusil.

— Ils t'attendent, dit Ben.

À ces mots, il reprend place derrière le volant et démarre le moteur. La voiture s'éloigne, puis disparaît à travers un autre porche tout au fond de la cour, me laissant seule dans le noir.

L'espace d'un instant, je me délecte du plaisir d'être enfin parvenue à destination. Les yeux fermés, j'écoute les criquets striduler dans la nuit et j'inspire l'air parfumé et entêtant, savourant l'exotisme de l'ensemble. Puis, quand j'estime avoir assez attendu, je me penche pour ramasser mon sac. Il est temps de trouver l'entrée de cette bâtisse.

Alors, comme par magie, une lumière s'allume : un filament argenté creusé dans le mur impénétrable, qui s'élargit peu à peu, telle une lune croissante.

Une porte vient de s'ouvrir, m'invitant à entrer.

CHAPITRE 6

— Béa !

Une silhouette jaillit et se jette dans mes bras. Je me raidis, peu habituée à de telles manifestations d'affection, puis je serre l'apparition contre moi.

— Héro !

Lorsque ma cousine de quatorze ans s'écarte de moi, la lumière provenant de la porte ouverte éclaire son beau visage.

— Enfin, tu es là ! Je suis si contente !

En la regardant danser de joie, je me sens soudain… désirée. C'est si nouveau pour moi que je me sens dépassée. En général, ma présence dérange. Émue, je m'efforce de reprendre mes esprits. C'est sans doute la fatigue du voyage qui me fait perdre la tête.

— Je suis très contente, moi aussi ! je m'exclame en l'attirant contre moi pour une nouvelle étreinte, pressant ma joue contre ses boucles blondes. Comme tu as grandi !

Héro éclate de rire.

— Encore heureux ! Nous ne nous sommes pas vues depuis trois ans, tu sais.

Je me souviens de notre dernière rencontre, le jour de l'enterrement de sa mère. Elle était pâle et si chétive sous la lourde parure noire qui écrasait sa silhouette frêle.

— Et il était temps que je pousse un peu, insiste ma cousine. Ce n'est pas drôle d'être petite quand on s'appelle Héro. La honte !

Ah, c'est vrai ! Tante Thea aimait particulièrement l'histoire de Héro et Léandre, notamment le passage où les deux amants meurent après s'être témoigné « trop d'affection »[1]. Cette femme ne manquait jamais une occasion de se réjouir du malheur des autres. J'observe ma cousine : son caractère n'a rien de commun avec celui de sa mère.

— Ne l'oblige pas à passer le reste de la nuit dehors, Héro, lance une voix franche et rieuse.

Nous nous tournons vers la maison. Pour rejoindre mon oncle, je franchis la porte ouverte et pénètre dans un hall d'entrée si éclairé qu'il me faut cligner des yeux quelques secondes pour y voir clair. La pièce est immense, ceinte de hauts murs de pierre, avec un sol pavé recouvert d'un tapis tissé écarlate. Un lustre en bois aussi large que la roue d'un carrosse est suspendu au plafond : il apporte une touche d'authenticité à la pièce, malgré les ampoules électriques qui grésillent sur les branches. Plusieurs portes se découpent dans le mur, et je meurs d'envie de les ouvrir pour découvrir ce qui se cache derrière chacune d'elles. Un immense escalier en pierre mène au premier étage, à partir duquel ses hautes marches lisses s'élèvent en tournoyant vers les ténèbres.

Il fait frais, presque autant qu'à l'extérieur. Je me tourne vers mon oncle, qui m'observe en souriant. Il m'apparaît plus jeune que la dernière fois que nous nous sommes vus, et aussi plus trapu. Un sourire se dessine dans sa barbe

1. Couple d'amoureux de la mythologie grecque auquel William Shakespeare fait référence dans la comédie *Comme il vous plaira*.

rousse et drue. Je me souvenais d'un homme à peine plus sympathique que sa sinistre épouse (ce qui n'est pas bien difficile : même un bloc de glace était plus chaleureux que tante Thea), pourtant l'hôte décoiffé qui me fait face me présente un visage affable. Je le revois, sévère et tiré à quatre épingles. Alors que je m'interroge sur la façon de le saluer, il me serre dans ses bras.

Après cette étreinte, il me faut quelques instants pour reprendre mon souffle. Le moins que l'on puisse dire, c'est que son accueil affectueux m'a prise de court. Nous n'avons jamais été proches, or il semble sincèrement heureux de me voir. Son regard passe de Héro à moi avec une tendresse indulgente que mon propre père ne m'a jamais témoignée. Je fronce les sourcils dans l'espoir de superposer cette apparition avec la silhouette terne et guindée qui était restée gravée dans ma mémoire.

— Il était temps que tes parents acceptent de te laisser partir, dit-il. Ce petit lutin mourait d'envie de te revoir.

En effet, Héro, pieds nus, les doigts chauds agrippés à mon poignet, sourit béatement.

— On va bien s'amuser ! se réjouit-elle. Les autres ont hâte de te rencontrer.

— Quels autres ?

— Béa, nous avons tant de choses à nous raconter… Est-ce que tu te souviens des chiots, dans l'étable ? (Héro s'accroche à mon bras sans se donner la peine de répondre à ma question, et elle parle si vite que ses mots s'entrechoquent.) Mère était si cruelle de ne pas m'autoriser à en garder un, et puis ce regard qu'elle nous avait lancé… Oh, mais tu nous avais bien vengées, n'est-ce pas ? Avec le crapaud !

Rougissant à l'évocation de ce souvenir, j'observe mon oncle du coin de l'œil. À l'occasion de l'une de leurs visites à Langton Hall, j'avais invité Héro, qui avait alors une dizaine d'années, à admirer une portée de chiots qui venaient de naître. Cette activité pédagogique n'avait pas été au goût de tante Thea. Cette dernière m'avait accablée de reproches et gratifiée d'un sermon sur la bienséance. J'avais riposté en glissant un crapaud dans son lit. Je ne regrette rien, mais je ne voudrais pas pour autant qu'oncle Léo me perçoive comme une fauteuse de troubles. D'autant que mes parents se sont certainement déjà chargés de le mettre en garde.

Mais oncle Léo rit et m'ébouriffe les cheveux.

— On peut dire que vous faisiez la paire, toutes les deux, soupire-t-il. Maintenant que vous êtes à nouveau réunies, que le Ciel nous vienne en aide.

— Oh, nous sommes plus grandes, maintenant ! répond Héro en souriant.

— Et... bien pires, j'ose ajouter.

Nous nous esclaffons tous les trois, et le son de nos rires ricoche sur les murs, réchauffant la pièce.

— Notre invitée est à peine arrivée, lance une voix depuis l'escalier derrière moi, que cette vieille maison est déjà secouée par des éclats de rire.

Je me retourne et ma mâchoire se décroche. La femme qui se dresse devant moi est grande, presque autant que moi, et très voluptueuse. Ses longs cheveux noirs et raides lui tombent jusqu'à la taille. Elle porte un somptueux kimono noir orné de fleurs rouges, qu'un nœud lâche maintient par-dessus une nuisette de soie rouge. Elle a de beaux traits expressifs, et si ce n'étaient les fines rides autour de ses yeux et de sa bouche, on pourrait lui donner mon âge. Elle se déplace avec une grâce féline.

— Ah, Fil, mon amour ! s'écrie oncle Léo.

— Filomena, je te présente Béa, dit Héro en m'entraînant vers l'escalier. Filomena et papa vont bientôt se marier, ajoute-t-elle à mon intention.

Voici donc la « veuve respectable » chargée d'adoucir mon caractère impétueux. Il me suffit de repenser à mon père prononçant ces mots pour éclater de rire à nouveau. Car la créature qui se tient devant moi est l'exact opposé de la femme dépeinte par mes parents.

— Pardonnez-moi, je bredouille en m'avançant, déterminée à montrer mes bonnes manières. J'ai la manie de rire au mauvais moment.

— Selon moi, toutes les occasions sont bonnes pour rire, répond Filomena, dont les lèvres pulpeuses forment un sourire.

— Eh bien, je suis ravie de faire votre connaissance, je parviens à articuler en lui tendant la main.

Filomena secoue la tête.

— Pas de ça avec moi.

Elle s'avance alors vers moi pour m'embrasser sur les joues. Sa peau dégage une odeur suave d'orange et de cannelle.

— Je me suis donné beaucoup de mal pour convaincre ton oncle et ta cousine de perdre cette fâcheuse habitude anglaise, explique-t-elle. Je te préfère quand tu ris.

Sa voix est grave et musicale, et son anglais parfait à peine teinté d'un accent italien.

— Tu vas lui faire peur, dit Léo, qui fait un pas vers elle pour lui baiser la main. Je ne voudrais pas que Béa exige de rentrer sur-le-champ pour révéler à ses parents combien l'abandon des bonnes manières britanniques nous a fait sombrer dans le chaos.

— Bouh ! rétorque Filomena.

— Oh ! Je ne ferais jamais une chose pareille, je me défends aussitôt. Pour être honnête, je serais... plus que ravie d'oublier certaines coutumes de mon pays.

— Je le savais, Léo ! jubile Filomena en souriant à son fiancé. Béa sera comme chez elle, ici.

Je suis contente qu'elle ne m'appelle pas Béatrice mais Béa, à l'instar de Héro. Dans sa bouche, ce surnom prend une couleur particulière : elle laisse traîner légèrement le « é ». À la maison, personne ne me désigne ainsi ; je ne suis que Béatrice. Cette Béa semble être une autre personne : elle porte un nouveau nom lié à ce nouveau lieu.

— Bien, reprend Filomena en m'examinant. Cette pauvre enfant voyage depuis des jours et il fait encore nuit. Héro, je suis sûre que tu brûles d'impatience de montrer sa chambre à Béa.

— Bien sûr !

Héro attrape mon sac, puis s'élance à l'assaut des marches.

À cet instant précis, l'épuisement s'abat sur moi. Je manque de chanceler. En dépit de mon excitation, je meurs d'envie de me mettre au lit. Je gravis l'escalier dans les pas de ma cousine, prenant le temps de jeter un regard en contrebas au moment où nous atteignons le palier. La scène que je découvre alors me laisse bouche bée : oncle Léo et Filomena sont en train d'échanger un baiser passionné.

Je m'avance dans le couloir sinueux, guidée par les lumières que Héro allume les unes après les autres. Cet oncle Léo n'a rien de commun avec celui de mes souvenirs.

Et je suis persuadée que ce n'est pas à cet oncle-là que mes parents pensaient me confier.

Un sourire s'épanouit sur mes lèvres. On dirait bien que la Villa di Stelle n'est pas un lieu aussi respectable que prévu. Quelle pensée réjouissante !

CHAPITRE 7

À mon réveil le lendemain, je ne sais plus très bien où je me trouve. Je fixe le plafond tandis que les souvenirs des jours précédents défilent dans mon esprit. Ce magma incohérent d'images et de sensations finit par prendre une forme consistante.

Je suis là, en chair et en os, en Italie. Tout ce qui m'entoure le prouve. Je prends le temps d'observer : le lourd coton brodé de mes draps blancs, le lit en bois, les persiennes vert pâle qui projettent des rubans de lumière dorée sur mes jambes.

Je me redresse et pose mes pieds nus sur le sol. La fraîcheur des carreaux de terre cuite produit un choc sur mon corps chaud et ensommeillé. Je m'étire puis je fais le tour de ma chambre en laissant courir ma main sur le mur de plâtre nu. La pièce est sobrement meublée. Hormis mon vaste lit à baldaquin, il y a une petite coiffeuse logée dans un coin, surmontée d'un miroir biseauté et flanquée d'une chaise branlante. Je dispose aussi d'une grande penderie où j'ai suspendu mes quelques robes, et le sol est recouvert d'un fin tapis tissé rose pâle, qui était sans doute rouge vif à l'origine. Une porte mène à une minuscule salle de bains. Lorsque je tourne l'un des robinets, il se met à crachouiller de l'eau chaude. Ô joie suprême ! Cette villa n'est pas de première jeunesse, mais sa plomberie est moderne.

Je regagne la chambre et me dirige droit vers la fenêtre. Je bataille un moment avec les persiennes avant de trouver enfin le mécanisme d'ouverture. Elles se relèvent d'un coup.

Je souffle tout l'air contenu dans mes poumons.

Sous mes yeux se déploie un paysage sorti tout droit d'un monde imaginaire : un décor digne d'un récit féerique. Tout n'est que lumière et exubérance, au-delà de mes rêves les plus fous.

Je me trouve en hauteur, très en hauteur. Nous avons gravi un nombre incroyable de marches, hier soir, et j'en comprends soudain la raison : ma chambre est située au tout dernier étage de la tour crénelée, au sommet de la maison, tout en haut de la colline ! À croire que ce paysage a été déroulé devant ma fenêtre, telle une offrande. J'ai sous les yeux le toit de tuiles rouges d'une autre aile de la maison, au pied de laquelle se trouve un merveilleux jardin à la française que des haies divisent en différents carrés et cercles parfaits. En son centre s'élève une imposante fontaine de pierre, dont l'eau jaillit gaiement d'amphores brandies par des femmes et de charmants bébés. Derrière le jardin, un bosquet de cyprès et de chênes verts forme comme un mur d'enceinte, marquant la frontière entre le domaine et le tapis de collines, émeraude et doré, qui ondule jusqu'à l'horizon.

La pluie d'hier n'est plus qu'un lointain souvenir ; le bleu du ciel est infini. La musique du concert estival des oiseaux, des criquets et des abeilles paresseuses s'engouffre dans la pièce, accompagnée par une odeur de terre chaude et d'aiguilles de pin. Dire que nous avons traversé ces collines la nuit dernière, au cœur des ténèbres ! C'est comme si on m'avait fait une farce élaborée en me cachant ces beautés.

J'ignore combien de temps je passe ainsi, à savourer la vue. L'étendue et la sauvagerie de ce paysage font écho au sentiment de liberté qui s'amplifie et m'étourdit. Je suis si loin de Langton Hall… à tous points de vue.

Je meurs d'envie de partir en exploration. Tout à coup, j'entends retentir l'inimitable « oup, oup, oup » de la huppe fasciée, un oiseau que je n'ai encore jamais eu l'occasion d'observer, l'un de ceux qu'on ne trouve pas en Angleterre et dont je ne connais le cri que grâce à mes lectures. Je me rue sur mon sac pour y chercher mes jumelles, mais elles n'y sont pas. Elles sont peut-être tombées dans la voiture. Exaspérée, je me penche à la fenêtre en plissant les yeux, mais je suis incapable de repérer l'oiseau.

Au lieu de quoi, j'entends des éclats de voix, et c'est alors que je découvre sur ma droite une piscine dans laquelle un homme est en train de nager. Je distingue le dessus de sa tête blonde ainsi qu'une silhouette féminine, vêtue de blanc et coiffée d'un large chapeau clair, qui se tient au bord du bassin et lui crie quelque chose tout en faisant de grand gestes des bras. Quand l'homme éclate de rire, je recule instinctivement d'un pas. Ce rire est celui de Ben.

Je quitte mon observatoire pour me laver et m'habiller au plus vite. Tout en enfilant une petite robe rose froissée, je me penche vers le miroir pour dompter ma longue chevelure rebelle, dans laquelle je plante quelques-unes des épingles éparpillées sur la table. Mon visage me semble un peu rouge, alors j'inspire profondément à plusieurs reprises pour me détendre. J'ai jusqu'à présent vécu une existence si étriquée, si monotone et si répétitive que le caractère radicalement nouveau de la journée à venir m'intimide presque. Presque. Je souris, et la fille du miroir m'imite en plissant légèrement son nez parsemé de taches de rousseur, les yeux brillants d'excitation.

J'ignore l'heure qu'il est, sans doute très tard. Je traverse le couloir en titubant, puis je descends l'escalier avant d'ouvrir au hasard l'une des portes du hall d'entrée.

Cette nouvelle pièce est immense, et son haut plafond est barré de poutres sombres. Une cheminée de pierre grise, si vaste que je pourrais m'y tenir debout, occupe un mur entier. Il y a également plusieurs banquettes bleues, une desserte chargée de bouteilles d'alcool ainsi qu'un gramophone. Comme dans ma chambre, les murs sont blancs et le sol carrelé est recouvert de tapis. J'ai beau tendre l'oreille, seul résonne le tic-tac lugubre de la vieille horloge logée dans un coin de la pièce. À en croire son cadran, il est midi passé.

Je traverse le salon et poursuis mon exploration. J'ouvre une autre porte qui me conduit à la cuisine, où une petite femme coiffée d'un fichu est penchée sur un tas de pâte.

— Oh, bonjour ! je m'exclame. Pardon, je me suis perdue.

La femme me sourit, elle se tourne pour saisir une soucoupe et une tasse, dans laquelle elle me verse un peu du café noir contenu dans la casserole argentée posée sur le feu.

Elle s'avance vers moi en trottinant tel un petit oiseau et me tend la tasse.

— Merci, je lui réponds, tandis qu'elle me scrute de ses yeux noirs comme des cassis enfoncés dans son visage ridé.

— *Il giardino*, me dit-elle en désignant une porte logée dans une haute arche de pierre à l'autre bout de la pièce. Filomena et Léo là-bas, ajoute-t-elle dans un anglais mâtiné d'un très fort accent italien.

— Oh, merci ! Je veux dire : *grazie*.

La femme se penche vers moi et, à ma plus grande surprise, me tapote doucement la joue.

— *Prego*, répond-elle.

Alors que je m'apprête à quitter la pièce, elle m'arrête d'un claquement de langue, puis elle soulève un linge, révélant un panier rempli de petits pains chauds. L'odeur qui s'en échappe suffit à faire gronder mon estomac.

— Tu prends, tu prends, insiste-t-elle.

J'accepte avec joie, mordant aussitôt dans l'un des pains. Je savoure la mie aux arômes de sucre et de vanille. La femme hoche la tête d'un air approbateur lorsque mes doigts avides se referment sur une autre de ces merveilles.

— *Bella regazza grande*, s'extasie-t-elle.

Bien que rudimentaire, ma connaissance de l'italien me permet de saisir le compliment : « belle grande fille ».

Quand j'ouvre la porte, je me retrouve face au jardin à la française, sous une pergola recouverte d'un nuage tumultueux de bougainvillier rouge et de jasmin jaune ; des minuscules fleurs en forme d'étoile dressées vers le soleil émane un parfum enivrant.

— Béa !

Léo et Filomena sont assis de part et d'autre d'une longue table de pin brut installée sous la pergola, devant des tasses de café et un grand plateau rempli de figues. Léo se lève pour venir m'embrasser. Filomena reste assise, mais j'aperçois son sourire sous son large chapeau de paille.

— As-tu bien dormi ? me demande-t-elle tandis que je m'assois et trempe les lèvres dans mon café.

Il est si concentré et si amer qu'un grand frisson me parcourt le corps. Je ne sais pas encore si ça me plaît ou non.

— Oui, merci, je réponds enfin. Peut-être même trop bien. Désolée d'être en retard.

Filomena hausse les épaules avec une grâce paresseuse.

— En retard pour quoi ?

— Le temps s'écoule différemment, ici, dit Léo en me faisant un clin d'œil. Tu vas t'y habituer.

— Mais tu as manqué les autres, précise Filomena. En général, ils prennent le petit déjeuner tous ensemble avant d'aller travailler.

— Quels autres ? j'interroge, perplexe. Et quel travail ?

— Personne ne t'en a parlé ? s'étonne Filomena.

— Personne ne m'a parlé de quoi ?

Si cette discussion se poursuit ainsi, je vais passer pour une idiote.

— Des artistes, bien sûr.

CHAPITRE 8

— Les artistes ?

— Tu n'étais pas au courant ?

À peine apparue, Héro se laisse tomber sur le siège voisin du mien et attrape une figue sur le plateau.

— Tout est ma faute, confesse Léo, qui ne semble pas s'en vouloir vraiment. J'ai préféré ne pas en parler à tes parents, car je me suis laissé dire qu'ils ne verraient pas la présence d'artistes d'un très bon œil.

Filomena pousse un soupir indigné.

— Et alors ? Cela ne les regarde pas.

— Tout de même un peu, ma chérie, dans la mesure où ils nous confient leur fille, soutient Léo.

Filomena se contente de lever les yeux au ciel.

— Si je comprends bien, vous hébergez des artistes ?

— C'est bien ça, confirme Filomena, avant de boire une nouvelle gorgée de café.

— Filomena est une sculptrice de grand talent, explique Léo en couvant du regard le charmant visage de sa fiancée. Nous avons invité certains de ses amis. Il semblerait que cette demeure soit propice à la création.

— Combien sont-ils ?

— Hmmm ? (Ma question arrache oncle Léo à sa contemplation du profil de Filomena.) Oh, c'est variable. Il y a Klaus, un peintre très doué, Ursula, sa sœur dramaturge, et Ben, bien sûr. Ces trois-là vivent avec nous depuis quelques semaines, tandis que les autres vont et viennent. Filomena organise une grande réception pour la fin de l'été, qui leur donnera l'occasion de montrer leur travail. Un événement à ne manquer sous aucun prétexte.

— J'ignorais que vous vous intéressiez à l'art, mon oncle, je m'étonne tout en trempant mon petit pain dans mon café.

Héro renifle avec mépris.

— Comme ma fille ne manquera pas de le souligner, je n'ai pas la moindre fibre artistique, explique Léo en haussant un sourcil à destination de Héro. Il se trouve simplement que je suis amoureux d'une artiste, et que je suis prêt à tout pour la garder auprès de moi.

— Oh, Léo ! susurre Filomena en lui saisissant la main. Ne dis pas de sottises pareilles.

— Par ailleurs, la plupart de ces poètes n'ont pas un sou en poche, poursuit Léo d'un ton guilleret. Même si je n'ai rien d'un artiste, j'aime à me considérer comme une sorte de mécène, selon la grande tradition antique.

— C'est formidable, intervient Héro. La vie est bien plus amusante depuis que Filomena vit ici. Nous rencontrons des tas de gens passionnants.

— Oui, tu devais t'ennuyer, seule avec ton vieux père, soupire Léo en repoussant sa chaise. Il est temps pour moi de vous quitter, mesdemoiselles. Le morne monde des affaires m'attend. Je vais m'efforcer d'avoir fini avant l'heure de l'apéritif, mon amour.

— Je serai sûrement dans mon atelier, répond Filomena.

Elle lui a à peine accordé un regard, alors qu'il ne cesse de l'admirer avec une fervente dévotion. Je me sens un peu mal pour mon oncle.

— Quant à toi, jeune fille, ajoute Léo à l'adresse de Héro, tu devrais déjà être en train d'étudier. La signora Giuliani n'est pas encore arrivée ?

— Elle est en retard, marmonne Héro.

Comme par magie, une cloche retentit à l'entrée de la villa.

— C'est sans doute elle, dit Filomena.

Héro semble dépitée.

— J'aimerais tant passer la journée avec Béa…

— Ta cousine ne va pas s'envoler, lui rappelle Léo.

C'est la vérité et, à cette pensée, un sourire illumine mon visage.

— Vous aurez largement le temps de profiter l'une de l'autre, ajoute-t-il.

Puis il nous quitte, suivi à contrecœur par Héro. Je reste seule avec Filomena.

— Alors ? Que se passe-t-il, maintenant ?

— Maintenant ? répète Filomena, qui s'étire tel un chat. Maintenant, tu fais ce que tu veux, Béa.

Cette réponse me convient à merveille. Je me lève et lisse rapidement ma robe, mon esprit déjà tout entier tourné vers ma traque de la huppe fasciée.

— Dans ce cas, je crois que je vais aller explorer les environs.

— Très bien. Tu ne veux pas aller nager ?

— Je n'ai pas de maillot de bain, je réponds en pensant avec envie au bassin d'eau bleue.

Filomena laisse éclater un rire guttural.

— Tu n'as qu'à t'en passer !

La surprise doit se lire sur mon visage, car elle rit de plus belle.

— Ton oncle a raison : tu vas nous trouver horriblement inconvenants.

— Oh, non ! Disons que d'habitude, c'est plutôt moi qu'on accuse d'être inconvenante.

Filomena plante ses yeux dans les miens et m'adresse un regard fixe digne d'un grand félin.

— Du sang italien coule peut-être dans tes veines..., observe-t-elle, et il semble que ce soit un compliment. Quoi qu'il en soit, ne t'en fais pas pour le maillot de bain. Je vais demander à ton oncle de t'en faire acheter un. Ainsi que quelques tenues d'été, peut-être, ajoute-t-elle en inspectant ma robe d'un air dubitatif. Tu n'as pas trop chaud, là-dedans ?

Oh que si ! Ma robe a beau être en coton, elle est trop serrée et à manches longues. La chaleur italienne n'a rien de commun avec le timide soleil anglais.

— Oui, un peu, j'admets enfin, au moment où une goutte de sueur perle sur ma nuque. Mais oncle Léo n'est pas censé m'acheter des habits.

— Ne te soucie pas de ça, réplique Filomena. Je me chargerai de prendre tes mensurations, puis je lui en parlerai. Il n'y a aucun problème.

— D'accord, je réponds, dubitative.

Je ne suis pas certaine que mes parents verraient cette idée d'un très bon œil, mais Filomena semble sûre de son fait.

— Alors, tu veux explorer les alentours ? demande-t-elle, comme pour clore la discussion.

— Oui. En fait, j'aimerais trouver un oiseau qui m'intéresse tout particulièrement.

C'est alors que je m'en souviens : impossible d'aller me promener sans mes jumelles, alors je dois avant tout chercher la voiture... et son conducteur.

— Oh, encore une chose, je bredouille. L'homme qui est venu m'accueillir hier… Savez-vous où je pourrais le trouver ?

— Ah ! s'exclame Filomena d'un air entendu. Les charmes de Ben ont fait une nouvelle victime.

— Des charmes ?

Ce n'est pas le premier mot qui me serait venu à l'esprit.

— C'est ce qui arrive, en général, explique-t-elle avant de boire une gorgée de café. Sa réputation de don Juan n'est plus à faire, vois-tu.

— Oh ! J'imagine qu'il pourrait être séduisant. S'il s'en donnait la peine.

— Il serait certainement ravi de te l'entendre dire.

Elle semble se retenir de rire.

— De toute façon, je doute qu'il se soucie de mon opinion. Je ne pense pas lui avoir beaucoup plu. Pour ne rien vous cacher, nous nous sommes un peu disputés.

Filomena sourit.

— Très intrigant. Quoi qu'il en soit, Ben travaille dans le jardin. Quand tu l'auras trouvé, je suis certaine que vous saurez… (elle s'interrompt quelques secondes pour me regarder sous ses longs cils) vous réconcilier.

CHAPITRE 9

Je dévale la volée de marches qui mène au jardin. Le sentier que je choisis au hasard serpente à travers un bosquet de cyprès. Je m'arrête souvent pour examiner les innombrables fleurs qui étincellent autour de moi, tantôt jaillissant de pots de terre cuite dans un tourbillon de violet et de pourpre, tantôt s'étalant en toute liberté au pied des arbres en formant des constellations dorées.

Je me laisse guider par la stridulation d'un criquet, que je vois bientôt traverser le sentier d'un bond. Il porte une marque rouge sur l'abdomen ; sans doute une espèce que je n'ai encore jamais observée. Alors que je suis tentée de le pourchasser, je suis distraite par un joli petit argus vert, ou *Callophrys rubi*, qui volette autour de mon visage. Le vert et l'argent des ailes du papillon scintillent sous le soleil. Je soupire de bonheur et poursuis ma route entre de hautes haies d'ifs taillées avec soin, tout en laissant mes doigts courir sur leurs douces épines.

— *Taxus baccata*, je murmure, perdue dans ma rêverie.

— Pardon ? demande une voix.

Je relève la tête : j'ai quitté l'allée et me trouve désormais sur une vaste pelouse carrée. C'est ici que se dresse la fontaine : l'eau se déverse dans un murmure enchanteur.

Ben me tourne le dos. Il porte un pantalon léger et une ample chemise blanche dont il a retroussé les manches.

Il est pieds nus et sa tête est coiffée d'un vieux panama. Lorsqu'il se tourne vers moi, je remarque une petite croûte sur l'aile de son nez, ainsi qu'un bleu violacé sous son œil droit. Je grimace.

— Oh, dit-il. C'est toi. Qui d'autre pourrait errer dans les allées en marmonnant du latin ?

Voilà une bonne entrée en matière.

— Tu es toujours comme ça ?

— Comment ?

— Si malpoli avec des gens que tu connais à peine.

— Je ne sais pas. (Il m'adresse un sourire forcé, qui creuse une fossette parfaite sur chacune de ses joues.) Et toi, est-ce que tu as pour habitude de te présenter à coups de poing ?

— Oh, ne me dis pas que tu m'en veux toujours ! je m'insurge. Ce n'était qu'un malentendu. Non seulement je me suis excusée plusieurs fois, mais j'ai pris la peine de t'administrer les premiers secours, sans hésiter à sacrifier l'un de mes mouchoirs dans l'opération. Ma mère serait furieuse de l'apprendre, d'ailleurs, car je passe mon temps à perdre ces bouts de tissu. (Je m'interromps pour lisser ma robe.) Je trouve fort impolie ton obstination à t'étendre sur le sujet.

— Im... Impolie ? répète Ben, éberlué. Tu estimes que je suis impoli ?

— Oui.

— Impoli ! répète-t-il encore, un peu plus fort cette fois.

— Inutile d'insister sur ce mot. Je le connais fort bien, je l'ai employé la première. Mais oui, ton refus d'accepter mes excuses et de passer à autre chose témoigne d'une certaine impolitesse.

Pendant quelques secondes, Ben semble méditer mes paroles. Il finit par hausser les épaules.

— Je ne suis pas disposé à recevoir une leçon de bonnes manières de la part d'une fille qui poursuit les bandits et agresse ceux qui viennent la secourir.

Je commence à bien m'amuser.

— Oh, mais cette fille m'a l'air bien plus intéressante qu'une quelconque jouvencelle en pâmoison.

— Elle m'a surtout l'air d'être une vraie calamité, réplique-t-il en esquissant un sourire. Et je ne pense pas que tu sois du genre à tomber en pâmoison.

— Tu ne risques pas d'avoir l'occasion de le découvrir.

— Oh, vraiment ? (Une lueur malicieuse illumine son regard. Il fait un pas vers moi. Puis un autre.) Je suis tenté de relever le défi.

— Est-ce que cette attitude est censée être séduisante ? je demande, amusée par la tournure que prend la conversation.

— Certaines seraient de cet avis.

— Peut-être qu'elles se laissent trop facilement distraire par ta jolie figure…

— C'est la deuxième fois que tu fais l'éloge de ma beauté.

De toute évidence, Ben est fier de sa personne. Je le dévisage quelques instants.

— J'imagine que tu es doté d'un physique assez attrayant.

— Tu imagines ?

— C'est que je manque de points de comparaison. J'ai passé mon enfance à l'écart du monde, alors je ne voudrais pas que mon jugement soit faussé. Mais il est probable que tu jouisses d'un physique au-dessus de la moyenne.

Ben me lance un regard noir.

— Comme c'est aimable à toi de le faire remarquer. La plupart des femmes apprécient beaucoup ma compagnie. Tu es sans doute l'exception qui confirme la règle, Béatrice.

— Je me réjouis d'être exceptionnelle, je réplique sur le même ton glacial.

Il laisse échapper un petit rire.

— Et si nous faisions la paix ? propose-t-il en me tendant une main.

— D'accord, je réponds en glissant ma main dans la sienne.

Toute cette discussion a été étonnamment exaltante.

Je remarque le chevalet installé derrière Ben. Il y a des taches de peinture sur le sol, ainsi que des pinceaux et un pot à confiture rempli d'une eau trouble. Sur le chevalet est posée une toile couverte de formes géométriques vertes, rouges et grises.

— C'est ta dernière œuvre ? je demande en m'approchant du tableau.

— Oui. Je suis sur le point d'apporter la touche finale.

— Hmmm.

Je me penche sur la toile, que j'examine avec curiosité. J'ai beau ne pas connaître grand-chose à l'art, ce que je découvre me déconcerte. Aucune des formes n'est reconnaissable, on ne peut s'appuyer sur rien de concret. C'est la première fois que je vois une chose pareille. Ce tableau n'a rien de commun avec ceux qui ornaient autrefois les murs de Langton.

— Est-ce que ça te plaît ? s'enquiert Ben.

— Oh, oui ! C'est très joli.

— Joli.

Un rapide coup d'œil en direction de son visage suffit à me faire comprendre que « joli » n'était pas le terme approprié. J'observe de nouveau la toile en plissant les yeux, dans l'espoir de trouver un sens aux formes enchevêtrées. Ce chaos de lignes et de couleurs me laisse désorientée.

— J'aime assez les… hum… les traits verts.

— Les traits verts, répète-t-il, effaré.

— Oui ! Ils sont très beaux, et…

— Et très verts ? me coupe Ben avant de secouer la tête. Décidément, tu sais flatter l'ego des hommes, grommelle-t-il en se tournant vers sa toile.

— J'ignorais que j'étais là pour cajoler ton ego.

À cet instant, quelque chose attire mon regard : l'éclat bleuté et irisé d'une queue de libellule. Obéissant à un réflexe bien ancré, je me retourne aussitôt pour la suivre des yeux. Elle se pose sur le rebord de la fontaine, ses ailes fragiles tremblotant dans un rai de lumière.

— Tu n'es pas en mesure d'apprécier mon travail, c'est évident, reprend Ben. Il est très clair que tu n'as pas la moindre idée de ce dont tu parles, assène-t-il en me prenant par le bras pour me rapprocher de son tableau. Les traits verts que tu vois ici sont, en vérité…

Je m'aperçois que son pied s'approche dangereusement d'un pot de peinture ouvert.

— Ben, attention à…

Malheureusement, il est trop concentré sur son discours pour entendre mon avertissement… ce qui, combiné à l'envol de la libellule, provoque le chaos. Après un changement de trajectoire soudain, l'insecte s'approche du visage de Ben. Il fait un pas de côté, et j'ai beau tenter de l'agripper, il est trop tard. Cette succession de mouvements désordonnés lui fait perdre l'équilibre, et son pied percute le pot de peinture. Il essaie de s'accrocher à mon bras, tandis que je me retiens au chevalet.

J'ai à peine le temps de pousser un cri que je m'écroule sur Ben, nous envoyant tous les deux valser vers le sol.

CHAPITRE 10

— Aïe !

La plainte de Ben retentit tout près de mon oreille. Et pour cause : je suis allongée sur lui.

Je suis un peu sonnée, sans trop savoir si cela est dû à la chute ou au fait que, de ma vie, je n'avais encore jamais approché un garçon d'aussi près. Je m'efforce d'ignorer le nœud qui se forme dans mon ventre au contact de sa poitrine pressée contre la mienne.

Je tourne la tête, juste au moment où Ben fait de même. La collision de nos deux crânes me laisse tout étourdie.

La tête de Ben retombe sur le sol, puis il se met à grogner.

— Par tous les dieux ! Est-ce que chacune de nos rencontres va me valoir une bosse sur le crâne ?

— Pour celle-ci, tu ne peux t'en prendre qu'à toi-même !

Je me défends avec toute la dignité possible, tout en m'efforçant de démêler nos membres enchevêtrés.

Ben entreprend de faire la même chose, de sorte que nos efforts s'annulent.

— Tu prenais trop de plaisir à t'écouter parler pour entendre mes avertissements, je poursuis, et puis la libellule est arrivée…

— Oh, une libellule ? Tout s'explique, alors, marmonne-t-il.

Je prends appui d'une main sur son torse, puis je me laisse rouler sur le côté. Me voilà étendue sur le dos. Le ciel occupe soudain tout mon champ de vision, et je dois plisser les yeux pour ne pas être éblouie par l'éclat du soleil. Je ferme les paupières un bref instant. Lorsque je les rouvre, je me rends compte que Ben est toujours immobile.

— Tout va bien ? je lui demande.

— Je crois, oui, répond-il d'une voix lasse. En tout cas, pas de sang, cette fois.

Je me redresse pour l'examiner. Un liquide coule sur ses cheveux blonds.

— Je n'en suis pas si sûre.

Lorsque j'inspecte son crâne, mes mains se colorent de rouge. Ben semble ne pas en croire ses yeux.

— Vraiment ? Encore ?

— Je ne comprends pas, je murmure en continuant à chercher la blessure.

Perplexe, je regarde de plus près mes mains, avant de les frotter l'une contre l'autre. Ma robe est couverte de rouge, elle aussi.

— Oh, c'est seulement de la peinture ! je comprends alors.

Je lui souris, et mon soulagement est tel que je finis par éclater de rire.

— Regarde ! j'ajoute en lui montrant mes mains ensanglantées.

— De la peinture ? (Tout son corps se raidit d'un coup.) DE LA PEINTURE ?

Il bondit sur ses pieds en poussant un rugissement, qui s'intensifie à mesure qu'il découvre l'étendue des dégâts.

Je me lève à mon tour.

— Oh, mon Dieu !

En effet, le pot que Ben a percuté contenait une grande quantité de peinture rouge. Celle-ci, mêlée à l'eau de la boîte de conserve qu'il a également renversée, a créé une inquiétante coulée sanglante qui ruisselle vers nous sur le sol pavé. Le tableau de Ben, qui s'est écrasé par terre à la suite de ma tentative désespérée de m'accrocher au chevalet, est désormais barré d'un long ruban écarlate sur toute sa largeur ; je suis certaine qu'il n'y était pas tout à l'heure.

Ben contemple la toile, bouche bée.

— Le résultat n'est peut-être pas si catastrophique, je finis par dire, après avoir ramassé le tableau, puis l'avoir reposé précautionneusement sur le chevalet.

— Tu l'as installé à l'envers.

— Tu en es sûr ? je m'étonne, tout en observant la toile.

— Tout est ta faute, lâche-t-il avant de saisir le tableau pour le remettre dans le bon sens. Quel désastre as-tu prévu de provoquer, la prochaine fois ?

C'est une accusation profondément injuste, mais je préfère m'abstenir de le lui faire remarquer.

— Est-ce que je peux t'aider à nettoyer ?

— Non, réplique Ben. Qui sait ce qui pourrait arriver ? Je vais m'en charger moi-même, pour le bien de mon intégrité physique.

Je me souviens alors de mon objectif initial.

— Je crois avoir fait tomber mes jumelles dans la voiture, la nuit dernière. Est-ce que tu les aurais vues ?

— Hmmm, murmure Ben, qui s'est plongé dans la contemplation de son tableau. Elles étaient sous la banquette arrière. Je les ai confiées à Rosa ce matin.

C'est une bonne nouvelle. Je m'en serais beaucoup voulu de les avoir perdues, surtout ici, où des découvertes excitantes semblent tapies dans chaque recoin. Après avoir adressé un au revoir enjoué à Ben, je regagne l'allée taillée dans les ifs. Une symphonie de chants d'oiseaux emplit l'espace, et mon regard tombe sur un lézard à la gorge bleue, *Algyroides nigropunctatus*, qui s'agite sur la haie. À coup sûr, je croiserai bientôt la huppe. Plus réjouie que jamais, je me dirige vers la villa.

Lorsque je sors du jardin, la maison surgit derrière les arbres. Sa façade rouge chatoie sous le soleil, comme pour me souhaiter la bienvenue. Je gagne la cuisine pour y trouver Rosa. Peut-être qu'en plus de mes jumelles, je pourrais obtenir une boisson fraîche. Ainsi qu'un autre de ces petits pains. Rien ne met plus en appétit qu'une exploration.

Je distingue bientôt la silhouette de Héro, assise sous la pergola, ses livres étalés sur la longue table, aux côtés d'une vieille femme aux traits sévères. Ma cousine tourne la tête et m'aperçoit à son tour. Elle m'adresse un salut de la main, puis se lève et court vers moi, poursuivie par sa préceptrice qui la sermonne en italien.

Héro semble ravie de me voir, mais une fois parvenue à ma hauteur, elle se fige brutalement. Une expression d'horreur absolue déforme ses traits.

— Oh, Béa ! glapit-elle. Mais que s'est-il passé ?

— *Madre di Dio !* s'écrie la vieille femme, avant de s'écrouler à mes pieds.

CHAPITRE 11

— Et alors…, poursuit Héro, hilare, c'est là que Béa a surgi du jardin, pâle comme un fantôme et dégoulinante de sang.

— De peinture, je précise. C'était de la peinture.

— Oui, oui. Mais à cet instant, nous ne le savions pas, n'est-ce pas ? On aurait dit que tu venais de quitter la scène d'un horrible meurtre. Ta robe était couverte de sang, tes mains étaient couvertes de sang…

— De peinture, j'insiste.

— Et c'est là, poursuit Héro, qui s'obstine à m'ignorer et se met à faire voltiger ses mains en l'air comme pour conjurer des démons, que j'ai crié : *Ô mienne cousine, de quelles horreurs as-tu été le témoin ? De quel malheur as-tu été la victime ?*

— Tu n'as rien dit de tel !

— De son côté, la signora Giuliani a poussé un cri, puis s'est évanouie.

— Cette fois, c'est la vérité.

Le soir venu, nous nous sommes réunis dans le jardin pour déguster une boisson jaune pâle très fraîche au goût de sucre, de soleil et d'agrumes. Quelqu'un a sorti le gramophone, d'où s'élève une mélodie de jazz ponctuée de craquements. Même s'il fait toujours chaud, l'air s'est rafraîchi. Le ciel est zébré de spectaculaires bandes d'or et de feu, le soleil présente son ultime numéro du jour, avant de se retirer.

Après avoir surgi des bosquets et offert à la préceptrice de Héro la peur de sa vie, je me suis lavée, j'ai enfilé une robe bleu pâle parsemée de fleurs blanches brodées et refermée sur le côté par une rangée de boutons dissimulée sous une bande de tissu. C'est l'une de mes tenues les plus récentes (elle est un peu défraîchie, mais me sied mieux que la plupart des autres), dans laquelle je me sens déjà moins jeune.

J'avais besoin d'une armure, car je n'ai encore jamais dîné avec un groupe d'artistes. Je ne sais pas vraiment à quoi m'attendre. Mes cheveux, toujours humides, sont rassemblés en chignon au sommet de mon crâne, et j'ai remarqué dans le miroir qu'un léger coup de soleil donne à mes joues et à l'arête de mon nez une teinte rose luisante.

Ben et les autres artistes ne sont pas encore arrivés, mais Léo et Filomena sont déjà là. Pendant que Héro poursuit son récit avec délectation, Léo s'agite autour de sa fiancée. Il couvre ses épaules d'un châle de soie à franges de couleur vive et dépose un baiser sur le coin de ses lèvres (une effusion telle qu'on n'en voit jamais à Langton Hall).

J'observe Filomena, qui sourit en écoutant le bavardage de Héro. Leur relation est déconcertante. Elles font montre d'une certaine complicité, parfois même d'affection, mais il me semble percevoir chez Filomena une réserve, tout comme avec mon oncle ; une distance.

— Quelle histoire palpitante ! commente Filomena.

— Tu verrais les choses d'un autre œil si tu avais dû te charger de calmer la signora Giuliani pour la convaincre de rester dans ce… Je crois qu'elle a évoqué un nid de vipères, mais j'ai peut-être mal compris.

Oncle Léo a parlé d'un ton léger, presque joyeux. Chez moi, une telle situation aurait provoqué un flot de larmes et de reproches. Or, ici, tout le monde semble très amusé par l'anecdote de Héro.

— Bah, s'exclame Filomena, il faut bien offrir quelques sensations fortes à cette pauvre femme !

Oncle Léo se met à pouffer.

— Bonsoir, lance une voix.

Je me tourne vers les deux nouveaux venus. Une fille et un garçon brun et svelte, aux yeux sombres et à la démarche assurée. Il doit avoir un ou deux ans de plus que moi. Au moment de me serrer la main, il m'adresse un sourire légèrement asymétrique mais tout à fait charmant. Je remarque un grain de beauté au coin de sa bouche.

— Ah, signora Béa ! dit-il d'une voix chaude, teintée d'un soupçon d'accent germanique. Je suis très heureux de faire enfin ta connaissance. Héro m'a beaucoup parlé de toi.

Il s'incline en direction de ma cousine, qui le dévore des yeux.

— Je m'appelle Klaus, poursuit-il.

C'est seulement alors que je réalise qu'il tient toujours ma main. Il finit par la libérer, mais lentement, presque à regret. Je devine qu'il s'agit là d'un geste très étudié, aussi fluide qu'une glissade sur un parquet ciré.

— Et je te présente Ursula, ma sœur, conclut-il en se tournant vers la jeune femme qui l'accompagne.

Ursula me salue avec une certaine froideur. Sa beauté a quelque chose d'intimidant. Elle a les mêmes yeux et les mêmes cheveux sombres que son frère, et un rouge à lèvres écarlate fait ressortir sa bouche boudeuse. Elle est plus petite que moi et aussi fine qu'un roseau. Ses cheveux sont coupés en un carré court et sévère, des mèches caressent ses pommettes hautes. Sa robe vert émeraude épouse parfaitement ses formes. Face à elle, je me sens cruellement fruste.

Klaus accepte le verre que lui offre mon oncle, puis il s'installe tout près de moi, rapprochant sa chaise au point que nos bras se frôlent. Ursula s'assoit à côté de Filomena.

— Tu nous arrives d'Angleterre, c'est bien ça ? me demande Klaus. Est-il vrai que toutes les maisons sont hantées, dans ce pays ?

Ses yeux rieurs m'incitent à mentionner les fantômes froussards qui errent dans Langton, lesquels ne semblent se montrer qu'aux puritaines les plus impressionnables, puis j'évoque les innombrables frasques d'Eustache le chien.

Héro s'empresse alors de réclamer l'histoire du crapaud. Je m'exécute avant d'enchaîner avec le récit de quelques autres farces.

Pendant ce temps, de nouveaux convives nous rejoignent : deux hommes âgés qui s'installent dans un coin pour débattre à voix basse avec force gestes théâtraux ; une femme blonde et mince qui renvoie une impression de grande fragilité étudiée ; et enfin une femme du même âge que Filomena, à la peau bronzée et aux cheveux dissimulés sous un turban rouge, qui se déplace avec une grâce liquide. Voici donc les artistes qui ont trouvé refuge dans le sanctuaire créé par Filomena.

Ce public enthousiaste et jovial m'empresse de continuer. Filomena nous décrit quelques-uns des tours pendables qu'elle jouait à sa préceptrice, et je devine que Héro en prend bonne note. Loin d'être horrifié, mon oncle rit plus fort que tous les autres. Seule Ursula ne semble pas prendre part à la fête. Elle nous observe de ses yeux sombres, le menton posé sur le dos de sa main. Un demi-sourire se forme parfois sur ses lèvres, mais la plupart du temps, elle a presque l'air de s'ennuyer.

— C'est ton tour, dis-je à Klaus. Maintenant que tu sais tout de moi.

— Klaus et Ursula sont autrichiens, m'explique Léo, qui s'est levé pour remplir les verres déjà vides. Filomena les a rencontrés au cours de son dernier séjour à Vienne.

— Oh ! J'aimerais tant visiter Vienne.

— Il le faut, intervient Klaus. Je pourrais te servir de guide. Nous irons au Prater et je gagnerai un poisson rouge pour toi.

— Je préférerais découvrir le Jardin botanique de l'université, je réponds avec fièvre. Tu as dû y aller tant de fois que ce n'est sans doute plus aussi fascinant, mais j'en ai toujours rêvé. L'impératrice Marie-Thérèse l'a fait construire en 1754 pour permettre l'étude des plantes médicinales, mais il a pris une tout autre ampleur depuis, et j'ai appris que les serres renferment une collection de plantes carnivores de premier ordre.

Klaus semble éberlué.

— En effet. Je ne doute pas que l'expérience serait inoubliable.

Une voix désormais familière s'immisce dans la conversation.

— Tu t'intéresses davantage aux plantes mangeuses d'hommes qu'aux fêtes foraines… Pourquoi ne suis-je pas surpris ?

Ben se tient debout devant la table, une main dans la poche. Je remarque qu'il ne s'est même pas donné la peine d'enfiler une tenue de soirée… et pourtant, il semble bien plus distingué que les autres.

— Elles ne sont pas anthropophages. Elles mangent principalement des insectes et d'autres arthropodes.

Mais ma réponse est étouffée par le concert de cris de joie qui accueille l'arrivée de Ben. Ursula elle-même sort de sa réserve pour lui adresser un léger sourire.

— Ben, dit-elle de sa voix grave en lui tendant une main qu'il presse avant de saluer les autres.

— N'est-il pas délicieux, notre Ben ? me murmure Klaus à l'oreille.

— C'est ce qu'on ne cesse de m'affirmer.

— On dirait bien que tu es la seule personne insensible à ses charmes, commente-t-il en se tournant ostensiblement vers la jeune femme blonde, qui invite Ben à s'asseoir à côté d'elle à grand renfort de sourires et de battements de cils.

— Oui, il n'a d'ailleurs pas manqué de me le faire savoir, je réponds en levant les yeux au ciel.

Klaus pouffe, ce qui attire l'attention de Ben.

— Peut-on savoir de quoi vous discutez, tous les deux ?

— De toi, bien entendu.

— Existe-t-il sujet plus passionnant ? susurre-t-il.

Il se tourne alors vers la blonde à sa gauche, et pour la première fois, je vois le séducteur en action. Il rit à ses plaisanteries, la taquine, l'encourage à se livrer, si bien qu'elle ne cesse de rire et de rougir.

Je le regarde faire avec beaucoup d'intérêt. On croirait voir un oiseau chanter et ébouriffer ses plumes pendant la parade nuptiale. Lorsque Ben me glisse un regard, je hausse les sourcils pour lui signifier mon admiration pour ce qui est, somme toute, une performance remarquable. Pendant un bref instant, il semble stupéfait, puis ses yeux pétillent et il me gratifie d'un sourire ravageur : celui qui creuse ses fossettes.

— J'ai donc les deux ravissantes cousines pour moi tout seul, se réjouit Klaus.

Son trait d'humour fait glousser Héro, qui a rapproché sa chaise de telle manière que Klaus se retrouve entre elle et moi. Il nous raconte diverses anecdotes, tandis que le ciel passe de l'orange au violet sombre à mesure que le soleil se couche. Je me laisse aller contre le dossier de ma chaise, m'attendant presque à entendre ma mère me sommer de me redresser. Je prends conscience qu'il s'est écoulé de nombreuses heures depuis la dernière fois qu'on a critiqué mon comportement ou mes manières. C'est une sensation incroyablement libératrice.

Nous allumons des bougies dont la flamme danse au creux de vases en verre. Après la citronnade, Léo nous fait servir des gobelets de faïence remplis d'un vin rouge dont la saveur épicée me brûle la langue. Le débat des deux hommes âgés s'anime toujours plus. Quand les autres s'en mêlent, je m'efforce de saisir le flux de mots consacrés à des artistes dont je n'ai jamais entendu parler. Ces gens sont si fougueux, si vivants. La discussion prend fin lorsque l'un des hommes se lève subitement en lâchant une volée de mots italiens avant de quitter les lieux sous les cris et les rires des autres. Tout ceci est à mille lieues des conversations guindées auxquelles je suis habituée.

Klaus me traduit en riant quelques passages du débat. Je me penche vers lui, avide de tout comprendre. J'aurais bien du mal à décrire ce que je ressens, ce que cette assemblée bruyante et passionnée éveille en moi. C'est un peu comme rentrer chez soi après une longue sortie en plein hiver, lorsque tout le corps se réchauffe peu à peu ; une sensation de bien-être presque douloureuse.

Enfin, un cri de joie poussé par oncle Léo interrompt les discussions. Il salue l'arrivée de Rosa, qui nous apporte un plateau sur lequel sont empilés des paniers de petits pains chauds à la croûte dorée, de grosses olives vertes, de tranches de jambon blanc aussi fines que du papier et de fromages fondants parsemés d'herbes brillantes. Elle accomplit plusieurs allers-retours entre la cuisine et la terrasse, si bien que notre table déborde bientôt de victuailles sur lesquelles nous nous jetons avec voracité. Je mords dans une tomate, si tendre et sucrée qu'on croirait croquer dans une pomme : le jus qui dégouline sur mes doigts me laisse émerveillée comme une enfant.

Quand le dîner touche à sa fin, le ciel n'est plus qu'une couverture d'étoiles, et je ne peux m'empêcher de penser que je suis en train de rêver.

— Pourquoi ce sourire étrange, Béa ? me demande alors Filomena. On dirait sainte Cécile en pleine extase.

Tout le monde éclate de rire. Même si je ne sais pas précisément à quoi elle fait référence, je devine ce qu'elle veut dire.

— C'est si beau…, je tente d'expliquer. Être ici avec vous tous, déguster ces merveilles sous le bougainvillier et les étoiles… C'est… C'est presque trop. Si je n'étais pas là pour le voir, j'aurais du mal à croire que cet endroit est bien réel.

— Je te comprends, dit Klaus. C'est ce qui explique pourquoi ce lieu est si propice à la création. Oui, ici, tous les sens sont en éveil. Comme si les couleurs y étaient plus vives qu'ailleurs.

Il a raison, bien sûr. Grâce à cet aperçu de la vision d'un artiste, je crois comprendre un peu mieux ce qu'ils viennent chercher ici. Et c'est un sentiment délicieux.

CHAPITRE 12

Tandis que le calme s'installe et que les discussions se font plus intimes, Léo se tourne vers Ben.

— Je comptais te demander comment avance ton tableau, mon garçon, mais on vient de m'apprendre qu'il y avait eu un léger contretemps.

— On peut dire ça ainsi, rétorque Ben en me jetant un coup d'œil.

Je lui réponds avec une grimace discrète.

— Je suis vraiment désolée pour toi, compatit Filomena. Je sais que tu croyais beaucoup en cette toile.

— C'est la vie, répond Ben.

Je suis plus que surprise : je m'étais préparée à ce qu'il rejette la faute sur moi.

— Pardon pour le retard, ajoute-t-il à destination de mon oncle et de Filomena.

— Ne t'en fais pas, mon garçon, le rassure Léo. Prends le temps qu'il te faut.

— Elle sera achevée avant la fin du mois, promet Ben.

Je suis soudain gagnée par la culpabilité. Je n'avais pas imaginé que son tableau pouvait être une commande.

Je sens le regard de Filomena peser sur moi tandis qu'elle s'applique à réconforter Ben.

— Nous sommes ravis de t'héberger, Ben. Nous n'avons jamais rien exigé en retour.

— Bien entendu ! confirme mon oncle, presque offensé par cette idée.

— Néanmoins, ajoute sa fiancée en levant le doigt, peut-être accepterais-tu de nous accorder une faveur ?

— Tout ce que vous voudrez, s'empresse de répondre Ben.

— Tu pourrais enseigner la peinture à Béa.

Le visage de Filomena n'exprime rien de particulier, mais je crois tout de même distinguer une étrange lueur dans ses yeux. Un brin de malice.

— M'apprendre à peindre ? je m'écrie.

J'avais imaginé faire bien des choses en Italie, mais certainement pas cela. Je suis incapable de dissimuler mon désarroi, et Ben semble tout aussi horrifié.

— Oui, confirme Filomena en joignant les mains d'un air réjoui. Ce serait parfait. Béa, nous avons promis à tes parents de t'offrir une éducation digne de ton rang. Le moment est venu de répondre à leurs attentes.

Un silence pesant succède à son discours.

— J'ai bien peur d'être une élève médiocre, j'insiste en espérant me tirer de ce mauvais pas.

— Et je partage entièrement son point de vue, dit Ben, ce qui provoque l'hilarité de Filomena. Vraiment, Fil, poursuit-il d'un ton suppliant. Ce serait un désastre. Demande-moi tout ce que tu veux, je suis ton obligé jusqu'à la fin des temps. J'irai à l'autre bout de la terre, si tu l'exiges. Mais je t'en prie, pas ça.

Tout le monde éclate de rire, mais pour ma part, je refuse de voir mon été parfait partir en fumée sans réagir. J'ai beaucoup de projets pour ce séjour en Italie, et prendre des cours de peinture avec Ben n'est pas sur ma liste.

— Je vous jure que c'est une très mauvaise idée, j'insiste encore.

— Je risque ma vie chaque fois que je l'approche, ajoute Ben. Littéralement. Je m'en sors rarement sans dommage.

Il désigne alors les marques sur son visage, ce qui provoque un miaulement attendri de sa voisine blonde.

Mais oncle Léo est en train d'observer Filomena.

— Tu sais, Béa, que tes parents nous ont fait confiance, et je dois reconnaître que nous n'avons guère prévu d'activités dignes de ce nom pour mettre à profit ton séjour.

L'intervention de Léo lui vaut un sourire de sa fiancée.

— Ils seraient ravis de découvrir que tu as appris l'aquarelle. C'est exactement le type d'occupation distinguée qu'ils aimeraient te voir pratiquer.

— De l'aquarelle ? gronde Ben à travers les mains qu'il a plaquées sur son visage. Une occupation distinguée ? Est-ce que c'est toujours bien d'elle qu'il s'agit ?

Le sourire de Filomena a quelque chose de familier. Soudain, je comprends pourquoi : j'ai déjà vu ma mère arborer cette expression. La dernière fois, c'était le soir de ma rencontre avec Cuthbert.

Elle joue l'entremetteuse, je songe, horrifiée.

Mon regard effaré croise le sien et c'est alors, à ma plus grande stupéfaction, qu'elle me fait un clin d'œil. Elle s'amuse beaucoup.

— Bien entendu, lâche-t-elle avec un profond soupir presque mélancolique, nous comprendrions très bien que tu n'aies pas le temps de nous accorder cette faveur, Ben.

Elle joue son rôle à la perfection : elle caresse du bout des doigts les franges de son châle tout en baissant les yeux d'un air déçu.

Le temps semble s'être arrêté. Puis Ben déclare, avec une expression qui contredit son discours :

— J'en serais ravi, Fil. C'est le moins que je puisse faire.

Léo éclate de rire. Je ne sais s'il a deviné les intentions de Filomena, en tout cas, il prend un malin plaisir à me taquiner.

— Cela dit, Béa, ajoute mon oncle, nous pouvons aussi demander à la préceptrice de Héro de s'occuper de toi. Si cette possibilité te séduit davantage.

Encore un silence.

— Très bien. Je suis d'accord.

— Formidable ! (Filomena est à nouveau radieuse. Elle lève son gobelet pour porter un toast.) Nous te souhaitons beaucoup de réussite. Buvons à l'art et aux artistes !

— À l'art et aux artistes !

Tandis que je brandis mon verre à contrecœur, mon regard croise celui de Ben à travers la flamme d'une bougie. Il m'adresse un sourire narquois.

Voilà qui promet d'être intéressant, me dis-je en portant mon gobelet à mes lèvres.

CHAPITRE 13

Mes premières leçons n'ayant lieu que la semaine prochaine, je profite de chaque instant. Dès l'aube, j'entreprends des expéditions solitaires à travers les collines, dont je reviens pleine de poussière et enchantée, prête à me jeter sur mon repas avant de tituber jusqu'à mon lit, que je ne quitte qu'au terme des heures les plus chaudes de la journée.

Mon organisme peine à s'accoutumer à la chaleur ambiante qui alourdit mes membres et décide du rythme de mes journées. Je la perçois comme un être de chair et de sang qui ne se laisse jamais oublier.

Je passe mes fins d'après-midi à lire à l'ombre d'un chêne vert amical, sauf quand mon oncle me conduit au village le plus proche. Je flâne alors dans les allées du marché, où je m'émerveille devant les rangées de bâtiments orange surannés et les étals de produits exhibés comme des bijoux. Je plonge les doigts dans des sachets d'amandes aussi lisses que des galets et je m'enivre de l'arôme puissant des citrons dorés.

Le soir, nous nous rassemblons tous dans la fraîcheur pour boire et manger, bercés par la musique du gramophone. Je peine à m'y retrouver dans le groupe mouvant d'artistes invités par Filomena, mais puisque Klaus, Ursula et Ben résident sur place, c'est eux que je fréquente le plus.

À l'instar de celles de Ben, les œuvres de Klaus déploient des formes et des couleurs que mes yeux découvrent pour la première fois. Elles n'ont rien de commun avec les peintures qui décoraient les murs de Langton Hall avant d'être vendues. Klaus et Ben me l'ont expliqué, il s'agit d'œuvres abstraites. Ils cherchent à y exprimer l'énergie, le mouvement et la modernité. Même si je ne comprends pas tout à fait leur art, je perçois le sentiment d'urgence qui les anime.

Ursula est à la fois dramaturge et poète. Elle évoque souvent un certain Brecht, qui semble être une sorte de mentor pour elle. Je n'avais encore jamais entendu parler de lui, mais les autres manifestent le plus grand respect pour son travail. D'après leur attitude, je devine que c'est un immense honneur d'être sa protégée. Son nom est auréolé de gloire.

À leur contact, je ressens avec beaucoup d'acuité mon ignorance totale en matière d'art, alors j'essaie d'écouter et d'apprendre, plus excitée que jamais par le fait de m'instruire. Et je dois reconnaître que cet apprentissage est bien différent de mes longues heures de lectures dans la bibliothèque glaciale de Langton Hall. Entre autres défauts, ses rayonnages ne sont pas de première jeunesse (à l'exception des ouvrages scientifiques que j'y ai ajoutés), alors que les opinions qui s'expriment à la table de mon oncle sont si neuves qu'elles me font presque peur.

— Ce que j'aimerais comprendre, je leur demande une nuit où nous nous attardons devant les restes d'un somptueux repas, c'est ce qui vous amène à peindre et à écrire ainsi aujourd'hui.

Ils réfléchissent à la question pendant quelques instants.

— Je pense que c'est en partie à cause de la guerre, répond Ben en observant le vin qu'il fait tourner dans son verre, comme si la réponse y était cachée. Après l'armistice, il y a eu ce qu'on a appelé le « retour à l'ordre », une sorte de besoin de se raccrocher à la tradition après ce traumatisme…

Il s'interrompt, visiblement peu à l'aise. Même si nous sommes tous trop jeunes pour avoir vécu la guerre, son ombre plane autour de nous et s'immisce partout.

— Le retour à l'ordre, je répète à voix basse.

Ben hoche la tête.

— Oui, les gens avaient envie de voir un décor familier. (Il repose son verre sur la table pour pouvoir s'aider de ses mains afin de se faire mieux comprendre.) Un besoin d'être objectif, sans doute. Pour se sentir en sécurité, pour mettre les choses à distance.

— Mais depuis quelque temps, intervient Klaus, des artistes comme Matisse et Picasso ont décidé de se confronter de nouveau à l'abstraction. Il s'agit de renier la tradition, de laisser place à des idées nouvelles, différentes, à une ambition vitale, totalement reliée à notre époque…

— C'est ça, approuve Ben. Se libérer des vieilles chaînes pour s'attaquer au présent.

— Ça me fait penser à la métamorphose des éphémères…, je murmure. Après avoir passé toute leur vie dans l'eau, ces insectes la quittent pour danser sous le soleil pendant une seule journée.

Constatant que tout le monde m'observe avec intérêt, je poursuis mon explication.

— Le nom latin de l'éphémère est *Ephemeroptera*. Du grec *epi* et *hemera*, ce qui signifie « qui dure un jour ».

— Éphémère…, commente la voix rauque d'Ursula. Quelque chose de fugace.

— Exactement.

J'ai toujours considéré la peinture et la littérature comme des activités frivoles comparées à la science, qui a le pouvoir de changer la vie. Mais à force d'écouter les discours fiévreux et enflammés de mes compagnons, je commence à me demander si je n'ai pas négligé quelque chose d'important.

— Je n'aurais jamais cru m'intéresser autant à l'art.

— Rien n'est plus passionnant, affirme Ben en s'adossant à sa chaise, l'air sûr de son fait.

— À part la science.

— La science ? s'indigne Ben, dont l'œil scintille dans la lueur des bougies. Une vulgaire accumulation de données froides et impersonnelles.

— La biologie n'est rien de moins que l'étude de la vie. (Je me penche vers lui, agrippée aux accoudoirs de mon siège.) Elle s'efforce de comprendre quelle place nous occupons dans l'univers et cherche à dévoiler les mystères de la nature. Il faudrait m'expliquer ce qu'une tâche aussi complexe et sublime peut avoir de froid. La science s'intéresse à tout ce qui vit.

Mes mots restent suspendus, tandis qu'Ursula souffle de longues volutes de fumée de cigarette. Dans ses yeux, je crois lire du respect.

Je suis étonnée par sa réaction, par leur réaction à tous ; ils m'écoutent avec attention et mon opinion semble les intéresser. En Angleterre, on trouve mon intérêt pour la science inconvenable. Il est condamné à être réprimé, certainement pas à être au cœur d'une discussion. Ce soir, on dirait que mon savoir a soudain de la valeur. J'en suis tout étourdie.

Nous changeons bientôt de sujet, mais je ne manque pas de remarquer que Ben me dévisage toujours, j'ai l'impression de constituer pour lui une énigme insoluble.

Le lendemain matin, je suis tirée du lit par Filomena, qui se présente à la porte de ma chambre coiffée d'un grand chapeau de paille. Elle tire une malle derrière elle.

— Qu'est-ce que c'est ? je demande en l'invitant à entrer.

Elle se déleste de la malle sur mon lit sans plus de façons.

— Léo allait en ville hier, je l'ai chargé de t'acheter tout ça. Je lui avais donné une liste et quelques consignes. Il semble s'en être très bien sorti.

J'ouvre la malle. Elle est remplie de vêtements aux couleurs vives et aux textures diverses.

— Ils sont tous pour moi ?

Je saisis un morceau de tissu et le laisse glisser entre mes doigts. L'étoffe rouge et soyeuse est aussi fraîche que de l'eau.

— Bien sûr, répond Filomena qui se met à fouiller dans la malle. Ah, voilà ! Je pense que ceci devrait te plaire.

— Un pantalon !

Je n'ai encore jamais eu l'occasion d'en porter ; en dépit de tous mes arguments, Mère s'obstine à considérer les pantalons comme un attribut réservé aux femmes faciles. Mais à vrai dire, toute ma garde-robe est démodée ; mes habits correspondent davantage à une fille de douze ans que de dix-sept ans. Ce constat m'a sauté aux yeux lorsque j'ai rencontré Filomena, Ursula et même Héro.

Je ne me suis jamais beaucoup préoccupée de mon apparence. Jusqu'à présent, je m'habillais à la façon des femmes de mon entourage : dans un style respectable et un peu défraîchi. Les femmes qui fréquentent cette villa aiment la mode. Elles choisissent des vêtements pratiques, adaptés à la saison, mais qui n'en sont pas moins audacieux, modernes, jolis.

Je saisis le pantalon pour l'observer de plus près. Il est léger, en lin, la coupe est large et la taille haute. Filomena extrait de la malle un autre pantalon vert foncé soyeux.

— Tu seras bien plus à l'aise là-dedans, Béa. J'adore ta façon de courir à travers champs.

Sa remarque m'émeut. Mon goût pour l'exploration m'a toujours attiré des reproches. Ça n'a jamais été un penchant qu'on cherche à encourager. Pas le genre d'activité qui mérite une tenue particulière. Cela me saute aux yeux : pour la première fois, on me propose des vêtements qui me correspondent, au lieu que ce soit à moi de m'y adapter.

Je découvre d'autres pantalons, ainsi que deux maillots de bain et plusieurs chemises à manches courtes. Mes habits anglais sont tous dans des tons pastel (des bleus tristes, du rose et du mauve), que les années ont rendus plus ternes encore. Les vêtements étalés sur le lit ont des couleurs aussi intenses que celles des pierres précieuses : émeraude, grenat et améthyste.

Encouragée par Filomena, je les essaie les uns après les autres. Ma timidité initiale s'efface : bientôt je tournoie à travers la pièce en savourant la caresse de la soie sur ma peau et la sensation de liberté que me procurent les pantalons. Les mains dans les poches, je m'observe dans le miroir. On dirait que j'ai vieilli d'un coup. Je parais si différente. Si libre. La coupe simple du pantalon me met bien plus en valeur que n'importe laquelle de mes robes.

Filomena retire son chapeau et le pose sur ma tête. Mon sourire extatique la fait rire.

— Alors, est-ce que ces tenues te plaisent, Béa ?

— Je les adore ! Pour la toute première fois de ma vie, j'ai l'impression d'être moi-même. Est-ce que ça vous semble idiot ? je demande en secouant la tête. Je n'aurais jamais cru que de simples vêtements auraient ce pouvoir. C'est de la magie.

— Je le pense aussi, répond Filomena d'un ton sérieux, avant de m'examiner des pieds à la tête d'un œil critique. Cette association de pantalon et de chemise n'est pas banale, mais je m'étais dit que cela pourrait te correspondre. J'avais raison. Dans cette tenue d'homme, tu as vraiment l'air d'une femme. (Elle m'adresse un sourire malicieux de conspiratrice.) Quelque chose me dit que tu vas faire tourner plus d'une tête, ajoute-t-elle, ce qui ne manque pas de me faire rougir. Allons, assez joué à la fée marraine, je dois me remettre au travail. Si elles ne me trouvent pas dans mon atelier, les muses risquent de s'inquiéter.

— Si les muses veulent me voir, faites-leur savoir que je suis à la piscine. Je meurs d'envie de me baigner, maintenant que j'ai un maillot !

— Dans ce cas, tu ferais bien de te dépêcher, réplique aussitôt Filomena. Je te rappelle que tu as une leçon de peinture, cet après-midi. (Elle sourit en voyant ma bouche se tordre de dépit.) Eh oui ! Comment dit-on, déjà ? Il est temps de faire ton devoir.

CHAPITRE 14

De retour dans ma chambre après une délicieuse baignade, je découvre un mot punaisé sur la porte :

15 h sur la terrasse.

Je ne suis pas tout à fait à l'aise à la perspective de me retrouver seule avec Ben. Pourquoi ? Est-ce que je ressentirais la même chose si Klaus prenait sa place ? J'essaie d'imaginer la scène et… non, je ne ressens aucune angoisse. Rien qui s'apparente à de la nervosité.

Je suis contrariée par cette émotion inédite. Pour tenter de la comprendre, je décide de procéder comme je l'ai toujours fait : en collectant des faits, des données, des informations. Jusqu'à présent, j'ai rarement eu l'occasion de fréquenter des jeunes hommes. Je vais observer Ben avec attention et m'efforcer d'analyser chacune de mes réactions. Je serai polie et agréable. Je l'étudierai avec un détachement froid, comme s'il était l'un des spécimens que je conserve dans des bocaux.

Après avoir pris une douche, j'enfile mon nouveau pantalon de lin et une chemisette blanche immaculée. Je glisse les pans dans ma ceinture avant de me tourner vers le miroir. Je n'en reviens pas. Je lève une jambe, puis l'autre, et je plonge les mains dans les poches du pantalon (des poches, quel bonheur !). Le tissu léger caresse mes jambes et l'aisance que je ressens a quelque chose d'époustouflant.

Aucun doute : Filomena a vu juste. Le blanc de la chemise entrouverte fait ressortir ma gorge dorée par le soleil. Contrairement à mes frusques qui me donnaient l'allure d'une saucisse trop farcie, cette tenue épouse mes formes ; la coupe masculine les met même si bien en valeur que j'en suis un peu honteuse. Je rassemble mes boucles brunes en une longue tresse, puis je recouvre ma tête du grand chapeau de paille pour compléter l'ensemble. Je fixe le reflet, qui est à la fois moi-même et quelqu'un d'autre : une fille qui s'apprête à vivre une aventure.

Il est quinze heures moins trois minutes et je suis assise à la table de la terrasse avec une tasse de thé. J'y trempe mes lèvres, mais il est déjà froid. C'est la première fois depuis mon arrivée ici que j'ai une activité organisée. Cela dit, j'ai su mettre mon attente à profit : j'ai déjà mangé au moins quatre des sablés à l'amande que Rosa nous a laissés sur la table.

— Ah, te voilà ! lance Ben, sur un ton qui laisse penser qu'il me cherchait depuis des heures, alors qu'il me trouve à l'heure dite à l'endroit où il m'a donné rendez-vous.

Il ne m'échappe pas qu'il écarquille légèrement les yeux à la vue de ma tenue.

— Me voilà, je confirme en souriant.

Pendant un instant, nous n'ajoutons pas un mot. Ben m'observe, les sourcils froncés.

— Est-ce qu'on peut commencer ? je finis par demander.

— D'accord. J'ai tout installé dans le jardin. Suis-moi.

— Avec grand plaisir.

Je dois me montrer excessivement avenante, car la réaction de Ben ne se fait pas attendre.

— Tu te moques de moi ?

— Cette hypothèse est-elle de nature à te rendre anxieux ? je le questionne avec curiosité.

Je regrette déjà de ne pas avoir emporté de quoi prendre des notes.

Ben s'arrête net et me lance un regard noir.

— À quoi est-ce que tu joues, Béatrice ?

— À rien du tout ! Je m'efforce juste d'être aimable.

— C'est bien ce qui m'inquiète.

— Tu devrais essayer, toi aussi, je ne peux m'empêcher de grommeler.

Je sais bien que Ben n'est pas plus enthousiaste que moi au sujet de ces leçons idiotes, mais il pourrait faire preuve d'un peu plus de bonne volonté.

— C'est ici, précise-t-il bien inutilement, lorsque nous atteignons un recoin du jardin où il a installé deux chevalets.

Nous nous trouvons dans une petite cour pavée entourée d'arbres. Les chevalets sont tournés vers la façade de la villa. La vue est charmante, et la lumière qui inonde les murs de la maison les fait paraître presque roses. La cascade rouge du bougainvillier de la pergola semble jaillir au milieu des flaques de vert et de jaune de la végétation. On dirait déjà un tableau.

— Alors, dis-je en m'approchant de l'un des chevalets. Comment dois-je m'y prendre ?

— Eh bien, tu pourrais essayer d'étaler de la peinture sur la toile.

Il a disposé entre les chevalets une petite table sur laquelle sont alignés des palettes, des tubes de peinture, des pinceaux et des pots à confiture remplis d'eau.

— Commençons par choisir notre modèle, si tu veux bien. Un paysage, pour débuter. Sélectionne ton sujet et fais de ton mieux.

— D'accord, je réponds en fixant la toile, qui me semble soudain très grande et très blanche.

Je saisis un pinceau et le trempe délicatement dans de la peinture rouge avant d'examiner le décor : la maison, la pergola et les fleurs. Il ne devrait pas être si difficile de communiquer cette vision à ma main.

Ben me regarde faire, puis il s'installe devant son propre chevalet et se met au travail. Malheureusement, si lui semble aussitôt absorbé par sa création, de mon côté, je rencontre quelques difficultés. J'ai beau percevoir les lignes et les formes qui composent le décor, quelque chose se perd lorsque je cherche à les retranscrire sur la toile. Là où devrait se trouver la maison s'élève un vague cube orange flottant au-dessus du sol. Et quand je tente d'ajouter des détails, ça ne fait qu'empirer les choses. Je repousse une mèche de cheveux, m'étalant du même geste de la peinture sur le visage.

Un peu plus tard (j'ignore combien de temps exactement, mais ça me semble une éternité), Ben cesse de peindre et laisse échapper un murmure de satisfaction. Il jette son pinceau dans le pot rempli d'eau, qui ricoche sur les parois en tintant. Ben s'étire et cligne des yeux, comme s'il venait de se réveiller.

— Alors, demande-t-il en se tournant vers moi, comment t'en es-tu sortie ?

Son ton est plus joyeux. On dirait que peindre l'a détendu.

— Ce n'est pas vraiment le résultat que j'espérais, je marmonne.

Il s'approche et se tient derrière moi. Je crois mourir de honte. J'ai eu beau faire de mon mieux, la toile posée sur mon chevalet est absolument hideuse. Me montrer à Ben sous un jour si peu flatteur me fait me sentir vulnérable. S'il se moque de moi maintenant, je ne pourrai jamais le lui pardonner.

— Tu as fait une erreur de perspective, commence Ben.

À mon grand soulagement, son ton n'a rien de moqueur. Il se tient si près de moi que je sens la chaleur de son corps contre mon dos.

— Il faut raccourcir ce trait, explique-t-il en se penchant pour désigner l'une de mes lignes orange tremblotantes. Et cette partie est plus près de nous, tu vois ? Alors il faut la prolonger.

Il me prend mon pinceau et entreprend de retoucher ma toile. L'ensemble est toujours aussi confus, mais au moins cette petite zone ressemble à quelque chose, désormais.

Je soupire.

— Ça semble si simple, quand on te regarde faire. Pourquoi est-ce que je n'ai pas su trouver la solution ?

— Tu finiras par y arriver. C'est une question d'entraînement.

— Il va m'en falloir beaucoup, je réponds tristement.

— Hmmm, murmure Ben, qui fait montre d'un sens de la diplomatie que je ne lui soupçonnais pas. Ça n'a jamais fait de mal à personne. Maintenant, essaie d'améliorer cette partie.

Je m'efforce d'appliquer ses conseils. Le résultat est meilleur, mais ça n'est pas encore convaincant.

— Tu y es presque, m'encourage-t-il.

Il s'attarde de nouveau sur certaines lignes pour m'expliquer ce qui ne va pas.

Une mèche me retombe sur le front, et je la repousse avec agacement de mes doigts couverts de peinture.

— Attends, dit Ben, je vais t'aider.

Comme au ralenti, je sens sa main effleurer mon front, puis glisser le long de mon cou. On croirait qu'elle libère une traînée d'étincelles sur ma peau. La bouche sèche, l'esprit vide, je le regarde dans les yeux. Pour une fois, je ne sais pas quoi dire.

Les pupilles de Ben sont dilatées. Il soutient mon regard quelques secondes puis s'éclaircit la gorge.

— Tu te mets de la peinture partout, explique-t-il enfin, avant de saisir mon poignet pour lever ma main devant mes yeux.

— Oh...

Voilà tout ce que je parviens à dire. Je fixe ma main, perplexe. Je suis éberluée de réagir ainsi au contact de sa peau contre la mienne. Sa main est chaude et l'étreinte de ses doigts autour de mon poignet est tendre.

— J'aurais dû penser à t'apporter une blouse. Il serait dommage de salir ces habits tout neufs.

Il lâche mon poignet et recule d'un pas, ce qui me permet de souffler l'air emprisonné dans mes poumons.

— Surtout si tu as l'intention de finir chacune de nos leçons en donnant l'impression de t'être roulée dans la peinture.

— Inutile de me parler comme à une enfant, je réplique avec raideur.

— Je ne me le permettrais pas. Ce n'était qu'un constat objectif, dont tu es si friande.

— Bien, dans ce cas je ferais mieux d'aller me changer, dis-je en m'efforçant d'adopter un ton détaché. Merci pour la leçon.

— Veux-tu savoir ce que je pense ? demande Ben.

— Pas particulièrement.

— Je pense que tu m'apprécies plus que tu ne veux bien le croire.

Il a parlé de cette voix veloutée que je l'ai entendu employer avec d'autres filles. Je reconnais également la lueur qui brille dans ses yeux.

— Oh ? dis-je en levant un sourcil. S'agirait-il là du fameux charme dont on m'a tant parlé ? (Il semble stupéfait.) Je ne te déteste pas, Ben, alors inutile de te donner tout ce mal, j'ajoute, désormais amusée par la situation. J'ai déjà eu l'occasion d'assister à cette performance et je suis convaincue qu'elle est très efficace. Mais je ne pense pas y être sensible.

J'aperçois dans ses yeux une émotion que je ne suis pas certaine d'identifier.

— Oh, vraiment ?

— Vraiment.

— Quel dommage…, murmure-t-il en s'approchant presque imperceptiblement.

À nouveau ce frisson de l'attente et ces battements irréguliers dans ma poitrine. Bientôt, nous sommes si proches l'un de l'autre que je suis persuadée qu'il peut entendre mon cœur s'affoler. Je lève la tête et plonge mon regard dans ses yeux si bleus. Exactement le même bleu que les bordures des ailes du papillon Machaon.

— Aimerais-tu que je t'embrasse, Béa ? chuchote-t-il.

J'essaie de reprendre mon souffle. Est-ce que j'ai envie qu'il m'embrasse ? De toute évidence, mon corps est plus que tenté : il se tend vers lui telle une fleur vers le soleil.

— Absolument pas, je réponds pourtant.

Je suis soulagée d'entendre que ma voix est nette est claire.

— Dans ce cas, je n'en ferai rien, dit-il, sans changer de ton. Du moins, ajoute-t-il avec un sourire en coin, pas avant que tu ne me le demandes. Gentiment.

Je m'écarte aussitôt de lui, soudain incapable de comprendre comment cette bouche prétentieuse a pu me sembler si attirante.

— Ça n'arrivera pas, je rétorque, mécontente de sentir quelque chose me nouer le ventre.

— L'avenir nous le dira.

Son attitude nonchalante me rend folle. Je lui adresse un sourire indifférent, puis je tourne les talons et quitte les lieux. Son rire satisfait me poursuit, tandis que je remonte l'allée bordée d'arbres, résolue à mettre le plus de distance possible entre lui et moi.

CHAPITRE 15

Au sortir de l'allée, je percute Ursula. Elle porte un ample pantalon rouge en soie et une chemise bleu canard. De grosses lunettes de soleil à monture bleue sont perchées au bout de son nez ; ses lèvres sont écarlates. On croirait un papillon particulièrement glamour.

— Oh, pardon ! je m'écrie en tendant le bras pour empêcher sa chute.

— Attention !

Elle fait un bond en arrière, les yeux braqués sur mes doigts maculés de peinture.

— Pour quelle raison mystérieuse, demande-t-elle en levant un sourcil au-dessus de ses lunettes, passes-tu ton temps à gambader couverte de peinture ?

— Ce n'est que la deuxième fois, je proteste.

Je ne suis pas encore remise de ma confrontation avec Ben. En se dissipant, l'adrénaline a laissé place à une curieuse et profonde lassitude. Je ne suis pas certaine d'être en état de me livrer à une joute verbale avec Ursula. Cette dernière est du genre lunatique : elle peut se montrer aussi renfermée que solaire et enthousiaste.

Elle me dévisage, puis se met en marche.

— Suis-moi, m'intime-t-elle.

Elle me conduit à l'autre bout de l'allée, disparaît dans un minuscule sentier qui part vers la droite, sans se donner la peine de vérifier que je la suis : c'est bien sûr le cas, même si je lutte pour imiter son pas rapide. Je me fraie un passage à travers les arbres et finis par atteindre un bâtiment que je n'avais encore jamais vu.

C'est une maisonnette basse et un peu délabrée, en bois clair. Toute la longueur de la façade est occupée par une véranda, dans laquelle je distingue des meubles en osier branlants recouverts de vieux coussins. Ils sont disposés autour d'une table sur laquelle s'entassent des bouteilles et des verres sales.

— Allez, approche, me lance Ursula sans se retourner.

Je la rejoins devant l'étrange bâtiment. Je croyais avoir découvert tous les secrets de la propriété, mais de toute évidence, celle-ci dissimule encore de nombreux recoins secrets.

— Quel est cet endroit ? je demande en observant le décor moucheté par l'ombre que projettent les chênes verts qui encerclent la maisonnette.

Même s'il est évident que la clairière dans laquelle nous nous trouvons n'a rien de naturel, j'ai le sentiment d'avoir découvert une chaumière de conte de fées.

— Léo l'appelle la « maison d'été », répond Ursula. Oui, c'est un rien grandiloquent. Il s'est offert ce petit caprice il y a quelques années, et il l'a oubliée presque aussitôt. À notre arrivée, elle était presque en ruine. Filomena et Léo m'ont autorisée à m'y installer.

Maintenant que je la vois de près, la maisonnette semble en effet avoir été délaissée. Le toit a été rafistolé, et il manque plusieurs lattes sur la terrasse en bois de la véranda. De l'endroit où je me tiens, je distingue à travers la vitre une grande chambre carrée avec un lit défait et un petit bureau adossé à un mur. Le sol est recouvert d'un tapis de feuilles de papier.

— Il y a de l'eau, là-bas, me lance Ursula avec un vague geste de la main. Va te débarbouiller.

Sur le flanc de la maison, je trouve une vieille pompe à bras. L'eau qui jaillit du sol est glaciale. Je me frotte les mains et les bras pour détacher la peinture. Cette toilette gelée me coupe le souffle. Le savon posé à côté de la pompe laisse sur ma peau une subtile senteur de menthe et de verveine, odeur délicate et sucrée qui me remonte le moral. J'en profite pour me nettoyer également le visage et découvre alors que, contrairement à ma chemise, mon pantalon est intact. J'empoigne les cheveux qui me collent au visage et les rassemble en chignon. À moins de changer de tenue, je ne pense pas pouvoir me rendre plus présentable.

Lorsque je rejoins Ursula dans la véranda, elle est en train de mélanger des boissons posées sur une desserte. Elle a remonté ses lunettes de soleil sur son front et une cigarette éteinte pend à sa bouche.

— Ah, dit-elle du coin des lèvres. Tiens. C'est pour toi.

Elle me tend un verre rempli d'un liquide couleur café. De sa main libre, elle fouille dans sa poche et en sort un briquet. Elle allume sa cigarette et inspire une profonde bouffée, puis désigne l'un des sièges en rotin.

— Assieds-toi, dit-elle en soufflant un filet de fumée entre ses lèvres. Tu veux une cigarette ?

— Non, merci.

Son hospitalité me déconcerte. Comme le siège est assez large, je décide de retirer mes chaussures pour m'y lover entièrement. Assoiffée, j'avale une gorgée de ma boisson, et étouffe un cri lorsque la lave me brûle la gorge et incendie ma poitrine. J'essaie de rester de marbre, tandis qu'Ursula sourit en s'installant face à moi, dans une pose identique à la mienne.

— Qu'est-ce que c'est ? je demande en levant mon verre.

— Du *nocino*. C'est une liqueur de noix. Je l'achète à une femme du village. Elle jure que sa famille détient la meilleure recette du pays.

Nous restons assises quelques minutes dans un silence seulement rompu par le concert des oiseaux et des criquets, dont le chant est porté par la brise. Maintenant que le feu de la première gorgée s'est éteint, je commence à apprécier la liqueur. Je bois des gorgées plus prudentes et mon corps se détend peu à peu. L'ombre des arbres nous prodigue une fraîcheur bienvenue.

— Alors, tu sors de ta première leçon avec Ben ? m'interroge enfin Ursula.

— Oui.

— Était-ce une expérience… instructive ?

— Pas vraiment, je réponds en faisant mine d'ignorer ses sous-entendus. Il semble clair que je n'ai pas la moindre fibre artistique.

— Hmmm, murmure Ursula. (Elle aspire une nouvelle bouffée de tabac et me dévisage en plissant les yeux à la manière d'un chat.) Je me demandais si Ben s'était contenté de t'enseigner l'art.

Je bois une autre gorgée.

— Tout à fait. À vrai dire, nous avons à peine échangé quelques mots. On ne peut pas dire que nous nous apprécions beaucoup.

Ursula oppose à ma réponse un petit rire incrédule.

— Tu penses ce que tu dis ?

— Bien sûr que oui, je rétorque, hésitant à poursuivre. Au moment de nous quitter, il s'est passé quelque chose d'étrange. (Après tout, je dois partager mes sentiments avec quelqu'un, et Ursula fera l'affaire.) Il a voulu m'embrasser et j'ai dit non. Mais c'est tout.

Ursula lance son mégot dans une soucoupe en porcelaine ébréchée et hausse les épaules, dans un mouvement qui fait chatoyer tout son corps.

— Je pense que quelqu'un devrait te mettre en garde.

— Me mettre en garde ? je m'exclame, stupéfaite.

Elle se redresse, attrape son paquet de cigarettes et en sort une, avec laquelle elle joue quelques instants, puis la repose sans l'avoir allumée.

— Ben est séduisant, et…

Mon ricanement méprisant l'interrompt.

— … ou du moins, il peut l'être, concède-t-elle. Mais il n'est pas fait pour la vie de couple, Béa.

Je suis surprise par la douceur de sa voix.

— … Il est gentil, oui, c'est vrai, mais il est surtout égoïste. En résumé… (Elle reprend la cigarette abandonnée et la place entre ses lèvres.) Il n'est pas fait pour toi, conclut-elle d'un ton définitif avant de se détourner pour allumer sa cigarette.

— Bah, je n'en veux pas, de toute façon, je rétorque avec une pointe d'irritation. Ton avertissement n'a donc pas lieu d'être. Et puis, j'ajoute, frappée par une illumination, peut-être que c'est toi qui attends quelque chose de lui.

Elle me dévisage.

— Je t'aime bien, Béa, dit-elle en souriant. Je ne l'aurais pas cru. Mais c'est le cas.

Je l'examine avec méfiance, pourtant son regard ne reflète que la franchise.

— J'ai espéré autre chose de Ben, autrefois, c'est vrai, concède Ursula. Mais nous sommes devenus de très bons amis. C'est pourquoi je suis bien placée pour t'avertir. Il est clair que tu n'as encore jamais connu l'amour. Crois-moi quand je te dis que Ben ne constituerait pas un bon début, à moins que tu ne meures d'envie de découvrir ce que cela fait de se faire briser le cœur. (Elle souffle un nuage de fumée.) Je t'ai donné un conseil. La suite n'appartient qu'à toi.

Je médite quelques instants ses paroles.

— Il n'était pas nécessaire de me préciser que Ben ne veut pas s'engager. Qu'est-ce qui t'amène à croire que c'est ce que je recherche ?

— Tu es une jeune fille anglaise bien élevée. Puisque tu es la nièce de Léo, j'imagine que tu viens de la haute société, alors… N'est-ce pas là votre coutume ? Les bals des débutantes, les mariages d'argent, ce genre de choses ? conclut-elle en plissant le nez pour marquer son dégoût.

— C'est bien ce que mes parents ont en tête, mais crois bien que je suis très heureuse de pouvoir y échapper quelque temps. Je ne suis pas venue ici pour me trouver un mari, si c'est ce que tu t'imagines. J'ai seulement dix-sept ans, voyons ! Je n'ai encore rien vécu.

Je devine que ma voix ne masque rien de la frustration que je ressens. Ursula me sourit.

— Je te comprends très bien. Klaus et moi venons d'un milieu très traditionnel, nous aussi. Nous n'y étions pas heureux, mais au moins nous étions là l'un pour l'autre. (Elle s'interrompt un instant.) Nous sommes partis dès que l'occasion s'est présentée. Nous avons séjourné quelque temps à Berlin avant de nous rendre en Italie, où tout nous a semblé merveilleux, tellement accueillant. Il se passait tant de choses ici, au niveau artistique. (Son discours s'emballe et une flamme danse dans ses grands yeux. Mais bientôt, celle-ci s'éteint et laisse place à une lueur d'angoisse.) J'aimerais rentrer chez moi après l'été, mais je doute que ce soit possible.

— Pourquoi ?

— La situation est devenue dangereuse en Allemagne. Spécialement pour Klaus et moi, dont le sang est suffisamment juif pour que nous soyons désormais… problématiques. Si les choses ne s'arrangent pas, je pense que les gens comme nous vont avoir de plus en plus de mal à rester. D'ailleurs, beaucoup s'enfuient déjà.

Je frissonne. J'ai bien lu quelques articles de journaux évoquant les événements qui ont cours en Allemagne, mais ça n'en donnait qu'une vague idée. Cette fois, cela semble très réel.

— Je suis désolée.

— Parlons plutôt de Ben. Si tu cherches à vivre une aventure, alors c'est différent, dit-elle, visiblement soulagée de changer de sujet. Mais même dans ce cas… tu n'as pas l'expérience nécessaire pour flirter avec ce séducteur.

— Je suis tout à fait capable de me défendre, merci beaucoup. Il n'est ni aussi charmant ni aussi malin qu'il l'imagine. Cela étant, tu as raison quand tu soulignes que je manque d'expérience en matière de… séduction.

C'est le moins que l'on puisse dire.

— Oh, eh bien, ma chérie… (Un sourire inédit étire les lèvres d'Ursula, et elle poursuit en ronronnant.) Si tu cherches des conseils sur ce sujet précis, tu as frappé à la bonne porte.

CHAPITRE 16

La suite est des plus instructives. Mon verre se vide et se remplit plusieurs fois pendant que nous parlons. Ou plutôt, pendant qu'Ursula parle.

Elle me décrit chacune de ses nombreuses histoires d'amour, qui sont toutes plus scandaleuses les unes que les autres. Je devine qu'elle cherche à me faire rougir, mais pour moi qui connais si bien la sexualité animale, il n'y a là rien de nouveau sous le soleil... Bref, disons qu'il ne lui sera pas si facile de me choquer.

— Savais-tu que les abeilles s'accouplent en plein vol ? je finis par intervenir. Mais le mâle meurt aussitôt après, car son organe reproducteur est arraché pendant le coït. (Je bois une gorgée en méditant ces paroles.) Je me demande si le jeu en vaut la chandelle.

Ursula écarquille les yeux. Je l'ai coupée dans son élan.

— Il faudrait poser la question à monsieur l'abeille.

Elle se lève et s'étire, puis tend une main vers moi.

— Viens, je vais te faire visiter.

Elle me montre le reste de la maison d'été, qui n'est pas très grande. Les feuilles étalées sur le sol de sa chambre sont des pages de la pièce qu'elle est en train de créer. Elles sont recouvertes d'une écriture serrée et penchée. Ursula m'explique qu'elle écrit dans le jardin et qu'elle tape ensuite la version définitive sur la machine à écrire rouillée posée sur le bureau.

— Je ne peux pas transporter cette horreur partout avec moi, dit-elle en désignant l'énorme machine à écrire. Et puis, quelque chose flotte dans l'air, ici... Je me sens incroyablement créative. Ce n'est pas seulement dû au lieu en lui-même ; c'est aussi grâce aux gens qui y vivent. Filomena a donné vie à quelque chose de spécial. Toutes ces idées, toutes ces discussions, c'est...

Elle ne termine pas sa phrase, mais je comprends ce qu'elle entend par là : je hoche la tête pour signifier mon approbation. Je ressens la même chose.

Je finis par rentrer, laissant Ursula se remettre au travail. En chemin, je m'aperçois que je ne tiens pas très bien sur mes jambes. Sur la terrasse, je rencontre Filomena et Ben. Voir ce dernier me fait un drôle d'effet, après ce qui s'est passé entre nous et ma conversation avec Ursula.

— Béa ! s'exclame Filomena. Je voulais justement te voir. (Filomena est fidèle à elle-même, tandis que Ben affiche un air préoccupé inhabituel.) Est-ce que tout va bien ? me demande-t-elle en me regardant de plus près. Tu es toute rouge.

— Un peu trop de soleil.

— Ah ! Tu devrais peut-être te reposer un moment avant le dîner ?

Je hoche la tête, tout en essayant de ne pas perdre l'équilibre.

— Très bonne idée.

— De nouveaux invités devraient arriver sous peu, explique Filomena. Il faut que j'aille me préparer.

À ces mots, elle s'élance en direction de la maison en appelant Léo de sa voix musicale.

— Comment vas-tu ? m'interroge Ben.

— Bien, je réponds en lui faisant un grand sourire. On ne peut mieux.

Un sourire hilare illumine son visage.

— Tu es saoule ! s'écrie-t-il, ravi.

— C'est toi qui es saoul ! je réplique sans réfléchir. Je veux dire, non, je ne suis pas saoule.

Je secoue la tête et m'efforce de reprendre le fil de cette conversation absurde.

— Oui, j'ai bu un verre. Mais je ne suis pas saoule.

Même si, à la vérité, le monde qui m'entoure semble avoir des contours toujours plus flous.

Ben ne se départit pas de son sourire agaçant, et son assurance me met en colère plus que de raison. Je le dévisage, soudain furieuse de devoir supporter son visage si parfait. Quelle idée d'avoir une tête pareille ? Pas étonnant qu'une jeune fille perde ses moyens à sa vue.

— Pourquoi tu me regardes comme ça ? demande-t-il.

— C'est ta tête, j'explique en pointant sur lui un doigt accusateur. Elle m'énerve.

Sans lui laisser le temps de répondre, j'entre dans la villa et file dans ma chambre. La tête me tourne. Une chose est sûre : le *nocino* n'est pas mon ami.

Je me remplis un grand verre d'eau puis vais m'étendre sur mon lit, dans l'attente que les murs cessent de tanguer. Je maudis Ursula et sa liqueur maléfique. Un mal de tête sournois commence à faire battre mes tempes et tous mes membres s'alourdissent. Une vision envahit soudain mon esprit : le visage de Ben juste avant qu'il propose de m'embrasser. Je ferme les yeux de toutes mes forces.

Lorsque je les rouvre, je suis désorientée : la chambre est plongée dans le noir. Mon estomac gargouille bruyamment. C'est sans doute l'heure du dîner.

Je me redresse en prenant appui sur mes coudes, et tente de bouger un peu la tête. C'est assez douloureux, mais au moins, je n'ai plus de vertiges. Je prends une douche froide rapide qui me fait beaucoup de bien, puis j'enfile une chemise propre.

C'est seulement à cet instant que je remarque l'enveloppe posée sur la table de chevet. Je reconnais instantanément l'écriture maniérée de ma mère.

Je m'assois sur mon lit pour ouvrir l'enveloppe. J'en sors quelques pages parfumées à la lavande, que je survole. J'y trouve les potins habituels, un résumé de son agenda mondain, ainsi que des nouvelles des filles de ses amies, qui sont toutes plus convenables que la sienne et pour la plupart sur le point de se marier. La lettre se conclut par un paragraphe dont la lecture me fait frémir des pieds à la tête.

Ton père et moi avons passé une soirée exquise avec les Astley ce jeudi. Il me semble que nous avons presque su leur faire oublier l'horrible scène du mois dernier. Lorsque la soirée touchait à sa fin, Cuthbert a même révélé avoir été séduit par ta nature fougueuse ! Je crois que tout espoir n'est pas perdu si tu parviens à t'assagir un tant soit peu, Béatrice. À la vérité, Philip n'a pas caché qu'il verrait votre union d'un œil très favorable. Et puis, ne dit-on pas que l'absence renforce la passion ? Espérons que notre jeune Cuthbert le prouvera ! J'insiste, Béatrice : les bons partis ne tombent pas du ciel, et il est grand temps d'envisager ton avenir avec tout le sérieux nécessaire.

Mes yeux brouillés par les larmes sont incapables de lire la suite, alors je froisse la lettre en boule d'une main tremblante. Je ressens dans ma poitrine un sentiment de vide familier. La réalité vient de se rappeler à moi : mon séjour ici n'est qu'une trêve et la machination de mes parents est toujours en marche.

Dans ce cas, autant en profiter jusqu'au bout, me dis-je en lâchant la lettre au sol, avant de la pousser sous le lit du bout du pied.

CHAPITRE 17

Héro me surprend en bas de l'escalier.

— Ah, te voilà enfin ! Tu m'accompagnes au jardin ? Je m'ennuie : ils ne parlent que de politique.

Je me force à lui sourire, repoussant la lettre de ma mère dans les oubliettes de mon cerveau.

— J'espère que la table est garnie, je réponds. Je meurs de faim.

À notre arrivée, la table du dîner est en effet recouvert de plats. Héro avait raison : la politique est au centre des débats.

— L'Italie est le berceau de l'art, de la culture, de la civilisation ! hurle un homme en agitant sa cigarette. Nous sommes les enfants de l'Empire romain.

— Tu t'imagines que votre passé fait de vous des êtres supérieurs, c'est ça ? se moque un autre invité.

— Il n'a pas tort, mon cher, renchérit une femme. J'ignorais que tu avais participé à la victoire sur Carthage.

Le visage du premier homme s'empourpre aussitôt.

— Notre histoire, c'est notre sang, c'est notre héritage. Mussolini l'a bien compris, lui…

Tout en écoutant les invités débattre, je me sers de poissons grillés et de poivrons. Ce que je sais de Mussolini, je l'ai appris au cinéma, grâce à ces films de propagande qui louent sa volonté de relever le pays et son goût pour l'ordre et la discipline. J'ai aussi vu des films muets montrant des troupes de jeunes soldats défilant en colonnes bien alignées. Cette mécanique froide m'a davantage troublée qu'impressionnée. Même si je connais mal Mussolini et l'Italie, j'en sais un peu plus sur l'Union des Fascistes Britanniques d'Oswald Mosley, qui me fait très peur.

— Et l'Allemagne ? intervient un invité. Regarde ce qui se passe là-bas... Le danger est réel. Ne t'imagine pas que notre pays est à l'abri.

— On ne peut nier que la situation s'améliore depuis que Mussolini est au pouvoir, avance oncle Léo.

Il n'est pas seul à défendre ce point de vue. D'autres convives hochent la tête.

— Et les Chemises noires ? je lance alors.

— Oh non ! Tu ne vas pas t'y mettre aussi..., grogne Héro. Bon, j'abandonne, lâche-t-elle.

Puis elle regagne la maison en tapant des pieds.

— Que sais-tu des Chemises noires ? demande Léo en m'adressant un sourire patient.

— Que certaines de leurs méthodes n'ont rien de plaisant. Et l'histoire nous enseigne que le nationalisme fanatique n'amène jamais rien de bon.

Personne ne réagit et Léo m'observe d'un air surpris.

— Pour ma part, lorsque je l'ai rencontré, j'ai trouvé *Il Duce* tout à fait charmant, déclare une rousse languide, et elle adresse un sourire lumineux à Ben, qui vient d'apparaître sur la terrasse.

La rumeur du débat s'élève à nouveau. J'en profite pour croquer dans un gros morceau de pain, et ferme les yeux pour savourer le talent de Rosa.

— Je suis ravi de te revoir, Simone, murmure Ben.

Il saisit délicatement sa main et sourit en plantant ses yeux dans les prunelles vertes de la jeune femme. Le regard lourd de sous-entendus qu'ils échangent me suggère qu'ils ont couché ensemble. Mais je chasse aussitôt cette pensée. Après tout, cela ne me regarde pas.

— Ah, Benedick ! soupire-t-elle. Quelle joie.

— Benedick ?

Je manque de peu de m'étouffer de rire. Ben me lance un regard assassin, Simone se contente de m'examiner de la tête aux pieds. À sa façon de plisser le nez, je devine qu'elle n'est pas impressionnée par ce qu'elle découvre. Étrangement, alors que je devrais me sentir insultée, je trouve la scène plutôt cocasse.

— Viens t'asseoir près de moi, susurre-t-elle en tournant ses yeux lumineux vers Ben. Nous avons tant de choses à nous dire.

Pour un peu, elle se mettrait à ronronner. Son attitude est d'une banalité navrante, et j'ai déjà vu Ben agir si souvent de cette manière que cela m'amuse. Mais quand je me tourne vers lui, je m'aperçois que ses yeux ne sont pas rivés à Simone ; c'est moi qu'il observe d'un drôle d'air. A-t-il remarqué le regard méprisant que m'a adressé son amie ?

Ben hésite à s'asseoir.

— Oh, ne te préoccupe pas de moi, Benedick ! je m'exclame. C'est la nourriture qui m'intéresse.

Il comprend que je me moque de lui et grimace. Mais avant qu'il ait une chance de se défendre, Klaus vient à mon secours.

— Ah, tu es là ! Avec Ursula, nous allons prendre l'air. Les invités de Fil laissent un peu à désirer, ce soir, précise-t-il en jetant un regard dégoûté sur Simone.

— Qu'avez-vous en tête ? je demande.

— Un pique-nique, bien sûr, explique Klaus avec un grand sourire qui met en valeur ses dents blanches. Nous nous sommes installés à côté de la fontaine. Ursula m'a ordonné d'aller chercher du vin et de t'inviter à nous rejoindre.

— Dans cet ordre-là, je suppose.

Klaus éclate de rire, puis il me murmure à l'oreille :

— De ton côté, tu es chargée de nous trouver un dessert.

— Je suis la femme de la situation. Rosa ne nous laissera pas tomber. Puis-je te confier ceci ? j'ajoute, en lui présentant mon assiette encore bien pleine.

— Je suis ton obligé, Béa, maintenant et pour la vie.

— C'est bien chevaleresque de ta part, je lance en m'éloignant en direction de la cuisine.

Je ne m'étais pas trompée. Rosa n'est pas là, mais elle a préparé plusieurs rangées de *cannoli* bien alignés, qui n'attendent qu'à être dégustés. Les merveilleux rouleaux de pâte frite sont fourrés d'une ricotta crémeuse et sucrée, et recouverts à chaque extrémité de copeaux de chocolats et de pistaches. J'entreprends d'en disposer quelques-uns sur une assiette.

— Qu'est-ce que tu fabriques ?

La voix dans mon dos me fait sursauter. Je me tourne et découvre Ben.

— Je prépare le dessert.

— Pour Klaus et toi ? demande-t-il d'un air détaché, en attrapant l'un des *cannoli* posés sur mon assiette.

— Oui. Qu'est-ce que tu fais là ? N'es-tu pas censé mettre en pratique ton art de la séduction dans le jardin ?

Il s'appuie contre la table, les bras croisés.

— Que veux-tu dire par là ?

— Oh, tu sais bien, je murmure tout en me concentrant à nouveau sur les gâteaux. La regarder dans les yeux à peine plus longtemps que nécessaire, s'approcher d'elle en lui frôlant le bras comme par accident, lui chuchoter quelques mots doux à l'oreille… Enfin, tu n'as tout de même pas besoin que je te donne une leçon, n'est-ce pas ?

Ben semble partagé entre la colère et l'amusement.

— Je vois que rien ne t'échappe, lâche-t-il. Aurais-tu décidé de m'étudier comme si j'étais l'un de tes vers luisants ?

— Étudier les jeunes hommes, tu veux dire ! je réplique, riant d'être percée à jour. Il faut dire que j'ai trouvé en Klaus et toi des spécimens tout à fait fascinants.

— Oh, je suis persuadé que Klaus sera enchanté de se mettre à ton entière disposition.

— J'y compte bien. De manière générale, il se montre bien plus serviable que toi.

— Pas étonnant, lâche Ben d'une voix plus fébrile qu'à l'accoutumée. Il ne te quitte pas des yeux depuis le premier jour.

— Ah, vraiment ? Cela signifie-t-il qu'il me considère comme une partenaire sexuelle potentielle ?

Ben me dévisage un instant.

— On éduque étrangement les jeunes filles, dans ton pays.

— Je n'ai jamais compris pourquoi le sexe était un sujet si tabou. Enfin quoi, sans cela, aucun de nous ne serait là. C'est tout sauf un grand mystère, il me semble.

— Oui, oui, admet Ben, mais ce n'est pas le genre de choses dont on parle avec…

— Avec les demoiselles ? (Je pousse un profond soupir.) Je sais, et c'est fort regrettable. J'en ai discuté avec Ursula une bonne partie de l'après-midi, et je trouve que les mœurs modernes devraient constituer un sujet d'étude de premier ordre. (Je commence à m'échauffer.) Après tout, Ben, il est notoire que tu ne mènes pas une existence chaste. Prenons Simone, par exemple.

— Ce que je fais avec Simone…, grogne-t-il avant de se reprendre, ou ce que je faisais, ne te regarde pas.

— Tout comme tu n'as pas à te mêler de ce que je fais avec Klaus.

— Parce que tu fais des choses avec Klaus ?

Il s'est remis à plisser le front.

— Ce n'était qu'un exemple. C'est toi qui as abordé le sujet.

— Non, c'est toi qui as décidé de parler de partenaires sexuels potentiels, s'entête Ben. Et sur ce point, je pense que tu finiras par découvrir qu'il y a une grande différence entre ton imagination et la réalité. Tout est bien plus compliqué que tu ne le crois.

Je n'ai pas d'arguments à lui opposer à ce sujet. Je n'ai que très peu d'expérience en la matière, c'est indéniable. Et il n'a pas tort : il y a un fossé entre lire des choses dans un livre et les vivre. Entre la théorie et la pratique.

— Tu as raison, je finis par admettre.

— Parfait, répond Ben du tac au tac. Attends, ajoute-t-il aussitôt, j'ai raison à quel sujet ?

— Au sujet de mon manque d'expérience. (Si ma mère voyait le regard que je lui lance, elle le mettrait en garde.) J'envisage de faire des recherches plus approfondies, je poursuis sur un ton délibérément détaché. Et si je prenais un amant ?

Sur ces paroles, je le quitte et franchis la porte de la cuisine.

CHAPITRE 18

Ben me poursuit en balbutiant une flopée de phrases à peine cohérentes.

— Prendre un amant ! je l'entends répéter dans sa barbe.

Je lutte pour ne pas rire. Je n'aurais jamais cru qu'il serait si facile de le choquer. Je le pensais fait d'un autre bois que les habitués de Langton Hall.

— Tu as abandonné Simone, je lui fais remarquer alors que nous nous enfonçons dans le jardin. Tu étais pourtant sur la bonne voie.

Il ne se donne même pas la peine de répondre.

Nous retrouvons Ursula et Klaus devant la fontaine. Ils sont étendus sur une vieille banquette rouge, séparés par un antique chandelier de cuivre à l'aspect vaguement gothique, qui projette sur eux une lueur vacillante. Ils ont disposé d'autres bougies dans des verres tout autour de la fontaine, et un banquet improvisé est posé par terre, ainsi que deux bouteilles de vin.

— Pourquoi as-tu été si longue ? m'interroge Ursula en tendant les mains pour accueillir les pâtisseries avec recueillement.

— Nous discutions, voilà tout, répond Ben, qui semble avoir retrouvé son calme.

— Je me demande quel sujet vous a occupés si longtemps, ronchonne Klaus en me rendant mon assiette. J'ai bien cru que mon dessert n'arriverait jamais.

— Ben me proposait de choisir un amant, j'explique avant de reprendre mon dîner là où je l'avais abandonné.

Klaus s'étrangle sur sa gorgée de vin, tandis que Ben gémit en se prenant la tête à deux mains. Ursula me lance un regard complice.

— Quelle idée brillante ! Ben avait-il… quelqu'un en tête ?

— Eh bien…

— Non, pas du tout, me coupe Ben. Et merci de ne pas m'attribuer cette idée idiote.

— Dans ce cas, dit Klaus, qui semble sur le point d'éclater de rire, peut-on savoir pourquoi vous avez abordé ce sujet ?

J'accepte le verre de vin qu'il me tend.

— Ben m'a rappelé que la théorie et la pratique sont deux choses très différentes. Si je veux comprendre ce qui les distingue, le procédé le plus logique serait de prendre un amant. Il s'agirait d'une sorte d'expérience.

Klaus rit franchement, cette fois.

— Une expérience ?

— Je le répète, s'agace Ben, ça n'était en aucun cas mon idée. Béa est très fière de sa plaisanterie, voilà tout.

— Oh ! Il faut dire que tu m'as facilité la tâche. Je n'aurais jamais cru que tu réagirais comme le plus corseté des puritains, je commente, ravie de le faire enrager.

— S'agit-il vraiment d'une plaisanterie ? demande Ursula. Pour ma part, je trouve l'idée délicieuse.

— Moi aussi, renchérit Klaus. Et il ne devrait pas être trop difficile de dénicher un candidat à la hauteur.

— Cessez de l'encourager ! gronde Ben. C'est ridicule.

Je me raidis. Serait-il si saugrenu de m'imaginer avoir une liaison ?

— Au fond, je lance, un peu plus fort que je ne l'aurais voulu, c'est peut-être exactement ce dont j'ai besoin.

— Une expérience romantique ? s'insurge Ben en secouant la tête. Mais où sont passés… les battements de cœur, les poèmes, les serments d'amour sous le gardénia en fleur ? Les femmes ne sont-elles pas censées avoir un faible pour ce genre de choses ?

— Je doute que les gardénias supportent bien ce climat. Il fait trop chaud et trop sec. Ce sont des fleurs plutôt délicates.

— Ce n'est pas des gardénias qu'il s'agit ! s'exaspère Ben.

— Alors pourquoi les avoir évoqués ? Peut-être que c'est ce que tu espères ? Des battements de cœur, des poèmes et des gardénias ?

Ursula rit dans le verre qu'elle portait à ses lèvres.

— Moi ? Mon Dieu, non ! Tout sauf ça. Mais c'est ce qui plaît aux femmes, non ?

Je hausse les épaules.

— Je n'en ai pas la moindre idée.

— S'il faut comprendre par là que tu n'as jamais fait l'objet d'attentions romantiques, alors j'en déduis que les Anglais sont des hommes de pierre, commente Klaus.

— Ce n'est pas tout à fait exact. Mais… Bon, il faut rencontrer Cuthbert pour comprendre.

— Qui est Cuthbert ? demande Ursula, qui s'adosse à la banquette en allumant une cigarette.

Je leur raconte notre brève « histoire d'amour », sans omettre le récit du funeste dîner, qui les fait beaucoup rire.

Ursula, plus agitée que jamais, doit même s'essuyer les yeux.

— Tu as décrit l'accouplement de deux vers luisants à un pasteur ? balbutie Ben, incrédule. Mais oui, bien sûr que tu l'as fait.

— J'aurais adoré voir ça, glousse Ursula entre deux éclats de rire. C'est le destin qui t'attend, alors ? poursuit-elle sur un ton plus sérieux. Tes parents veulent te marier à un aristocrate malingre pour pouvoir l'installer dans le manoir familial ?

— Oui, on peut résumer la chose ainsi. (Mon cœur se serre en repensant à la lettre cachée sous mon lit.) Ils ne font pas ça par cruauté. Ils croient sincèrement agir dans mon intérêt. Simplement, ils sont incapables de concevoir la vie dont je rêve.

— Et tu comptes les laisser faire ? s'offusque Ben en braquant ses yeux sur moi. Tu vas les laisser te donner en mariage à cette pauvre andouille ?

— Je ne sais pas. Je crois qu'ils ont toujours pensé que je finirais par évoluer, j'explique en baissant les yeux. La vérité, c'est que, moi aussi, je finirais presque par espérer changer. Devenir quelqu'un d'autre : la fille de leurs rêves. Malgré tout, je tiens à les rendre heureux. Je vais sans doute m'assagir un jour, et alors j'épouserai un garçon comme Cuthbert. Je n'ai guère le choix... Je ne peux pas passer ma vie à errer dans leur maison. Et puis..., j'ajoute en m'efforçant de paraître plus gaie, le mariage pourrait m'apporter un peu de liberté. Me libérer de l'emprise de mes parents, en tout cas.

S'ensuit un long silence, et j'en suis soulagée. Je ne serais jamais parvenue à me livrer ainsi en plein jour, mais cette atmosphère paisible et cette couverture d'étoiles semblent faites pour accueillir les secrets.

— Eh bien, dit Klaus, brisant le silence, vu sous cet angle, une aventure estivale paraît tout à fait appropriée.

— Oui, confirme Ursula. Parfaitement appropriée. Un été dédié à la bagatelle, aux baisers et aux élans romantiques, sans se soucier du lendemain.

Je pouffe.

— Des élans romantiques ? Tu es pire que Ben.

— D'ailleurs, Ben n'est-il pas le plus grand séducteur des environs ?

Je mords dans l'un des *cannoli* de Rosa, fermant les yeux de plaisir.

— Je l'ai regardé agir pendant un certain temps, j'explique tout en léchant la crème qui me coule sur les doigts. Et je dois reconnaître que c'est un spectacle fascinant. Cependant, je doute fort que ses charmes puissent me faire de l'effet.

Ben reste de marbre.

— Sache que s'il me prenait l'envie de conquérir ton cœur, ça n'exigerait pas le moindre effort.

— Pourquoi ne pas le prouver ? suggère Ursula.

— Que veux-tu dire par là ? s'étonne Ben en se courbant pour saisir une pâtisserie.

— Eh bien, d'un côté nous avons Béa, qui n'a aucune expérience en matière d'amour, et de l'autre nous avons Ben, un don Juan qui prétend pouvoir séduire n'importe quelle femme. (Un sourire espiègle se dessine sur son visage.) La conclusion me semble évidente.

Ben s'étrangle sur un morceau de *cannoli*.

— Mais… c'est une idée délirante ! je m'écrie après être restée un instant figée de stupeur.

— Pourquoi ? demande Ursula. Aurais-tu peur ?

— Non ! Pas du tout. C'est juste… ridicule.

— Absolument, renchérit Ben.

Même s'il ne fait que se ranger à mon opinion, je lui en veux un peu d'être si catégorique.

— Bien. Dans ce cas, intervient Klaus avec désinvolture, je me porte volontaire pour assister Béa dans cette expérience.

Ben fronce les sourcils.

— Je n'ai pas dit non, dit-il.

— Quoi ? je m'exclame, stupéfaite.

— Je ne dis pas non, répète-t-il en me regardant droit dans les yeux.

— Oh…

Une fois encore, je ne sais pas quoi dire.

— À moins que tu n'aies peur de t'y risquer ?

Les mots de Ben sonnent comme un défi.

— Béa n'est pas du genre à abandonner si facilement, insiste Ursula. Elle n'est pas vieux jeu, contrairement à ses parents. Est-ce que je me trompe ? me demande-t-elle en souriant.

Je la fixe quelques secondes.

— Très bien. Je vais le faire. Si Ben est d'accord.

— Je le suis, répond-il après un bref instant.

Son visage est indéchiffrable. Je sens mon cœur battre la chamade.

Ursula applaudit de joie.

— Il convient d'établir des règles, bien sûr, intervient Klaus.

— Bonne idée, approuve Ursula. Règle numéro un : il faut définir une échéance.

— Très simple, dit Klaus. Béa reste ici jusqu'à la fin du mois d'août.

Mon cœur manque un battement, mais je m'efforce de n'en rien laisser paraître.

— C'est exact.

— Donc : six semaines, poursuit Ursula. La durée parfaite pour une romance.

Je me demande s'il s'agit d'une vérité générale ou de sa simple opinion, mais je devrais le découvrir bien assez tôt.

— Règle numéro deux : toute cette affaire doit rester entre nous quatre. Oui, ce sera notre secret. Les autres pourraient ne pas se montrer aussi enthousiastes. Après tout…, explique Ursula avec un sourire machiavélique, Béa est censée se trouver sous la surveillance stricte de son oncle. Mieux vaut ne pas donner à Léo la moindre raison d'écrire à ses parents.

Je me tourne vers Ben qui lève les yeux au ciel.

— Et enfin, règle numéro trois, conclut Klaus : Ben est tenu d'offrir à Béa une expérience romantique totale. Il doit la courtiser dans les règles de l'art pour gagner son cœur. Rien ne doit se passer sans son accord. Si tu penses en être capable, ajoute-t-il en glissant un regard malicieux à Ben.

— Je suis prêt à relever le défi, affirme ce dernier. J'avais donc raison depuis le départ : il sera question de mots tendres murmurés sous les gardénias.

— Impossible. Encore une fois, la terre de la région n'est pas assez…

Ben m'interrompt d'un geste de la main.

— Des détails, tout ça. Je me crois tout à fait capable de faire la cour à Béa, dit-il en s'étirant paresseusement. Je vais pouvoir lâcher le romantique qui sommeille en moi.

— Le lâcher ? je répète en haussant les sourcils. Voilà qui est plutôt… inquiétant.

Ben m'oppose un sourire carnassier.

— Je vais même devoir faire preuve de retenue. Je ne voudrais pas laisser des fragments de cœur brisé dans tous les coins, tu comprends.

J'hésite, songeant à nos précédentes entrevues.

— Je me demande comment cela pourrait fonctionner. Nous nous disputons beaucoup, pour des gens qui se connaissent à peine.

— C'est là tout l'intérêt, dit-il en me lançant un regard qui me fait rougir, cette fois.

— L'affaire est donc conclue, s'empresse de déclarer Ursula. Klaus et moi serons les arbitres.

— Vous avez oublié de mentionner une règle essentielle, intervient Ben en levant le doigt.

Que va-t-il ajouter ?

Sa réponse se fait attendre.

— Tu ne dois pas, quoi qu'il arrive, tomber amoureuse de moi.

J'éclate de rire.

— Voilà qui ne me posera aucun problème. De ton côté, tu dois promettre de ne pas tomber amoureux de moi.

Le gloussement de Ben a quelque chose d'insultant.

— Alors, marché conclu ? demande Klaus.

Je fixe Ben, le défiant de se dédire. Ses yeux ne vacillent pas, et lentement, il hoche la tête.

— J'ai hâte de travailler avec toi. (Nous échangeons une poignée de main.) Jure-moi seulement de ne pas te sentir humilié si ta méthode ne porte pas ses fruits.

— Oh ! répond Ben, une lueur ambiguë dans le regard, tu as voulu de la romance, tu vas en avoir.

J'essaie de ne pas m'inquiéter de ce qui sonne comme une menace.

TROISIÈME PARTIE

Villa di Stelle, juillet 1933

« Toi et moi, nous avons trop d'esprit
pour coqueter paisiblement. »

William Shakespeare,
Beaucoup de bruit pour rien, Acte V, Scène 2

CHAPITRE 19

Le lendemain, aux alentours de midi, une enveloppe jaillit sous ma porte. À l'intérieur, je découvre un mot écrit avec un peu plus de soin que le message me convoquant à ma première leçon de peinture.

Béa,

Ceci est une lettre romantique.

Comme je te sais trop inexpérimentée pour percevoir ce qu'elle a de romantique, je préfère te prévenir, afin que tu ne sois pas surprise.

Es-tu prête ?

Retrouve-moi, mon ange aux cheveux de jais, sur la terrasse à quinze heures pour un rendez-vous galant. Mon cœur brûle de te revoir, et je ne cesse de compter les heures qui nous séparent de ce moment.

B

Cette histoire d'ange aux cheveux de jais me fait tant rire que j'en ai mal au ventre. Ce n'est sans doute pas l'effet escompté. J'essaie sans succès de m'imaginer en héroïne romantique. Finalement, peut-être que je ne suis pas faite pour les histoires d'amour. Qu'adviendra-t-il si Ben me susurre une chose pareille et que je lui ris au nez ? Cela ne produirait rien de bon, je le crains.

Malgré tout, puisque Ben se donne tant de mal, je vais faire des efforts, moi aussi. J'ouvre ma penderie en me demandant quelle tenue choisirait une héroïne romantique.

Je passe en revue mes vieilles robes du regard, dépitée. Impossible. Elles conviennent à celle que je suis en temps normal, certainement pas à celle qui se laisse emporter dans cette comédie sentimentale.

Je choisis donc un pantalon taille haute vert mousse et une chemise blanche dont je retrousse les manches jusqu'aux coudes. Je m'attache les cheveux avec soin, en domptant les mèches les plus rebelles au moyen d'épingles.

Je recule d'un pas pour m'observer dans le miroir. J'ignore si je ressemble à une héroïne romantique, mais au moins j'ai l'air d'être moi-même, ce qui me semble plus important.

Après avoir consulté ma montre, je décide d'aller rendre visite à Ursula. Il reste beaucoup de temps avant mon rendez-vous avec Ben, et j'ai très envie de m'entretenir des événements de la nuit dernière avec une autre femme.

Lorsque j'arrive à la maison d'été, je trouve Ursula occupée à mettre le feu à sa machine à écrire.

— Il va te falloir beaucoup plus de petit bois, je lui fais remarquer tandis qu'elle lance une allumette enflammée sur le monticule de charbon incandescent qu'elle a disposé sous la grosse machine.

— Je la déteste ! rugit Ursula.

Elle vide alors le reste de la boîte d'allumettes, donne un coup de pied à la machine. Après quoi elle se met à sauter à pieds joints en se tenant les orteils, tout en proférant une salve de mots allemands très expressifs.

— Ta pièce n'avance pas aussi bien que tu le voudrais, c'est ça ? je demande timidement.

Ursula me fusille du regard.

— Oh, mais comment as-tu deviné, Sherlock Holmes ?

Elle tourne le dos à la machine à écrire en lâchant une nouvelle bordée de paroles énigmatiques (encore des jurons colorés, j'en mettrais ma main à couper), puis elle se rue vers la véranda où elle se sert un verre.

— Cette pièce est bonne à jeter ! gémit-elle.

— Oh, c'est désolant !

— Oh, c'est désolant ! répète-t-elle d'un ton amer. Vous autres Anglais êtes toujours si froids et insensibles.

— Tu as sans doute raison.

— Cependant… (Une lueur tremble dans ses yeux. Elle avale une gorgée d'alcool.) Grâce à votre expérience, cela pourrait changer, pas vrai ?

Je rougis, ce qui ne manque pas de la faire sourire.

— Comptes-tu vraiment me laisser boire seule ? s'insurge-t-elle.

J'accepte le verre qu'elle a rempli pour moi. Ursula s'affale dans un fauteuil et tire une cigarette de son paquet.

— Je croyais que tu ne voulais pas que j'aie une liaison avec Ben. (J'hésite un instant avant de poursuivre.) Es-tu sûre que ça ne te ferait pas de peine ? Je ne voudrais surtout pas…

— Oh, bon sang ! marmonne Ursula. Par pitié, épargne-moi ça. (Elle allume sa cigarette et en inspire une profonde bouffée.) Je ne suis pas d'humeur à endurer l'une de ces ignobles scènes larmoyantes où nous jurerions de ne jamais laisser un homme nous diviser.

— Pour ma part, je n'avais pas la moindre intention de pleurer. Et toi ?

Ursula laisse éclater un rire méprisant.

— Non. Tu ne me verras pas verser une larme.

— Parfait. Dans ce cas, peux-tu m'expliquer ce qui t'a amenée à proposer cette expérience ?

Ursula continue à fumer en silence, les yeux mi-clos.

— Je me suis dit que ça pourrait être amusant, répond-elle enfin.

— Amusant ?

Elle m'observe d'un air pensif.

— Je t'ai sous-estimée, Béa. Je croyais que tu étais comme toutes ces petites Anglaises de bonne famille. Simple, enfermée dans ses principes.

— J'ai été enfermée. J'ai passé presque toute mon enfance dans un rayon de cinq kilomètres.

— Mais ici, tu as su rester libre, rétorque Ursula en désignant son front du doigt. Tu as l'esprit vif, Béa. (Elle s'interrompt à nouveau.) Je pense que Ben gagnerait à te fréquenter. Et puis, ajoute-t-elle en faisant tomber la cendre de sa cigarette, je pense aussi que tu gagnerais à le fréquenter.

— Comment ça ?

— Ben t'apprécie, je le vois bien. Et selon moi, il serait un amant à la hauteur. Cependant, précise-t-elle sur un ton plus brusque, je ne crois pas que votre histoire puisse durer. Il n'est pas de ces hommes sur lesquels on peut compter, et c'est tant mieux. Ce qu'il te faut, Béa, c'est une aventure.

Je prends le temps d'y réfléchir.

— C'est vrai, je suis d'accord. D'après toi, que gagnerait Ben à me fréquenter ?

Ursula me fait un grand sourire.

— Il faut bien que quelqu'un se charge de dégonfler son ego boursouflé. Et il se trouve, ma chère, que tu as toutes les caractéristiques d'une aiguille particulièrement pointue.

— Merci. On ne m'a jamais fait un si beau compliment.

Je m'efforce de mettre de l'ordre dans mes pensées. Enfin, je me décide à lui confier ce qui me tourmente tant.

— Ma façon de... réagir à la présence de Ben. Quand il est près de moi, ou quand il me touche... C'est étrange. Cela semble... imprévisible, hors de contrôle. (Je lui glisse un regard timide.) Je ne suis pas sûre que cela me plaise.

Ursula pousse un profond soupir.

— Béatrice, ma douce innocente. C'est ainsi que débutent toutes les histoires d'amour. Ne comprends-tu pas cela ? demande-t-elle en secouant la tête. Non, tu ne le comprends pas. Mais ça viendra. Tu dis vouloir vivre, Béa ? Alors tu dois prendre des risques. Tu dois accepter d'être vulnérable. L'autre possibilité, c'est de te laisser enfermer dans une maison anglaise froide et déserte. Ton cœur sera en sécurité... mais tu ne vivras qu'une moitié de vie.

Après y avoir réfléchi quelques minutes, je m'aperçois qu'Ursula a raison. J'avais beau pester contre mes parents, maudire Langton, je n'en étais pas moins effrayée par ce qui m'attendait derrière ces murs : un monde confus et incertain, qui n'obéit pas aux règles méticuleuses que j'applique à mes études scientifiques.

— Tu n'as que deux ans de plus que moi, Ursula. Comment se fait-il que tu saches tant de choses ?

— J'ai vécu, ma chérie. (Elle aspire une nouvelle bouffée de tabac, puis m'adresse un sourire triste.) J'ai vécu.

CHAPITRE 20

À l'heure de traverser le jardin pour rejoindre Ben sur la terrasse, la nervosité me gagne. C'est idiot : après tout, ce n'est que Ben, et rien de tout cela n'est réel ; ce n'est qu'une expérience, un défi, un pacte. Quel que soit le nom qu'on donne à cette affaire, mon cœur n'a aucune raison de s'affoler ainsi.

C'est à l'instant où je parviens à m'en convaincre que je retrouve Ben. Dans l'état d'esprit qui est le mien, sa beauté tapageuse est une véritable agression. Sa haute silhouette musclée est étendue sur une chaise. Le soleil caresse ses cheveux dorés et son visage parfait.

— Tu es en retard, aboie-t-il.

Je me fige.

— Comme tu pourras bientôt le constater, je suis parfaitement ponctuelle.

À cet instant précis, on entend sonner au loin l'horloge du salon.

Ben semble un peu penaud.

— Cette horloge retarde, prétend-il. Je commençais à croire que tu avais changé d'avis.

— Oh, non ! Je suis résolue à aller jusqu'au bout.

— Comme l'exige la science ? demande-t-il avec un petit sourire. À ce propos, j'ai quelque chose pour toi. Et j'oubliais : tu es ravissante.

Il me tend un petit bouquet de fleurs orné d'un ruban bleu.

— Merci.

Je plonge le nez dans le bouquet pour masquer mes joues rougissantes et j'inspire l'odeur suave des fleurs.

— C'est la moindre des choses, dit-il en se levant. Puisque tu sembles passer ta vie dehors, j'ai pensé qu'un pique-nique te ferait plaisir.

Je remarque alors le panier d'osier posé à ses pieds.

— Cela me convient parfaitement.

— Dans ce cas, allons-y.

L'emplacement qu'il a choisi se trouve au fond du domaine, à flanc de colline. Ce n'est pas tout près, et je suis une fois de plus ravie de porter ce pantalon grâce auquel je peux marcher et grimper presque aussi facilement que Ben. Je m'arrête de temps à autre pour reprendre mon souffle et admirer le décor étonnant : les rangs de vignes bien alignés et les cyprès au garde-à-vous contrastent avec l'ondulation gracieuse des collines.

— C'est ici, annonce Ben.

Nous avons atteint une clairière d'où le paysage s'étend à perte de vue. Ben déplie une couverture à l'ombre d'un vénérable chêne, puis il entreprend de sortir des victuailles du panier.

Je savoure un instant la vue et la caresse légère du vent sur ma nuque, puis je m'assois les genoux repliés contre ma poitrine.

— C'est magnifique.

Ben sourit.

— Je savais que ça te plairait. Je viens parfois ici pour peindre.

— Je comprends pourquoi.

Soudain, un éclair coloré me fait tourner la tête.

— Oh ! Ben, regarde !

Un papillon aussi jaune qu'un citron doré par le soleil d'Italie s'est perché sur une branche toute proche. Sur la partie supérieure de ses ailes déployées s'étale une tache orange pareille à un coucher de soleil.

— *Gonepteryx cleopatra*, je souffle, et je me lève prudemment pour l'admirer de plus près.

— Je n'ai rien compris, dit Ben, mais ces couleurs sont extraordinaires.

Il se lève à son tour et me rejoint.

— C'est un Citron de Provence, j'explique à voix basse. Un mâle, si j'en crois ses couleurs. Ils sont beaucoup plus vifs que les femelles.

Ben se met à ricaner. D'un battement d'ailes tremblotant, le papillon s'envole puis disparaît, comme s'il n'avait été qu'un rêve. Au moment de me redresser, je découvre que Ben se tient tout près de moi. Je sens la chaleur de son bras contre le mien.

— Tu as faim ? demande-t-il sans me quitter des yeux.

— Je suis affamée, j'avoue avant de m'étendre sur la couverture.

Ben me tend un paquet emballé dans du papier sulfurisé. Lorsque nos mains se frôlent, une sensation étrange remonte le long de mon bras ; je sens mes joues s'empourprer.

Ces réactions physiques involontaires sont vraiment très intéressantes, me dis-je, tout en tâchant de contrôler ma respiration.

— À quoi tu penses ? me demande Ben d'une voix un peu rauque.

— Au rougissement. Un phénomène fascinant, tant d'un point de vue physiologique que psychologique.

— J'aurais dû m'en douter, soupire-t-il en s'allongeant.

— Charles Darwin considérait qu'il s'agissait de la plus humaine des réactions, et de la plus singulière, je poursuis avant de mordre dans un petit pain garni de poivron grillé et de jambon cru. Mmmh ! c'est délicieux.

— Je sais, approuve Ben, qui s'apprête à déguster un sandwich à son tour. Rosa va terriblement me manquer, quand l'été sera fini.

Ma bouche s'assèche aussitôt.

— Je préfère ne pas en parler. Je ne parviens même pas à croire que tout ceci puisse cesser un jour.

Ben semble comprendre combien cette idée me rend triste.

— Sais-tu déjà ce que tu vas faire ? Quand tu seras rentrée ?

— Ce que je vais faire ? je répète d'une voix blanche. Rien de particulier. Rien du tout.

— Quel gâchis !

Ben plonge les doigts dans un pot rempli d'olives brillantes, pareilles à des fragments de magnétite.

Je me force à lui sourire.

— Il faut dire que je n'ai pas vraiment le choix.

— Tu dis des bêtises. Pour une jeune femme si hardie et querelleuse, je te trouve bien docile dès lors qu'il est question de ton retour.

— Merci beaucoup.

— C'était censé être un compliment. Je n'imagine pas que tu puisses te montrer si… si faible et soumise. Ça ne te ressemble pas du tout.

— C'est que tu as le privilège d'être un homme, et que de toute évidence tes parents n'ont rien à voir avec les miens. (Tout à coup, les mots semblent se déverser de ma bouche.) Si c'était à toi qu'on avait ordonné, pendant dix-sept ans, de rester discrète, de te taire et de te faire oublier ; si on t'avait affirmé que tout ce que tu aimes est inconvenant et trop peu féminin ; si tu avais dû subir les reproches et les pleurs de tes parents chaque fois que tu avais échoué à te montrer à la hauteur de leurs attentes malgré tous tes efforts, tes éternelles bonnes intentions et ton désir désespéré de les rendre heureux, de recevoir quelques miettes d'affection… Alors, tu comprendrais pourquoi deux semaines au soleil ne sauraient suffire à changer l'image que je me fais de moi-même.

Mon petit discours est accueilli par un long silence. J'ai les joues brûlantes et mon cœur bat à tout rompre. Je tremble d'avoir laissé s'exprimer cette bête que je muselais depuis des années.

Ben a toujours la main plongée dans le bocal d'olives. Il paraît surpris.

— Est-ce que ça fait du bien ? me demande-t-il enfin.

— Un peu, j'admets avec un petit rire.

C'est la vérité, mais je ressens aussi une pointe de culpabilité, comme si, à travers cette diatribe, j'avais trahi mes parents, une fois de plus.

— Il est trop tôt pour penser à la fin de l'été. Il commence à peine.

J'arrache un brin d'herbe tandis que le silence se déploie entre nous.

— Tu as raison, mes parents ne ressemblent pas aux tiens, confesse Ben. Mais ça ne m'empêche pas de savoir, au moins un peu, ce que ça fait d'avoir l'impression de gêner.

Moi… j'ai décidé de forcer mon destin, en quelque sorte. À quatorze ans, je me suis enfui de chez moi.

— Quatorze ans, c'est jeune pour se retrouver seul.

— C'est vrai, approuve-t-il avec un demi-sourire sans joie.

— Le même âge que Héro.

— Oui, mais j'étais bien plus téméraire. Filomena te le dira.

— Parce que tu connaissais déjà Filomena ?

Je n'en reviens pas. Je ne m'étais jamais demandé comment ils s'étaient rencontrés. Je pensais que Filomena collectionnait les gens intéressants comme on ramasse des coquillages sur une plage.

Ben hoche la tête. Je suis incapable de déchiffrer son expression.

— Oui, je la connaissais déjà.

Un vrombissement tout près de mon oreille détourne mon attention. Je chasse l'intrus d'un revers de la main. Une fourmi volante.

— Bon, lance tout à coup Ben. Revenons à notre romance.

— Je suis prête. J'ai fort hâte de savoir sur quelles bases tu as défini les paramètres de l'expérience, et quels sont les résultats escomptés.

Ben me dévisage.

— Nous n'avons besoin d'aucune base, répond-il sans parvenir à masquer une pointe d'exaspération. Il s'agit d'un pique-nique romantique, Béa. Parler de paramètres et de résultats escomptés, ça n'a rien de romantique.

— D'accord, je réponds, distraite par une autre fourmi.

Il m'apparaît que nous ferions mieux de nous préoccuper d'un problème plus urgent.

— En fait, Ben…

— Non, Béa, me coupe-t-il en levant une main. Je vois bien que tu crois pouvoir traiter cette affaire comme l'une de tes expériences, mais cette fois, tu dois accepter que je maîtrise mieux le sujet que toi.

— Très bien. Le problème, Ben, c'est que…, je tente à nouveau, tandis qu'une troisième fourmi vient bourdonner devant mon visage.

— Béa ! Comment veux-tu que je me concentre si tu m'interromps sans cesse ? Tu as demandé du romantisme, et j'ai justement quelques idées. (Il sort un petit livre de sa poche.) J'ai pensé à de la poésie. Je sais que tu considères qu'il s'agit d'une perte de temps, mais… ceci pourrait te faire changer d'avis.

Au moment où il entame sa lecture, je lève les yeux vers le ciel. Une nuée de corbeaux tournoie au-dessus de nos têtes en claquant du bec. J'hésite à en parler à Ben, mais je choisis finalement de laisser les événements suivre leur cours.

— *Mais ton éternel été…*, clame Ben en remuant un bras.

— Oui ?

— *Ton éternel été…*, répète Ben avant de s'interrompre.

Il brasse l'air autour de lui.

— Oh, fichez-moi le camp, maudites bestioles ! marmonne-t-il, s'adressant aux insectes toujours plus nombreux. Mais que se passe-t-il ?

— Eh bien, comme j'essayais de te l'expliquer, nous avons probablement dérangé un essaim de *Lasius niger* en plein vol nuptial.

D'après le regard que me lance Ben, on croirait qu'il m'est poussé une deuxième tête.

— Ce qui signifie ?

— Des fourmis volantes.

— Bien entendu, grommelle-t-il.

Il collecte les restes de notre pique-nique et les jette dans le panier. Le nuage de fourmis ne cesse de grossir au-dessus de nos têtes.

— Avec toi, où que l'on aille, on se retrouve sous une nuée de sauterelles.

— Des sauterelles ? je pouffe en repliant la couverture. Oh, Ben, tu fais erreur ! Les sauterelles appartiennent à l'ordre des *Orthoptera*, tandis que les fourmis sont des *Hymenoptera*, comme les guêpes et les abeilles.

— Très intéressant, réplique Ben, glacial.

— Je trouve, oui. (J'examine la fourmi qui vient de se poser sur le dos de ma main.) Le vol nuptial a lieu lorsque les jeunes reines quittent toutes le nid pour aller fonder de nouvelles colonies. Elles s'accouplent en l'air avec les fourmis mâles, qui sont plus petites. Ces derniers meurent un jour ou deux après le vol nuptial. L'accouplement est leur unique raison d'être. (J'adresse un grand sourire à Ben.) Comme souvent dans la nature, le sexe est au centre de tout.

Ben saisit ma main, m'éloigne de l'essaim et m'entraîne en direction de la villa.

— Nous devrions rester. Ça ne se produit qu'une seule fois par an.

— Affronter une horde d'*Hymenoptera* n'était pas sur ma liste d'activités romantiques, grogne Ben.

— Tu t'es trompé de mot.

— Si tu ne la prends pas plus au sérieux, cette expérience va tourner au désastre. Tu es aussi romantique que… qu'une… une planche.

— C'est injuste ! je m'insurge en libérant ma main. De plus, tu as tort de chercher à me séduire avec des poèmes. Et pourquoi faisais-tu tous ces moulinets avec tes bras ?

— J'essayais d'exprimer des émotions, répond Ben en me lançant un regard noir. Les femmes apprécient ça, en général.

Nous ne nous adressons plus la parole jusqu'à notre arrivée à la villa. Sur la terrasse, nous retrouvons Filomena et Héro.

— Ah ! s'exclame Filomena. Vous voilà enfin ! Ton oncle te cherchait, Béa. Il est parti passer quelques jours à Milan pour affaires. Il voulait te dire au revoir, mais tu étais introuvable.

Bien que nous n'ayons rien fait de mal, je constate avec intérêt que Ben rougit un peu.

— Nous étions allés pique-niquer, je réponds.

Au même instant, Ben avance une explication différente :

— Je lui donnais une leçon de peinture.

Filomena nous gratifie d'un regard moqueur.

— Je vois.

— Au moins, tu n'as pas fini couverte de peinture, cette fois, dit Héro. Tu t'améliores, on dirait. D'ailleurs, je ne vois pas la moindre trace de peinture nulle part...

Un silence.

— En effet, il faut croire que je m'améliore.

— Elle fait preuve de beaucoup d'enthousiasme, commente Ben. J'irais même jusqu'à dire qu'elle fourmille d'idées de tableaux.

Je choisis d'ignorer ses sarcasmes et de changer de sujet.

— Comment se sont passées tes leçons, Héro ?

Je réalise aussitôt mon erreur. Ma cousine se lance dans une diatribe décousue visant la signora Giuliani, dont elle critique autant les méthodes pédagogiques que la personnalité. On peut aisément déduire de l'expression de Filomena qu'elle a déjà subi ce discours avant notre arrivée.

— Elle est affreuse ! conclut Héro. Affreuse !

— Je sais, je sais, commente Filomena sur un ton apaisant. Mais il convient de respecter la volonté de ton père, ma chérie.

Héro pince les lèvres.

— Et pourquoi donc ? Il n'est même pas là !

À ces mots, elle se détourne et se précipite à l'intérieur de la villa. Filomena soupire et se lance à sa poursuite.

— Héro ! Héro, attends !

Je reste seule avec Ben. Nous ne nous accordons pas un regard.

— Bien, je finis par dire. Notre rendez-vous galant a tourné au désastre, n'est-ce pas ?

— Pas du tout. Je dois fournir davantage d'efforts, voilà tout.

— Ce pique-nique était une très bonne idée, tu sais.

— La prochaine fois, je prendrai soin de convier un peu moins d'insectes.

— Ne te donne pas cette peine, je réplique d'un ton enjoué. J'aurais beaucoup aimé observer ce spectacle jusqu'au bout.

— Je parie que tu es sérieuse. Je devrais sans doute repenser ma stratégie.

— On croirait que tu parles d'une opération militaire.

— N'est-ce pas de cela qu'il s'agit ? En tout cas, c'est un défi, et je compte bien le relever.

Dans ses yeux brûle une flamme qui met tout mon corps en alarme. Il se détourne alors et me quitte sans un mot.

Je le regarde s'éloigner de sa démarche assurée. Après sa disparition à l'angle de la villa, je pousse un soupir et m'assois sur les marches.

Les hommes seraient-ils encore plus intéressants que les vers luisants ?

CHAPITRE 21

Je n'aurais jamais imaginé que mon séjour en Italie puisse être plus détendu qu'il ne l'était jusqu'alors. J'avais tort. Le départ de mon oncle produit un effet curieux et inattendu sur l'ambiance dans la villa. Tout le monde semble respirer plus facilement. Au fil des jours qui se fondent peu à peu les uns dans les autres, nous cessons définitivement de chercher à structurer nos journées.

— Quelle heure est-il ? je demande un matin.

Étendue sur une chaise longue, le visage abrité sous un grand chapeau, je tiens un vieil exemplaire de *L'Amant de lady Chatterley* du bout des doigts. C'est un prêt d'Ursula. Selon elle, si je décide de prendre mon éducation sentimentale au sérieux, ce roman constituerait un bon point de départ. Jusqu'ici, je dois dire que cette lecture est on ne peut plus instructive.

— Aucune idée, répond Ursula, qui est allongée sur une chaise longue à côté de la mienne. C'est toi, la scientifique. Ne sais-tu pas lire l'heure dans les rayons du soleil, ou quelque chose comme ça ?

— Cette chaleur est invraisemblable, je gémis, sans prêter attention à son ton moqueur. Je n'aurais jamais cru qu'il pourrait faire encore plus chaud qu'hier.

Je m'évente mollement avec mon livre tandis qu'une goutte de sueur perle sur ma poitrine. Cette vague de chaleur nous frappe depuis plusieurs jours, et les températures sont si élevées que nous étouffons. Je n'ai jamais rien connu de pareil : la touffeur lourde et vibrante ne nous laisse aucun répit. Des flaques tremblantes semblent flotter dans l'atmosphère. Il règne un calme inhabituel dans la villa, où il n'y a plus que Klaus, Ursula, Ben, Filomena, Héro et moi. Personne n'est venu nous rendre visite depuis des jours.

— Je vais me baigner, annonce Klaus, affalé sur une chaise installée à l'ombre. Dans une minute, dès que je serai parvenu à faire un geste.

Il est vêtu de son seul maillot de bain. Sa tête est rejetée en arrière et ses bras gisent le long de son corps. Ces temps-ci, nous portons aussi peu d'habits que possible, et je suis étonnée de m'y être habituée si vite.

Enfin, presque. Je me sens toujours un peu audacieuse quand je m'allonge en maillot de bain, alors qu'il s'agit d'une tenue bien puritaine comparée au maillot deux pièces d'Ursula. Lorsqu'elle est apparue ainsi pour la première fois, je suis restée figée sur place, les yeux exorbités. Ursula a éclaté de rire, et m'a appelée « la petite victorienne ».

— À quoi bon ? je grogne. La piscine est chaude. Tout est chaud.

— De l'eau…, réclame Klaus d'une voix rauque.

— Oui, pleurniche Ursula. Dans un grand verre. Avec des glaçons.

— Oooooh ! je gémis.

— Allez, dit Ursula en agitant mollement une jambe vers moi. Va nous en chercher.

— Je suis incapable de bouger. Vas-y, toi.

— Quelqu'un a commandé à boire ? s'exclame Ben, qui apparaît avec un plateau.

— Serait-ce… de la limonade fraîche ? murmure Ursula en abaissant ses lunettes de soleil pour mieux voir le nouvel arrivant. Es-tu un mirage ? Un ange ?

— Lucifer, plutôt, je commente en souriant à Ben.

— Tu veux un verre ou pas ? m'interroge ce dernier.

— Oui, s'il te plaît.

Je le vide d'un trait. La limonade est à la fois glaciale et sucrée, amère et piquante, et merveilleusement délicieuse.

— Où étais-tu passé ? demande Ursula à Ben.

Revigorée par la limonade, elle se redresse sur sa chaise, laissant apparaître ses jambes dorées par le soleil.

— Je travaillais, répond Ben. (Il boit une gorgée, puis s'essuie la bouche du revers de la main. Mon regard s'attarde sur ses lèvres.) Vous feriez bien de m'imiter, d'ailleurs.

— Pas moi, je proteste, tandis que Klaus et Ursula grognent. Je suis en vacances. Ou peut-être en exil. Je suis là pour cogiter sur mon comportement déplorable.

— En effet, cela devrait largement suffire à t'occuper, commente Ben qui plonge le bout de ses orteils dans la piscine. C'est un vrai bouillon !

— Cette chaleur est surnaturelle, dit Ursula. Je me souviens à peine de ce que ça fait d'avoir froid, ajoute-t-elle sur un ton mélancolique. S'emmitoufler dans un manteau, mettre une écharpe pour se protéger de la bise glaciale… Vienne commence à me manquer, conclut-elle en soupirant.

— Ne sois pas ridicule, s'insurge Klaus en se levant. Nous sommes au paradis, et tu le sais très bien.

— Klaus a raison, j'interviens. Je ne voudrais être nulle part ailleurs.

Je réponds au sourire de Klaus par un battement de cils que j'espère affriolant. En matière de séduction, j'ai cru comprendre que les battements de cils jouent un rôle important, et je suis censée perfectionner ma maîtrise du sujet.

— Aurais-tu une poussière dans l'œil ? me lance Ben d'un ton amer.

— Laisse-moi regarder, réagit Klaus.

Il se penche vers moi et prend mon menton dans le creux de sa main.

— Mmmh, murmure-t-il, soufflant son haleine chaude sur mon visage. Je ne vois rien du tout.

— Tu en es sûr ? je susurre.

Mon plan se déroule à merveille. Tous les critères d'une scène de séduction sont réunis ; finalement, je dispose peut-être d'un talent naturel pour la bagatelle.

— Il en est sûr et certain, réplique Ben. À moins de fouiller l'intérieur de tes yeux, il ne peut pas étudier la question de plus près.

Klaus lâche mon menton et s'écarte d'un pas.

— On dirait que la chaleur te rend nerveux, mon cher Ben, déclare-t-il, amusé.

— Ou serait-ce que ta petite expérience ne donne pas les résultats escomptés ? renchérit Ursula. Se pourrait-il que Béa ne soit pas aussi sensible à tes charmes que les autres filles, Benedick ?

Lorsque Ben sourit, ses dents blanches étincellent sur son visage bronzé.

— Je pense plutôt qu'elle n'y est pas suffisamment exposée, prétend-il en se levant pour me tendre une main. D'ailleurs, c'était la raison de ma venue, Béa. Puis-je te parler un instant en tête-à-tête ? me demande-t-il en glissant un regard à Ursula et Klaus, qui ne manquent pas une miette du spectacle. Un galant homme digne de ce nom ne saurait courtiser sa belle aux yeux de tous.

— Bien sûr. Discutons.

Je le laisse m'aider à me relever, puis j'enfile mon pantalon et mes sandales.

Ben me conduit de l'autre côté d'une haie de laurier. Lorsqu'il se tourne vers moi, je remarque qu'il n'a pas lâché ma main et qu'il a même glissé ses doigts entre les miens.

J'attends qu'il ouvre la discussion, une fois encore frappée par le bleu de ses yeux.

— Tu flirtes avec Klaus, lâche-t-il.

— Oh, vraiment ? Je suis ravie de te l'entendre dire. Je n'étais pas certaine de m'y prendre correctement.

Ben semble partagé entre l'amusement et la colère.

— Oh, tu t'y prends parfaitement bien, réplique-t-il en jouant avec mes doigts. Mais je dois admettre une chose : j'avais imaginé que s'il te prenait l'envie de flirter, ce serait plutôt avec… Eh bien, avec moi.

— Ah !

— J'ai conscience que le pique-nique ne s'est pas déroulé comme prévu. Mais je pense que nous devrions nous accorder une deuxième chance.

Je réfléchis un moment à sa proposition.

— Pour mener à bien une expérience, il convient de toujours s'autoriser une marge d'erreur.

— Alors, qu'en dis-tu ?

— C'est d'accord. Nous pouvons prêter à nouveau serment, si tu veux.

Au sourire qu'il m'adresse, je jurerais que Ben est soulagé. Il m'attire doucement à lui, si bien que nous nous tenons très près, désormais. Je lève la tête et constate que mes yeux se trouvent à la hauteur de sa bouche. Mon esprit se vide, et pendant une seconde, l'air qui nous entoure semble chargé d'électricité ; le peu de distance qui nous séparait encore s'évanouit très vite, et je sens le bras de Ben tout contre ma taille.

— Oh, nous pouvons faire bien mieux que ça, murmure-t-il.

Lorsqu'il penche son visage vers le mien, le temps se fige. Mais une percée de cris et de rires fait tout voler en éclats. Je repousse Ben et découvre avec surprise que j'ai le souffle court.

— Retournons voir les autres.

— Comme tu voudras.

Il paraît troublé, lui aussi, mais il me tend la main et semble très vite reprendre ses esprits.

Au bord de la piscine, nous constatons que Filomena et Héro sont arrivées. La première porte une blouse maculée de peinture et de plâtre ; la seconde est toute rouge et fronce les sourcils.

— Vous passez du bon temps, à ce que je vois, grommelle-t-elle. Pendant que moi, je suis piégée à l'intérieur, à réviser des conjugaisons avec la signora Giuliani.

— Ton père m'en voudrait beaucoup de te laisser négliger tes leçons, se défend Filomena.

— Peu importe. Ce n'est pas juste.

Ça ne doit pas être facile à vivre pour elle : parfois, nos trois ans d'écart sont un réel fossé et elle se sent souvent exclue de notre groupe.

— Il fait beaucoup trop chaud pour travailler, soupire-t-elle. Si seulement il pouvait pleuvoir…

— La pluie…, répète Ursula, d'un air rêveur. Je me souviens de la pluie.

— Il fait chaud et on s'ennuie, se lamente Héro. Oh ! j'aimerais tant qu'il se passe quelque chose !

Filomena se montre compréhensive.

— Bon, nous n'avons plus le choix, dit-elle en pinçant doucement le bras de ma cousine. Ce soir, nous allons rendre hommage à Jupiter, le Dieu du tonnerre, dans l'espoir de l'apaiser. Puisse-t-il nous faire don de sa pluie providentielle.

Héro pousse un petit cri.

— C'est vrai, Filomena ? Une fête en l'honneur de Jupiter ? Est-ce qu'il y aura une cérémonie ? Un sacrifice humain ?

Filomena éclate de rire.

— Pas de sacrifice humain, réplique-t-elle.

Héro manifeste sa déception de manière si théâtrale que Ben se met à pouffer.

— Mais il y aura une cérémonie, bien sûr.

Cette fois, Héro sautille d'un pied sur l'autre.

— Nous allons honorer nos ancêtres romains comme il se doit, déclare enfin Filomena. J'espère pouvoir compter sur votre présence à tous.

— Si la pluie en dépend, je ne manquerai ça pour rien au monde, promet Ursula.

— Pareil pour moi, renchérit Klaus.

— Que devrons-nous faire ? je demande, méfiante.

— Faites-moi confiance. Je vous donnerai mes instructions le moment venu. Viens, Héro ; nous avons du travail.

— Suis-je le seul à trouver cela un peu inquiétant ? nous interroge Ben tandis que nous regardons Héro courir après sa future belle-mère.

CHAPITRE 22

Bien plus tard, ce jour-là, je m'assois face au miroir de ma chambre. Ce moment partagé avec Ben dans le jardin m'obsède. Que se serait-il passé, sans l'arrivée de Héro et Filomena ? Ben était-il sur le point de m'embrasser ?

J'ai les yeux brillants et je me sens fébrile.

Des coups frappés à la porte me ramènent sur terre. Héro apparaît, un sourire jusqu'aux oreilles et une pile de draps blancs dans les bras.

— Que fais-tu avec ça ?

— C'est ton costume, bien sûr, répond-elle en entrant dans la pièce.

— Mon quoi ?

Au moment où Héro jette les draps sur mon lit, je m'aperçois qu'elle porte une sorte de toge blanche.

— Ah non ! je m'écrie. Pas question.

— Tu n'as pas le choix, riposte Héro. Le rituel exige une tenue adéquate. Je vais m'occuper de toi. Filomena m'a montré comment faire. Tu seras magnifique, Béa, une vraie déesse romaine. Dis oui, je t'en prie. Les autres seront déguisés aussi.

— C'est ridicule, je soupire. (Mais la moue suppliante de ma cousine est irrésistible.) Allez, vas-y.

— Déshabille-toi, m'ordonne Héro, qui choisit déjà un grand drap blanc.

Debout en sous-vêtements, je la laisse enrouler le tissu autour de moi. Elle est si concentrée que son visage est tout plissé.

— Aïe ! je m'écrie lorsqu'elle me pique avec son épingle.

— Pardon, pardon. Ça semblait pourtant très simple quand Filomena s'en occupait.

— Je me demande bien pourquoi je t'autorise à faire ça. Et j'ai du mal à croire qu'Ursula se soit laissé convaincre.

— Ce n'est pas la seule, répond Héro, rayonnante. Klaus est ravissant, lui aussi.

— Tu veux dire que Fil a réussi à persuader les garçons de se prêter au jeu ?

— Hmmm, hmmm, confirme Héro, qui se démène pour attacher le drap à mon épaule. Voilà. (Elle sourit, prend un peu de recul et me scrute d'un œil satisfait.) Tu es fin prête.

Je me tourne vers le miroir. Malheureusement, ce que j'y découvre n'a rien d'une révélation.

Je n'ai pas l'air d'une déesse romaine, mais bien d'une fille qu'on a recouverte de draps blancs : l'un autour de ma taille et le second autour de mon torse, avec une épingle au niveau de l'épaule pour faire tenir le tout. Je sais d'où vient la ceinture blanche et dorée que Héro a nouée autour de ma taille : c'est un cordon des rideaux du bureau de Léo !

Mais Héro semble si heureuse que je lui confie du bout des lèvres que cette tenue est très confortable (ce qui est exact, même si je ressemble à une momie mal emballée).

— Maintenant, ta coiffure ! clame Héro en m'enjoignant de me rasseoir sur la chaise placée face au miroir.

Je m'exécute, puis elle passe de longues minutes à tresser et rassembler mes cheveux pour former un gros chignon qu'elle maintient en place au sommet de mon crâne. Je dois admettre que cette partie de mon déguisement est assez réussie. Je tourne la tête dans différentes directions pour admirer le résultat.

— Tu es douée, Héro.

— C'est Filomena qui m'a montré comment faire. Maman m'aurait sûrement appris un jour…

Elle s'interrompt, une main posée sur mon épaule. Je la saisis pour presser ses doigts entre les miens.

— Je suis sûre que oui, je confirme, même si je doute fort que tante Thea aurait accepté d'être mêlée de près ou de loin à la fête qui se prépare. Est-ce que tu es contente, Héro ? Qu'oncle Léo ait rencontré Filomena, je veux dire.

— Oh, oui ! répond ma cousine brusquement. J'adore Filomena. Mais j'ai parfois du mal à les imaginer mariés.

Je comprends ce qu'elle veut dire. Le terme de « mariage » semble trop respectable et ordinaire pour Filomena. C'est peut-être ce qui explique la réserve que je perçois parfois dans son attitude et le fait que personne n'ait jamais mentionné de date pour la noce. Peut-être qu'elle n'en a pas réellement envie.

Je me mords la lèvre, puis je regarde le reflet de Héro dans le miroir. Les sourcils froncés, elle tient entre les doigts une mèche échappée de mon chignon élaboré, avec laquelle elle caresse doucement mon épaule nue. J'espère qu'elle ne sera pas trop triste si Filomena vient à changer d'avis.

— Bon ! s'écrie-t-elle en claquant des mains. Tu es prête ?

— Plus que jamais, je réponds en me levant.

— Alors, allons-y.

Je suis Héro au-dehors. À ma grande surprise, la terrasse est déserte. Nous la traversons avant de nous enfoncer dans le jardin, droit vers la rangée d'arbres qui marque les limites du domaine.

C'est un soir sans nuages. Les premières étoiles scintillent dans le ciel bleu sombre. Et il y en aura bientôt des milliers, pareilles à des paillettes éparpillées au hasard sur ce tapis de ténèbres. Ce spectacle a beau se reproduire chaque nuit, il n'en reste pas moins un cadeau inestimable.

Il fait encore très doux et le fond de l'air est humide. Je vois déjà l'intérêt d'être seulement vêtue de draps fins. Alors que nous nous enfonçons toujours plus profondément dans le bois de chênes verts, un décor sophistiqué surgit soudain devant nos yeux.

Le sentier débouche brusquement sur une clairière, tout à fait le genre d'endroit où l'on s'attend à rencontrer une assemblée de dieux romains. Au centre de cet espace crépite un feu auréolé d'un large cercle de pierres blanches. Les flammes orangées lèchent la haute pyramide de branches sèches, baignant la scène d'une étrange lueur fiévreuse.

Des nappes de couleur vive sont étendues autour du foyer, et on a disposé de grosses pierres noires en différents endroits. Celles-ci sont recouvertes de plats de rôti froid, de pain, de fromage et de grappes de raisin noir. Entre chaque pierre, sur de larges plateaux en argent, brûlent des dizaines de bougies. La chaleur du feu rend la scène plus époustouflante encore, et les ombres qui dansent tout autour de nous me donnent l'impression d'être entrée dans une lanterne magique.

— Béatrice ! m'interpelle Filomena de sa voix rauque.

La lueur du feu auquel elle tourne le dos souligne sa silhouette. Je découvre que sa toge, contrairement aux nôtres, est rouge vif, et qu'elle est coiffée d'une couronne de grosses roses rouges.

— Voilà pour toi, dit-elle en brandissant une couronne de laurier ornée d'un ruban blanc.

Elle la dépose sur ma tête.

— Euh, merci, je réponds en m'efforçant d'employer un ton solennel.

L'écho d'un rire étouffé détourne mon attention. J'aperçois Ursula, étendue comme un chat sur l'une des nappes, dans la pénombre. N'étaient sa cigarette et son rouge à lèvres écarlate, on croirait une divinité des temps anciens venue nous rendre visite. Je ne peux m'empêcher de remarquer combien la toge blanche lui va mieux qu'à moi.

— Viens donc t'installer à mes côtés, déesse Béatrice, murmure-t-elle. La vue est admirable.

Je m'assois sur la nappe, tout près du feu dont la chaleur se répand sur ma peau. Alors, je comprends ce dont parlait Ursula : Ben et Klaus marchent dans notre direction.

De loin, Ben m'adresse un salut galant. Je lui souris.

— Dois-je en déduire que l'expérience porte ses premiers fruits ? me demande Ursula.

— Il semble bien.

— Tu commences à savoir user de tes charmes. Prends garde à ne pas attirer aussi mon frère dans tes filets.

J'éclate de rire.

— Ben n'a pas manqué de me manifester son inquiétude à ce sujet.

— Ah, les hommes ! soupire Ursula. Ils sont tous si fragiles.

Lorsque Klaus et Ben nous rejoignent, nous les gratifions de sifflements admiratifs.

Klaus lisse sa toge.

— Bien plus confortable qu'un smoking. Je pourrais y prendre goût.

— Je ne comprends toujours pas comment j'ai pu me laisser convaincre par Filomena, grogne Ben, malgré un sourire qui trahit sa bonne humeur.

— S'il te plaît, ne dis pas ça, je proteste. Regarde comme Héro est contente.

Nous nous tournons pour observer ma cousine. Elle rit tandis que Filomena dépose une couronne de laurier sur sa tête. Ben se radoucit.

— C'est vrai, elle a l'air heureuse.

— Vous êtes très beaux, tous les deux, je les complimente.

— Je suis bien d'accord, approuve Ben.

Il admire sa propre toge, qui met en valeur ses bras musclés et ses larges épaules.

— J'ai dit : tous les deux.

— Mais surtout moi, je pense, se rengorge-t-il.

Héro nous rejoint en sautillant, une couronne dans chaque main pour les garçons.

— Veuillez vous asseoir, lance-t-elle d'un ton grave. Le moment est venu de débuter la cérémonie sacrée.

Ben lève les yeux au ciel, mais ça ne l'empêche pas de s'installer à côté de moi. Il se penche pour détacher quelques grains de raisin d'une grappe, puis les lance droit dans sa bouche.

— Ne touche pas au banquet ! (Le cri de Héro fait sursauter Ben.) La cérémonie doit se dérouler selon des règles strictes.

— Héro a raison, renchérit Filomena, qui se tient à ses côtés, le visage éclairé par la lumière dansante du feu. Nous sommes réunis ici ce soir pour faire un pacte avec les dieux.

Nous allons manger, boire et danser dans le respect des traditions anciennes.

Elle fait couler le liquide rouge contenu dans une bouteille de verre dans un gros bol en terre cuite. Le compotier de la cuisine, il me semble.

— D'abord, la cérémonie du vin.

— Exactement ce dont j'ai besoin pour supporter ces sottises, lâche Ben.

Mon regard noir suffit à le faire taire.

Héro prend le bol des mains de Filomena et s'avance au centre du cercle, entre Ursula et moi.

— Ô Jupiter, scande-t-elle, nous t'implorons de faire tomber la pluie du ciel. Puisse la terre calcinée sentir une nouvelle fois tes larmes couler sur son doux visage.

Elle lève le bol au-dessus de sa tête ; le porte à ses lèvres ; le présente à Ursula.

— Tu étais parfaite, je murmure à Héro lorsqu'elle s'assoit à côté de moi. C'était très solennel.

— J'avais prévu de le dire en latin, mais je ne me souvenais plus de mes déclinaisons. Pas question de provoquer la colère des dieux.

— J'ai trouvé ton discours très efficace. Poétique, même, je la rassure, tout en me tournant vers Ben, qui m'offre le bol.

Je le saisis, le porte à ma bouche et bois une gorgée avant de le rendre à Héro.

— Et maintenant…, dit-elle. Que la fête COMMENCE !

Et elle jette le bol dans le feu, où il se brise en deux.

Son public pousse un grand cri de joie, et je ne peux m'empêcher de regretter la destruction de ce compotier en parfait état. Mais je dois reconnaître que l'effet produit en valait la peine.

Les plats de poulet défilent, et nous nous jetons dessus. Dans de grands éclats de rire, nous lançons les os au feu en guise d'offrande aux dieux.

Une fois l'assemblée repue, Filomena se lève pour réciter un poème en latin. Elle se montre bien plus convaincante que Ben ; elle parle d'une voix lente et impérieuse, et je parviens presque à comprendre les vers.

— « *Da mi basia mille, deinde centum,*
dein mille altera, dein secunda centum,
deinde usque altera mille, deinde centum.
dein, cum milia multa fecerimus,
conturbabimus illa, ne sciamus. »

— Qu'est-ce que ça signifie ? chuchote Ben, dont je sens le souffle sur ma nuque.

— Donne-moi mille baisers, puis cent encore.

Je me tourne vers lui. Le reflet des flammes tremble dans ses yeux. Ma bouche devient sèche.

— Je… Je ne suis pas sûre de la suite.

En vérité, les vers que je comprends sont si romantiques que je n'oserais jamais les réciter à voix haute, et surtout pas à lui.

Le vin coule à flots. Héro dépose un disque sur le vieux gramophone qu'a apporté Filomena. La musique semble plus sauvage au milieu de cette clairière où retentissent les cuivres et les notes trébuchantes du piano. Le craquement de l'aiguille du gramophone fait écho à celui des flammes, comme si la musique elle-même avait pris feu. Nous dansons pieds nus autour du foyer, joyeux, sales, levant nos verres encore et encore pour rendre hommage au dieu des tempêtes. C'est un instant magique, durant lequel nous nous croyons véritablement liés aux éléments naturels. Et où tout pourrait arriver.

Les flammes tourbillonnent toujours plus haut, projetant des étincelles qui illuminent le ciel avant de retomber sous la forme de feuilles cuivrées. Klaus saisit mes mains pour me faire tournoyer encore et encore, jusqu'à ce que je finisse pliée en deux de rire. Il fait plus chaud que jamais. L'air est étouffant, épaissi par l'odeur de fumée, et les étoiles commencent à disparaître derrière les nuages qui s'accumulent.

Une nouvelle main saisit la mienne et je me retrouve face à Ben. Il me prend dans ses bras. La musique est plus douce : c'est une mélodie rêveuse sur laquelle un chanteur susurre un hommage aux amoureux et aux étoiles. Ben serre ma taille, et lorsque je pose la main sur sa poitrine, je constate que son cœur bat aussi vite que le mien. Nous cessons de valser lentement. Je lève la tête et découvre qu'il me regarde droit dans les yeux.

— Ça fonctionne ! Ça fonctionne ! hurle Héro au moment où un grondement de tonnerre fait vibrer le ciel.

Quand les premières gouttes de pluie se mettent à tomber, je m'écarte de Ben. Alors un éclair déchire l'horizon, et les cieux s'ouvrent enfin.

— Youhou !

Tout le monde crie, rit et danse en trottinant vers la villa. Je m'apprête à suivre le mouvement, quand Ben pose une main sur mon bras.

— Que se passe-t-il ?

Un frisson me parcourt tout le corps.

— C'est au sujet de l'expérience, dit-il en m'attirant à lui. Il me semble qu'Ursula a mentionné une chose que nous n'avons pas encore essayée. (L'ombre d'un doute traverse ses yeux.) Enfin, si tu es intéressée, bien sûr.

À cet instant, je n'ai plus du tout peur. Je me sens totalement vivante et hors de contrôle. Des gouttes de pluie dégoulinent de ses boucles blondes. Je ne peux m'empêcher de sourire.

— Tu as l'air contente de toi, murmure-t-il.

Je me penche vers lui, pose une main sur sa joue pour l'attirer à moi et approche ma bouche de son oreille.

— Aimerais-tu que je t'embrasse, Ben ? je chuchote du bout des lèvres, et je le sens se figer. Il te suffit de demander. (Je lutte contre l'éclat de rire qui monte en moi tant je jubile de ce retournement de situation.) Gentiment.

Sa réponse se fait attendre, une seconde aux allures d'éternité.

— Oui. S'il te plaît.

CHAPITRE 23

Le temps se fige. Serait-ce un rêve ? Or, cela se produit vraiment. Je suis en train d'embrasser Ben, et je découvre qu'embrasser Ben est une expérience magique.

Sa bouche frôle la mienne tandis que mes bras s'enroulent autour de son cou. Lorsque je me penche vers lui en soupirant, je perçois son sourire contre mes lèvres. Je l'attire à moi et mes yeux clos palpitent de le sentir si proche. Son goût de vin se mêle à une saveur douce et épicée semblable à de la cannelle.

Sous la pluie battante, notre baiser devient vorace. Mon corps réclame une chose que je ne comprends même pas. Un désir hurle au creux de mon ventre. Il plonge une main dans mes cheveux, provoquant la chute des épingles que Héro avait pris tant de soin à mettre en place. Je sens un courant électrique circuler entre nous, partout où ses doigts touchent ma peau en générant des étincelles. Cette impatience fait vibrer tout mon corps.

Après cet instant éphémère et infini à la fois, je reviens peu à peu à moi. J'inspire profondément et, quand je cligne des yeux, le monde retrouve son apparence normale. Les autres sont partis. Je suis seule avec Ben sous la pluie ; nous nous regardons. Ses pupilles sont dilatées et nous sommes tous les deux à bout de souffle.

J'essaie de penser à l'expérience : je devrais prendre note des effets inattendus de ce baiser, mais mon sang-froid habituel me fait défaut. Je ne parviens qu'à observer Ben, et je constate avec soulagement qu'il est tout aussi abasourdi que moi.

Un nouvel éclair zèbre le ciel, me sortant de ma torpeur. Je prends enfin conscience que je me trouve dans une forêt, au beau milieu d'un orage, vêtue d'un drap blanc, en train d'embrasser un homme. Je lâche un éclat de rire hystérique.

— Je n'arrive pas à croire qu'il s'est vraiment mis à pleuvoir, dit Ben en regardant autour de lui.

— Au vu de la hausse sensible de l'humidité, c'était très probable, je réponds du tac au tac.

— À moins que nous ne soyons parvenus à apaiser le dieu des tempêtes.

Les fossettes de Ben refont leur apparition, et j'ai aussitôt envie de l'embrasser encore. Quand son regard glisse vers ma bouche, je comprends qu'il ressent la même chose ; nous nous penchons l'un vers l'autre, à la manière d'aimants attirés par une force invisible. Je sens son haleine chaude contre ma joue mouillée.

— Il faut partir d'ici, je parviens à articuler au prix d'un gros effort.

— Tout à fait, balbutie Ben en clignant des yeux. Oui.

Je fais volte-face et m'élance en direction de la villa d'un pas mal assuré. Je ne me retourne pas pour voir si Ben me suit. Aussi incroyable que cela puisse paraître, nous n'arrivons que quelques minutes après les autres, qui sont en train de retirer leurs habits en riant. Ursula, qui semble être la seule à avoir remarqué notre brève absence, me lance un regard interrogateur.

Je décide de rendre la pluie responsable des frissons qui m'agitent. J'attrape l'une des serviettes apportées par Filomena et m'y emmitoufle avec bonheur.

— Nous avons réussi ! Nous avons réussi ! claironne Héro en gambadant dans la cuisine.

Elle se jette au cou de Ben. Lorsque celui-ci me regarde, j'ai l'impression de chuter d'une falaise. Mais que m'arrive-t-il ? Je suis peut-être malade. Je pose un doigt sur mon poignet pour prendre mon pouls. Aucun doute : mon cœur bat plus vite qu'il ne devrait.

— Je monte me changer, je déclare.

J'ai hâte d'être seule afin de mettre de l'ordre dans mes pensées et mes émotions.

— Très bien, très bien, répond Filomena. Va enfiler des vêtements secs, puis rejoins-nous dans la cuisine pour boire un bon thé chaud. Je ne voudrais pas que vous tombiez tous malades en l'absence de Léo. Je sais combien les Anglais sont fragiles ; j'ai lu Jane Austen.

Après avoir fermé la porte de ma chambre, je m'adosse au solide mur de chêne, le temps de reprendre mon souffle. Mon cœur bat toujours la chamade. Dans le miroir, je découvre l'allure lamentable d'une fille débraillée, aux yeux écarquillés. Mes cheveux mouillés forment une masse informe autour de ma tête et mon visage n'est qu'une lune pâle. Ma toge de fortune est détrempée, mais grâce aux multiples tours exécutés par Héro, elle n'est pas devenue transparente.

— Ce n'était qu'un baiser.

Sans le vouloir, j'ai dit à voix haute ces mots qui résonnent dans la chambre vide et semblent suspendus dans l'air. Mon ton était ferme, persuasif.

Mais tout de même. Je touche mes lèvres du bout des doigts, imitée par la fille dans le miroir. Ce baiser. Il semblerait que l'étrange tension que Ben et moi avons accumulée si longtemps était de la poudre à canon destinée à produire cette déflagration inévitable. Je n'imaginais pas – je n'aurais jamais imaginé – que ce serait, que ça pourrait être ainsi. Je me demande si c'est toujours le cas. Je me demande si Ben est aussi troublé que moi, ou s'il ne s'agit pour lui que d'un énième baiser échangé avec une énième fille.

Je me débarrasse des draps et enfile ma chemise de nuit. J'enroule une serviette autour de mes cheveux que je me suis efforcée de démêler le mieux possible, puis je me glisse dans le lit où je me cache sous les couvertures comme une enfant.

Je ne suis pas en état de retrouver les autres. Mes émotions me submergent. Si je revois Ben ce soir, je risque d'exploser. Lorsque Héro chuchote mon prénom à la porte, je fais semblant de dormir.

J'entends l'écho de la fête qui se poursuit dans la cuisine ; d'étranges couinements et des hurlements de rire. Dehors, la pluie tombe à verse, sur la terre et sur les aiguilles de pin. Cette musique semble chanter pour moi seule à travers la fenêtre, et je l'écoute longtemps, très longtemps, avant de m'endormir enfin.

CHAPITRE 24

Au matin, je me réveille dans un état second. L'ouverture des persiennes me révèle un décor ensoleillé. Il est presque difficile de croire qu'il a plu la nuit dernière.

Presque, mais pas tout à fait, car il flotte dans l'air une douceur pure et cette fraîcheur particulière qui n'appartient qu'aux lendemains d'orages. Je m'en emplis les poumons, me délectant de l'odeur verte des collines. Je laisse mes yeux errer sur le paysage, tandis que le souvenir des lèvres de Ben sur les miennes s'éveille en moi. Un chant d'oiseau me pousse à partir en quête de mes jumelles. Je suis soulagée de constater que le baiser n'a pas totalement mis mon cerveau en miettes. Une fois encore, j'échoue à repérer cet oiseau qui se joue de moi.

Après une douche rapide, j'enfile mon pantalon adoré et une chemise de la couleur des jacinthes qui recouvrent les bois de Langton au printemps. J'attrape mon chapeau et me rends au rez-de-chaussée. Il n'y a pas âme qui vive dans la villa silencieuse. J'entreprends de vagabonder sans but dans le jardin. Je serpente le long des haies jusqu'à ce qu'un sentier me conduise à la fontaine.

Une part de moi devait se douter qu'il serait là. Il est assis sur le large rebord de pierre, plongé dans un livre. Il semble détendu, un peu fatigué. Il a croisé ses longues jambes devant lui. Je m'éclaircis la gorge pour attirer son attention.

— Bonjour.

Il pose son livre et se lève. Je remarque qu'il s'agissait d'un roman à suspense plein de rebondissements. Je le sais car je l'ai déjà lu : je l'avais déniché derrière les pots de fleurs de ma mère.

— Je ne pensais pas que tu avais ce genre de lectures.

— C'est l'un de ses meilleurs romans, répond-il.

Sa voix est chaleureuse. Plus intime. Pas tout à fait comme d'habitude.

Il se rassoit sur le rebord, puis tapote la pierre pour m'inviter à le rejoindre. Mais je reste debout à le regarder, les mains jointes dans le dos afin de lui cacher que je les tords dans tous les sens avec anxiété.

— Pour hier soir…

— Ah, oui ! me coupe-t-il. J'y ai pensé, moi aussi.

— Vraiment ?

— Impossible de faire autrement, répond-il avec un sourire en coin. Klaus devrait s'abstenir de porter une toge en public.

Je manque d'éclater de rire.

— C'est du baiser que je voulais parler.

— Mmmh, murmure Ben, en fixant ma bouche du regard. Je dois reconnaître que c'était une authentique révélation. (Il s'étire, l'air très content de lui.) Je t'ai gratifiée d'une très bonne introduction à l'art des baisers, je pense que tu en conviendras.

Son attitude m'agace. Après tout, cette réussite tenait aussi à moi.

— Ma foi, oui. C'était correct.

— Correct ? s'étouffe-t-il.

— Oui. Je ne doute pas que le prochain sera plus…

Je m'interromps avec une petite moue, m'efforçant d'avoir l'air de chercher le terme adéquat.

— Plus quoi ? grince-t-il.

— Je ne sais pas. Disons… plus, tout simplement.

Il bondit, les traits déformés par un étonnant mélange d'indignation et d'hilarité. J'ai à peine le temps de savourer cette petite victoire que nous sommes en train de nous embrasser. Encore.

J'ignore qui a embrassé qui, mais on croirait qu'il n'y a pas eu d'interruption entre le baiser d'hier et celui-ci. Ben saisit délicatement mon visage entre ses mains et alors, aussitôt, toute l'envie, toutes les délicieuses sensations de la veille renaissent, comme s'il lui suffisait de me toucher pour rallumer la mèche de mon désir.

Quand nous nous séparons enfin, Ben me lance un regard lourd de reproches.

— Correct, c'est le mot.

— Pardon, je pouffe. Tu étais si arrogant, Ben. Impossible de résister.

Nous nous asseyons côte à côte. J'ai le sentiment que ce deuxième baiser m'a détendue. J'en suis surprise, car il était si féroce que j'aurais dû en être plus troublée encore. Mais il semble avoir brisé la glace entre nous. Ou plutôt, il l'a fait fondre jusqu'à la dernière goutte.

— Le résultat est très concluant, je reprends. La première tentative aurait pu relever de l'anomalie, mais il semble que non.

— C'est une façon de voir les choses, répond Ben, visiblement inquiet de ce que je vais ajouter.

— Je suis très satisfaite. (Je sors un carnet de ma poche, puis je ramasse le roman abandonné pour m'en servir de support.) Et j'ai un certain nombre de questions à te poser.

— Des questions ?

Je le dévisage en plissant les yeux.

— De toute évidence, tu n'as encore jamais participé à une expérience scientifique. Il est crucial de collecter un maximum d'informations pertinentes.

— J'avais une autre idée en tête, réplique-t-il en posant une main sur mon genou.

— Ah oui ? je rétorque en sortant un stylo de ma poche. Peux-tu m'en parler plus en détail ?

Après un moment de stupeur, Ben secoue la tête et retire sa main.

— Quelle est ta première question ? capitule-t-il, résigné.

— D'abord, le baiser. Nous sommes convenus qu'il était plus que correct.

— En effet.

— Mais pour la bonne conduite de l'étude, tu devrais détailler ton analyse.

— C'est-à-dire ?

— Eh bien, toi seul disposes des éléments nécessaires à une comparaison pertinente. Je n'avais encore été embrassée qu'une seule fois, et ce n'était pas une expérience très heureuse. Nos dents s'étaient entrechoquées à plusieurs reprises, et le tout était légèrement… humide.

— Je suis ravi d'apprendre que la tentative de ce jour était plus convaincante, murmure Ben.

— Une amélioration significative. (Le visage de Ben s'illumine.) Alors ? dis-je tout en posant la pointe de mon stylo sur le papier.

— Alors quoi ?

— Alors, qu'en as-tu pensé ? Dans une optique purement scientifique, bien entendu.

— Dans une optique purement scientifique… C'était… Je n'en sais rien, Béa ! C'était… agréable.

— Agréable ? (Je note le mot.) Peux-tu m'en dire davantage ?

— Très agréable. Tu es vraiment en train de prendre des notes ?

— Très agréable, je répète lentement, et une flamme me réchauffe le ventre.

— Oui, Béa ! s'exclame-t-il en levant les bras, exaspéré. Très agréable. Et même délicieux. Parmi les cinq meilleurs baisers des millions de baisers que j'ai eu l'occasion d'échanger.

— Parmi les cinq meilleurs ? Voilà qui est flatteur. Et ceci sans le moindre entraînement préalable… C'est sans doute bon signe. Je suis peut-être dotée d'un talent naturel. (Je lis la prochaine question sur ma liste.) Bien. Maintenant, la technique.

— La technique ?

— Oui. Par exemple, cette chose que tu as faite sur mon cou. J'ai trouvé cela particulièrement exquis.

— Ah ?

— Oui. (Je pose un doigt juste en dessous de ma mâchoire.) C'était ici.

Très lentement, Ben se penche pour me caresser la gorge du bout des doigts. Instantanément, tout le sang de mon corps afflue vers mes joues.

— Ici ? demande-t-il dans un souffle.

— Ou… Oui.

Ben se rapproche encore un peu. Il frôle l'endroit en question du bout des lèvres, avant de déposer une pluie de petits baisers dans mon cou.

— Comme ça ? susurre-t-il après s'être redressé.

Il me regarde droit dans les yeux, et ses pupilles dilatées font paraître le bleu de ses iris plus foncé qu'à l'ordinaire.

— Oui, je confirme en posant une main sur sa joue. Comme ça. Et toi ? Qu'est-ce que tu aimes particulièrement ?

En guise de réponse, il presse ses lèvres contre les miennes. Sa bouche est d'une douceur incomparable. Il m'embrasse le cou, encore et encore, et je me sens chancelante. Nous restons longtemps à échanger des baisers languissants, sans début ni fin, qui me laissent le corps lourd et l'esprit vaporeux. Je suis déroutée de découvrir à quel point notre osmose n'a rien d'étrange, combien cela semble naturel et innocent.

Lorsque nous nous interrompons enfin, je me contente de le contempler, incapable de dire quoi que ce soit.

— N'étais-tu pas censée prendre des notes ? demande Ben, dont la voix tremble à peine.

— Je ne suis pas sûre de trouver les mots justes.

— Bon, au moins nous sommes assurés que la partie de l'expérience consacrée aux baisers ne sera pas une corvée.

— Non. (Je touche mes lèvres moelleuses et gonflées.) Sans doute pas.

Le livre de Ben est tombé par terre. J'observe le carnet posé sur mes genoux. Garder la tête froide s'annonce difficile.

— Est-ce que c'est toujours comme ça ?

— Non, Béa. Pas du tout.

— Oh ! (J'ignore si sa réponse me rassure ou m'inquiète.) Alors… (J'hésite à poursuivre, tant je lutte entre mon envie d'en savoir plus et ma peur d'aller trop loin.) Je suis différente des autres ?

Ben me prend par la main et presse doucement mes doigts.

— À vrai dire, je te trouve... extraordinaire.

— Vraiment ?

— Oui. Bien sûr, tu es totalement insupportable, mais tu es aussi intelligente, passionnante et drôle. Tu le fais même parfois exprès.

— Oh ! je bredouille, bouleversée par ce déluge de compliments. Merci.

— Mais que cela ne te monte pas à la tête, s'empresse d'ajouter Ben. N'oublie pas que les compliments sont une composante obligatoire de mon entreprise de séduction. Je suis tenu de t'en gratifier. Je serais ravi de pouvoir dresser la liste de tous tes défauts, mais ça n'est pas compris dans mon contrat.

— Crois bien que je partage ce sentiment.

Je ne peux m'empêcher de sourire. Que ses compliments soient sincères ou non, ils étaient agréables à entendre.

— Bien, ajoute Ben avant de se racler la gorge.

Je ne prête pas attention à ce qu'il s'apprête à dire, car je viens d'entendre le chant désormais familier de la huppe fasciée. Alors, sans plus de cérémonie, l'oiseau que j'ai tant espéré apercevoir se pose sur une branche toute proche. Il ébouriffe ses plumes rose-orangé tout en dressant son impressionnante crête blanche et noire.

— Ben, regarde ! je m'écrie en désignant la huppe.

Mon geste brusque le fait sursauter. Il bascule vers l'arrière, puis se met à agiter les bras de manière comique, avant de chuter dans la fontaine avec fracas.

Je bondis pour esquiver la gerbe d'eau qui jaillit vers moi. Lorsque Ben réapparaît, il bredouille des paroles outrées et son visage n'est qu'un masque d'indignation.

— Oh, mon Dieu !

Il reste assis au milieu de la fontaine, à me dévisager en clignant des yeux. Des filets d'eau dégoulinent de ses cheveux, qu'il repousse de son visage.

— Laisse-moi deviner, lâche-t-il enfin. Tu as vu une libellule ?

— Pas du tout. C'était une huppe fasciée, Ben. Regarde ! (Je me retourne, mais l'oiseau s'est envolé.) Oh ! je gémis, les sourcils froncés. Tu lui as fait peur.

— Quel étourdi je fais, maugrée-t-il.

— Même si tu ne l'as sans doute pas fait exprès, tu es décidément maladroit, Ben.

Il me fusille du regard.

— Je le suis depuis notre rencontre.

— J'ose espérer que tu ne cherches pas à m'en rendre responsable. Mais peut-être s'agit-il d'une pathologie. Tu devrais consulter un médecin. Les troubles de l'équilibre peuvent être symptomatiques de nombreuses affections. Comment te sens-tu ?

— Comment je me sens ? répète Ben en se frottant le menton d'un air pensif. Comment, d'après toi, Béa ?

— Mouillé, je suppose.

J'échoue à me retenir de rire. Ben se redresse brusquement, tel un monstre marin émergeant des profondeurs. Son mouvement génère une nouvelle vague qui vient s'écraser sur le rebord de la fontaine.

— Allons, Ben, je lance d'un ton enjôleur, ne te fâche pas. Regarde, je suis parvenue à sauver l'essentiel.

Je brandis son livre, qui n'a reçu que quelques gouttes.

— Tu es vraiment une étrange fille, commente Ben, presque pour lui-même.

— Une fille extraordinaire. Tu me trouves extraordinaire.

— Extraordinairement agaçante, marmonne-t-il.

— Voilà qui n'est pas tout à fait dans l'esprit de notre contrat, Ben. Quel dommage, tu avais si bien su manier les compliments…

Je m'amuse beaucoup à le taquiner, mais quelque chose dans son regard m'incite à ne pas aller plus loin. Je ne voudrais pas qu'un soudain désir de vengeance le pousse à me jeter dans la fontaine.

— Bon, tout ceci était fort instructif, mais j'ai beaucoup à faire.

À ces mots, je quitte les lieux sans accorder la moindre attention aux exclamations indignées qui jaillissent de la fontaine.

CHAPITRE 25

Les jours suivants sont enivrants, idylliques et fort instructifs.

Ben se révèle un collaborateur très enthousiaste, et nous avons échangé assez de baisers volés pour remplir deux carnets d'observations. Il n'est pas encore question d'aller plus loin, mais je ne peux nier que la conscience toujours plus aiguë de nos corps ne manque pas d'enflammer mon esprit.

Le jour se meurt dans une lourde lumière dorée. Nous nous trouvons dans le jardin, où j'ai autorisé Ben à s'essayer une nouvelle fois à la poésie.

— Tu es aussi sensible qu'un caillou, grogne Ben tandis que je serre les lèvres en vain pour me retenir de rire.

— Je crois que c'est surtout à cause de ta façon de réciter.

Ben se prend au jeu du héros romantique, si bien que, malheureusement, sa manière de déclamer avec emphase des histoires de « beauté aux cheveux de jais » me rend hilare.

— J'ai beaucoup aimé écouter Filomena réciter son poème l'autre soir, devant le feu de joie.

Ben tombe à genoux devant moi.

— Ah, oui ! *Donne-moi cent baisers…*

— Mille, je le corrige.

— Vraiment, Béa, murmure-t-il en se penchant vers moi, tu es insatiable.

Il fait taire mon rire d'un baiser.

Un bruit nous interrompt : un craquement de branche suivi d'un toussotement. Lorsque Filomena apparaît, nous avons à peine eu le temps de nous séparer. Nos habits chiffonnés et nos joues rougies ne doivent tromper personne.

Le sourire en coin de Filomena m'indique qu'elle voit clair dans notre jeu.

— Enfin, vous voilà ! dit-elle. Je vous ai cherchés partout.

— Vraiment ? rétorque Ben, d'un ton qu'il espère sans doute nonchalant.

— J'étais curieuse de savoir comment se déroulent ces leçons de peinture.

Elle regarde avec insistance derrière nous, où les chevalets brillent par leur absence.

— De la peinture ? Ah, oui…, je bredouille, l'esprit ailleurs.

— Béa progresse beaucoup, intervient Ben tout en me glissant un regard malicieux. Si elle poursuit ses efforts, elle pourrait atteindre un niveau tout à fait acceptable.

— Les premières leçons ont été un peu laborieuses. Ben doit encore affiner son approche pédagogique. Mais c'est de mieux en mieux.

— Merveilleux, commente Filomena. J'ai hâte de découvrir tes premières œuvres. Béa pourrait même participer à l'exposition.

— À quelle exposition ? je demande avec inquiétude.

— C'est peut-être un bien grand mot, admet Filomena. Il s'agira avant tout d'une fête formidable, au cours de laquelle seront présentées certaines des œuvres créées ici pendant l'été.

— Oh, je me souviens, maintenant. Léo en a parlé le lendemain de mon arrivée.

J'ai l'impression que c'était il y a un millier d'années.

— J'avais presque oublié..., murmure Ben.

— C'est bien ce qu'il me semblait, dit Filomena. Il s'agit d'une opportunité en or pour toi, Ben. Il y aura des gens influents.

— Oui, répond Ben en se frottant le menton. Je sais.

— Et je pense que Léo serait très heureux que Béa participe...

Ben hoche la tête.

— Donc je compte sur toi.

Puis elle s'éloigne de son pas chaloupé, ses longs cheveux noirs se balançant autour de sa taille.

Ben ne la quitte pas des yeux.

— Est-ce que tout va bien ? je lui demande.

Comme il ne me répond pas, je lui touche le bras pour attirer son attention.

— Pardon ? lance-t-il en se tournant vers moi. Oh oui, très bien, réplique-t-il enfin avec son sourire insouciant habituel. Si je comprends bien, ajoute-t-il, tu vas devoir créer une toile éblouissante pour que je puisse continuer à profiter du gîte et du couvert.

— Prépare-toi à être affamé...

Une heure plus tard, nous nous installons face à des chevalets, sur le site de pique-nique désormais dénué de fourmis volantes. Une fois encore, je m'efforce sans conviction de peindre le paysage qui s'offre à mes yeux, et Ben corrige avec tact quelques-unes de mes innombrables erreurs.

Je pousse un profond soupir devant l'amas de traits et de taches qui recouvre ma toile.

— Est-ce que c'est mieux ?

— Nous allons tenter une approche différente, propose Ben, qui n'a jamais été si diplomate. Quels sont tes peintres préférés ?

— Père possédait un beau Stubbs qu'il a fallu vendre, je réponds après quelques secondes de réflexion. L'une de ses peintures équestres. Il était accroché au-dessus de la cheminée du salon. Ce tableau me plaisait beaucoup. On aurait dit… On aurait dit un vrai cheval.

Je m'attends à ce que Ben traite mon commentaire creux par le mépris, mais il approuve d'un hochement de tête.

— Ce n'est pas étonnant. Stubbs connaissait très bien l'anatomie et ses peintures sont incroyablement réalistes. D'un point de vue scientifique, je veux dire, précise-t-il avec un sourire en coin. Il a été jusqu'à disséquer des carcasses de chevaux qu'il suspendait au plafond d'une écurie. Puis il pelait les différentes couches dont il faisait des croquis.

— Je l'ignorais ! Voilà qui est intéressant.

— J'étais sûr que cette histoire de chevaux disséqués te plairait. Il a écrit un livre à ce sujet : *L'Anatomie du cheval.* Je crois que sa façon de marier science et peinture était assez révolutionnaire.

— Un peu comme nous, en fait.

— Oui, approuve-t-il avant de déposer un baiser léger sur le bout de mon nez. Comme nous. Avec un peu plus de chevaux morts.

Une idée me traverse alors l'esprit.

— Crois-tu que la pratique du dessin pourrait m'aider à mieux comprendre l'anatomie animale ?

Cette pensée m'enthousiasme.

— Le contraire serait étonnant. Si l'étude de l'anatomie a fait de Stubbs un meilleur peintre, l'étude de la peinture devrait faire de toi une meilleure scientifique. En tout cas, ça vaut la peine d'essayer. Et si tu choisissais un modèle pour voir où cela te mène ?

Pendant que Ben s'attaque à sa toile, je pars en quête d'un sujet approprié. Même si l'idée d'assister à une dissection ne me rebute pas vraiment, je n'aimerais pas tuer un animal dans le seul but de m'exercer au dessin. Après quarante minutes de recherche, je déniche un magnifique *Lucanus cervus* dans un parterre de fleurs. L'insecte est indéniablement mort. Quand je retrouve Ben avec le lucane dans le creux de ma main, il est absorbé par sa peinture.

Je m'assois sur la couverture que nous avons pris soin d'apporter, puis j'extrais un carnet et un crayon du sac de Ben. Je me mets au travail, déterminée à reproduire l'insecte de mon mieux. Pour ce faire, je l'examine de si près que je découvre un monde fourmillant de minuscules détails qui m'avaient échappé jusqu'à présent. Je m'efforce d'appliquer tout ce que Ben m'a appris sur les formes et la perspective. Mon dessin est loin d'être parfait, mais on reconnaît au moins qu'il s'agit d'un scarabée. Je suis ravie de l'avoir observé avec tant d'attention ; j'ai le sentiment de beaucoup mieux le connaître.

Je lève les yeux sur Ben qui vient de s'asseoir à côté de moi.

— Joli, commente-t-il.

— Merci. Je n'ai pas réussi à représenter correctement les palpes maxillaires.

— Qu'est-ce qu'un palpe maxillaire ? demande Ben, qui se penche pour mieux voir.

— Ces espèces d'antennes, j'explique en lui montrant les petits appendices logés entre les énormes mandibules cornues. Ils lui servent à goûter sa nourriture. Je n'avais jamais réalisé à quel point la mâchoire forme un ensemble complexe.

— Ce qui confirme que la pratique du dessin est bénéfique à une naturaliste comme toi. À la fin de l'été, tu devrais aller à Vienne pour y peindre ces fameuses plantes mangeuses d'hommes.

— Elles sont carnivores, pas cannibales, je proteste du tac au tac.

Mais j'en ai la tête qui tourne. C'est la toute première fois qu'on me qualifie de naturaliste. Ce mot semble si sérieux... que cela me donne le sentiment que Ben me prend au sérieux.

— Et je ne suis pas une naturaliste, je m'insurge pourtant. Je m'intéresse à la nature, rien de plus. J'ai tout appris par moi-même.

— Comme bon nombre de savants, réplique Ben.

— Peut-être, mais... J'aimerais tant pouvoir faire des études. Assister à des conférences, participer à des expériences, rencontrer de vrais spécialistes... J'en rêve.

Au court du silence qui suit mon aveu, je réalise que je suis tendue, dans l'attente de la réaction méprisante habituelle, du seau d'eau glacée qui viendra doucher mon enthousiasme.

— Je te comprends, déclare Ben. C'est ce que je ressentais à Florence, pendant mes études. Baigner dans cet univers, bénéficier de tout ce savoir et tenter d'en tirer profit, chercher à progresser... C'est incomparable.

Je suis stupéfaite. Il a saisi ce que j'essayais d'exprimer. En tout cas, je n'avais jamais eu l'impression d'être si bien comprise.

— Mais alors, pourquoi ne prévois-tu pas de faire des études ? D'aller à l'université ? m'interroge-t-il.

— Mes parents n'accepteraient jamais.

— Jusqu'à présent, tu ne m'as pas donné le sentiment d'être du genre à demander la permission, réplique-t-il sèchement.

Je secoue la tête. Impossible de lui faire comprendre ce que mes parents me font subir.

— De toute façon, nous ne pourrions pas nous le permettre. L'université coûte cher, et mes parents consacrent tout leur argent au domaine.

— Et si tu sollicitais une bourse ?

— Une bourse ?

— Oui, répète-t-il, comme s'il s'agissait d'une évidence. Tu as largement les compétences requises. Tu es la personne la plus brillante que j'aie jamais rencontrée, ajoute-t-il en souriant. Ta tête est si pleine que je me demande comment elle peut tenir droit.

— Je ne parviens même pas à envisager une chose pareille.

Il me suffit de l'affirmer pour me rendre compte que ce n'est plus tout à fait vrai. Ce qui semblait impossible dans l'isolement de Langton Hall paraît moins improbable ici.

— Tu peux le faire, Béa, insiste-t-il.

Il s'allonge et appuie sa nuque sur ses mains aux doigts entrelacés, fermant les yeux pour les protéger du soleil.

Sans réfléchir, je m'étends contre lui et l'embrasse sur la joue. Son odeur sucrée d'herbe fraîchement coupée me monte à la tête et me fait frissonner. Si je pouvais mettre ce parfum en bouteille, je deviendrais millionnaire. Il rouvre aussitôt les yeux.

— Que me vaut cet honneur ? murmure-t-il.

— Je n'en suis pas sûre. Le coup est parti tout seul. Notre liaison aurait-elle atteint un nouveau stade ? Je devrais prendre des notes.

Ben me sourit tendrement.

— Oh, je ne sais pas, Béa. (Il se relève pour m'attirer à lui.) Pour ma part, j'ai toujours envie de t'embrasser.

Lorsque nous regagnons la villa à la tombée du jour, je me sens comme engourdie, anesthésiée par tous ces baisers. Ben me tient la main et je souris béatement sans raison particulière. Cette histoire d'amourette estivale est plutôt agréable.

Sur la terrasse, nous retrouvons Klaus assis avec une boisson.

— Béa, lance-t-il, ton oncle est rentré.

— Oh ! Très bien.

Je ne peux contenir le tremblement de ma voix. Le retour d'oncle Léo me semble annoncer la fin de quelque chose, sans que je comprenne ce pressentiment.

— Il n'est pas seul, poursuit Klaus à voix basse. Il a invité une Anglaise… lady Frances… Ainsi que sir Hugh, ajoute-t-il en glissant un regard à Ben.

Le visage de Ben se ferme.

— Qui est sir Hugh ? je demande.

— Quelqu'un qui ne mérite même pas d'être évoqué, marmonne Ben.

Sur ce, il s'éloigne à grandes enjambées vers la villa.

Je me tourne vers Klaus, qui ne semble pas disposé à me renseigner. Nous rejoignons Ben à l'intérieur.

J'entre dans le salon, mais mes compagnons restent dans l'entrée.

J'ai l'impression de faire face à un tableau. Toute une assemblée est réunie dans cette pièce. Ils boivent du thé en dépit de la chaleur étouffante. Je les observe un instant sans rien dire.

Héro est assise sur un canapé, aux côtés d'oncle Léo. Elle a les mains croisées sur les genoux et paraît s'ennuyer ferme. Ses cheveux sont coiffés avec soin et sa robe n'a pas le moindre pli. Je réalise qu'elle a toutes les apparences de la parfaite jeune lady réservée. Filomena est assise à côté, un sourire figé sur le visage. Ursula se tient devant la fenêtre. Une cigarette à la main, elle tourne le dos aux convives. Elle semble raide, presque hostile.

Dans un fauteuil installé tout près de l'énorme cheminée est assise une femme d'une quarantaine d'années, intégralement vêtue de noir ; une collerette de plumes sombres et brillantes enserre son cou, tandis que sur sa gorge s'étale un collier garni de grosses perles pareilles à des lunes miniatures. Ses cheveux blonds encadrent ses traits aristocratiques subtilement maquillés. Elle est en train de discourir, visiblement très à son aise.

— Alors, je leur ai bien entendu signifié combien leur comportement était inacceptable, dit-elle en s'emparant d'une tasse pour boire une gorgée de thé. Mon mari est tout de même ambassadeur, je suis mieux placée qu'eux pour savoir ce que les fascistes penseraient de la situation.

— Bonjour, je lance en faisant un pas vers l'assemblée.

— Béa !

Filomena se lève et me tend la main. Il me semble remarquer une lueur de soulagement dans son regard.

— Béa, te voilà enfin, ajoute oncle Léo en se dressant à son tour. Où étais-tu passée ?

— J'étais avec Ben, je me contente de répondre tandis qu'il m'embrasse du bout des lèvres.

— Seule avec lui ? réagit mon oncle, en lançant un regard inquiet vers la femme assise près de la cheminée.

— Oui, je confirme, prise de court. Il me donne des leçons de peinture, vous vous souvenez ?

— Bien sûr. (Le visage de mon oncle s'éclaircit.) Autant mettre à profit la présence de tous ces artistes.

Il a parlé d'un ton joyeux, mais son commentaire me met mal à l'aise. Je glisse un regard à Filomena, qui s'est rassise et affiche un sourire sans joie.

— Pardon, Béatrice, je manque à tous mes devoirs, reprend Léo. J'ai l'honneur de te présenter lady Frances Bowling.

Je m'avance docilement vers la femme, qui me gratifie d'une poignée de main molle et froide.

— Ravie de faire votre connaissance.

Elle m'adresse un semblant de sourire.

— Je connais votre mère, bien évidemment.

— Vraiment ?

Je ne parviens pas à masquer ma surprise. Je n'ai jamais entendu parler d'elle jusqu'à aujourd'hui.

— Nous nous sommes fréquentées, il y a… un siècle, au bas mot.

Elle parle d'une voix légère aux intonations gracieuses. Mon oncle rit poliment à sa plaisanterie.

— Je l'ignorais, je murmure. C'est très intéressant.

— On voit bien que vous êtes une Langton, commente Frances en m'examinant comme si j'étais une jument racée qu'elle hésiterait à s'offrir. Bon sang ne saurait mentir. (Elle se tourne alors vers Ben, qui se tient appuyé contre la porte du salon en compagnie de Klaus.) Et mauvaise herbe croît toujours, ajoute-t-elle.

Je ne comprends pas le sens de sa remarque, pas plus que je ne comprends pourquoi elle dévisage Ben et Klaus comme s'il s'agissait de cafards surgis de sous une pierre, mais je frémis de dégoût face à cette femme déplaisante.

— On ne saurait mieux dire, je réponds alors. (Mère percevrait la menace tapie derrière mon ton détaché, mais ces gens ignorent totalement ce qui les attend.) Cela étant, contrairement à nombre d'aristocrates, mes parents ne sont pas issus de la même famille. Cette consanguinité entre snobs a quelque chose de criminel, ne trouvez-vous pas ?

Ma question reste suspendue dans l'air, à la manière d'un défi. Ce qu'elle est, du reste.

Le silence horrifié est rompu par un éclat de rire. Ursula se détourne enfin de la fenêtre.

— Splendide, Béa, me complimente-t-elle en soufflant la fumée de sa cigarette.

Elle parcourt la pièce des yeux, puis braque son regard plein de mépris sur Frances.

— J'ai besoin d'un verre, ajoute-t-elle en quittant le salon, suivie par Klaus.

— J'ai fait la connaissance de lady Bowling à Milan, s'empresse de déclarer Léo. Je lui ai proposé, ainsi qu'à son ami sir Hugh, de faire halte ici avant de rejoindre Rome. Nous aurons quelques invités supplémentaires ce soir pour leur faire bon accueil.

— Je vois, je commente. Vous êtes donc seulement… de passage ?

— Je le crains, me répond Frances d'un ton glacial. Nous n'aurons malheureusement pas l'occasion de faire plus ample connaissance.

— Oh, c'est tout à fait désolant ! je confirme en lui offrant mon plus beau sourire.

CHAPITRE 26

— Quelle horrible femme ! crache Ursula en nous servant à boire. Je vomis les fascistes frigides de son espèce.

À l'autre bout de la terrasse, la fasciste en question est en train d'accepter le verre que lui tend mon oncle. Ils sont entourés d'inconnus plus élégants que les habitués de la villa.

— Qui sont tous ces gens ?

— Des amis de ton oncle, explique Ursula sans rien cacher de son mépris. Ennuyeux à mourir et bourgeois jusqu'au bout des ongles.

— Je me demande où est passé Ben.

Je ne l'ai pas revu depuis la scène du salon.

— Je suis sûr qu'il ne va pas tarder à se montrer, affirme Klaus. Il a sans doute besoin d'un peu de temps pour se remettre de l'apparition de sir Hugh.

— Qui est-ce ?

— Personne ne t'a rien dit ? s'étonne Klaus. Sir Hugh Falmouth. C'est un peintre célèbre.

— Sir Hugh Falmouth ? je répète, éberluée.

Tout le monde connaît ce sir Hugh, même moi. Il est exposé à la National Gallery ; il y a des livres consacrés à son œuvre dans la bibliothèque de Langton.

— Je crois que c'est un vieil ami de Filomena, poursuit Klaus. Il doit être en train de se reposer. Si tu veux mon avis, ton oncle est plus que ravi de recevoir un hôte si prestigieux.

Voilà pourquoi oncle Léo se pavane aussi fièrement qu'un paon.

— Bon sang, quand je raconterai ça à Mère et Père, ils n'en reviendront pas. (Je suis ravie d'avoir au moins une anecdote à partager avec eux.) Mais pourquoi Ben n'est-il pas content de le voir ?

— Il a quelque chose à lui reprocher, répond Klaus. Mais je n'en sais pas plus.

— Je n'arrive toujours pas à croire que je vais rencontrer Hugh Falmouth.

— Eh bien, tiens-toi prête, me chuchote Klaus à l'oreille. Le grand jour est arrivé.

En effet, Filomena nous rejoint au bras d'un homme d'une soixantaine d'années, dont les cheveux blancs lissés vers l'arrière dégagent un large front. Une lueur malicieuse anime ses yeux bleus. Une canne à pommeau d'argent est suspendue sur son bras libre. Pourtant, il avance d'un pas leste et n'a pas de difficulté à se déplacer. Je devine qu'il a dû être extrêmement beau dans sa jeunesse, et il a toujours de la prestance. Il porte un costume léger parfaitement ajusté. Je le vois se pencher vers Filomena, et ce qu'il lui dit la fait sourire langoureusement. Mon oncle les suit, accompagné par Héro. Il arbore un large sourire béat.

— Ah, Béatrice ! tonne Léo en s'immisçant entre Filomena et son élégant invité. Sir Hugh, permettez-moi de vous présenter ma nièce, Béatrice Langton, de la lignée des Langton du Northumberland.

Il m'a introduite d'une manière si étrange et formelle que je ne sais pas comment réagir. J'ai l'impression d'être dans un roman de Jane Austen. Dois-je faire une révérence ?

Sir Hugh résout la question en s'avançant vers moi pour me saisir la main.

— Très chère, je suis on ne peut plus réjoui de faire votre connaissance.

— Sir Hugh, je murmure.

— C'est un peu ridicule, ne trouvez-vous pas ? déclare-t-il tout en me pressant les doigts. Cette histoire de sir Hugh… À la suite de mon anoblissement, certains de mes jeunes amis les plus facétieux se sont mis en tête de m'appeler ainsi, et il m'est désormais impossible de m'en défaire.

Je regarde ma main, qu'il tient toujours dans la sienne. Je remarque alors qu'il a de belles mains, fines et manucurées avec soin.

— Et voici deux de nos jeunes invités, intervient Filomena : Klaus et Ursula.

— Quelques-uns des artistes de Filomena, précise Léo.

— Tu connais déjà Bénédick, ajoute Fil en regardant par-dessus mon épaule.

Je n'avais pas remarqué son arrivée. Ben s'avance ; son visage habituellement si expressif n'est qu'un masque de cire.

— Hugh, dit-il d'une voix blanche.

— Ah, Ben, répond sir Hugh, qui ne semble pas le moins du monde ému. Filomena m'avait bien dit que tu logeais ici. Quelle bonne surprise !

— J'ignorais que vous vous connaissiez, s'étonne Léo.

— Nous nous sommes fréquentés il y a des années, quand Ben n'était encore qu'un enfant. J'ai connu sa mère… C'était il y a une éternité. Comment va-t-elle ?

Une étrange expression traverse le visage de Ben.

— Elle est morte, répond-il platement.

— Mon pauvre garçon, s'émeut sir Hugh en portant une main à sa gorge. Quelle terrible nouvelle.

Je remarque que Ben serre le poing. L'air est saturé d'une tension mystérieuse.

— Comment avez-vous connu Filomena, sir Hugh ? je m'empresse de demander.

— Elle a posé plusieurs fois pour moi, répond-il en lui adressant un regard enflammé.

— J'étais beaucoup plus jeune, précise Filomena.

— Hélas, soupire sir Hugh, elle refuse catégoriquement de recommencer. (Il se tourne alors vers moi.) Sachez, ma chère, que si vous acceptiez de poser pour moi durant mon séjour ici, je serais plus qu'enchanté.

Il a parlé d'une voix douce et enjôleuse, mais quelque chose dans ses yeux me met mal à l'aise.

— Vous semblez être... une jeune personne peu ordinaire, susurre-t-il.

— Tu entends ça, Béatrice ? commente Léo. Je suis certain qu'elle en serait très honorée, sir Hugh.

— Oh, j'en doute fort, lance Ben.

Au même instant, Filomena réagit à son tour :

— Elle est très prise par ses leçons...

— Filomena a raison, je renchéris, bien décidée à me défendre toute seule. Sans compter que je serais un modèle désastreux. Je ne tiens pas en place.

J'ai su employer un ton suffisamment définitif pour clore le sujet. À le voir pincer les lèvres, je devine qu'oncle Léo est fort mécontent.

— Je n'en prends pas ombrage, réagit sir Hugh. (Il glisse un regard à Ben, qui se tient à mes côtés, le visage toujours aussi fermé.) Si vous changez d'avis, n'hésitez pas à me le faire savoir.

Filomena s'accroche à son bras.

— Viens, Hugh, dit-elle. Je voudrais te présenter Félix. Il ne doit pas être loin. Ses miniatures sont un véritable enchantement...

Elle disparaît dans la foule en bavardant avec son ami, qui hoche la tête joyeusement.

— Allons, Béatrice, comment peux-tu laisser passer une occasion pareille ? gronde oncle Léo. Un portrait de sir Hugh Falmouth... N'importe quelle jeune femme aurait sauté de joie.

— C'est que je m'efforce de garder les pieds sur terre, mon oncle.

Le regard que me lance Léo me rappelle tant mes parents que je frissonne à nouveau. Je croise les bras dans une posture de défi.

— Sir Hugh est mon invité, Béatrice, ajoute mon oncle d'un ton sans réplique. Je compte sur toi pour ne pas oublier tes bonnes manières.

Sur ces mots, il tourne les talons et part retrouver ses convives. Je pousse un long soupir de soulagement.

— Tu te sens bien ? me demande Ben.

— Oh, oui ! Très bien. Décevoir les membres de ma famille est mon passe-temps favori.

— Il a tort d'être désappointé. Tu as très bien fait de refuser de poser pour Hugh Falmouth.

— Filomena a pourtant accepté, elle.

— Et t'a-t-elle donné l'impression de vouloir renouveler l'expérience ?

— Non, c'est vrai. Pour tout dire, cet homme me donne la chair de poule. Sans compter que je serais incapable de tenir la pose. Tu imagines la scène ? Poussée par l'ennui, je finirais par faire quelque chose de scandaleux.

Ben grimace.

— Mon Dieu ! Tu as raison. (Il passe une main dans ses cheveux en soupirant.) J'aurais presque de la peine pour lui.

— Hé !

— Mais c'est toi qui as présenté les choses ainsi, se défend Ben.

— Ce n'est pas une raison pour acquiescer, je réplique en me retenant de sourire.

— Je n'ai aucune chance, contre toi, feint-il de se lamenter. Même quand je suis de ton avis, je finis par avoir tort. Ça doit être un don.

— Tu es un jeune homme très talentueux. Seulement, tu es un peu trop simplet pour cerner les subtilités de nos conversations.

— Ah, je te retrouve enfin ! (L'apparition de ses fossettes me trouble.) J'avais peur que tu ne te mettes à être trop gentille avec moi.

— Crois-moi, sur ce point, tu n'as rien à craindre.

CHAPITRE 27

Le lendemain, lorsque j'entre dans le salon, j'ai la surprise d'y trouver Filomena en train de prendre le thé avec sir Hugh.

— Oh, pardon, je ne voulais pas vous déranger ! je m'écrie en m'arrêtant net. Je suis juste venue chercher mon carnet de croquis.

— Vous ne nous dérangez pas le moins du monde, proteste le peintre en se levant pour me saluer avec distinction. Je suis enchanté de vous revoir, très chère. Nous feriez-vous l'honneur de votre compagnie ?

— Oui, s'il te plaît, Béa, insiste Filomena en m'invitant à m'asseoir à côté d'elle.

J'hésite, mais je brûle d'en savoir plus sur cet homme et de comprendre pourquoi Ben le déteste tant. Il n'a pas voulu m'expliquer quoi que ce soit, allant même jusqu'à marmonner que « la curiosité est un vilain défaut ». J'ai dû lui rappeler qu'en tant que scientifique, la curiosité fait partie intégrante de ma personnalité. C'est pourquoi j'accepte l'invitation de sir Hugh et m'installe sur une banquette au dossier ferme.

Filomena remplit une tasse du service à thé posé sur la table. Le breuvage orangé et fumant me rappelle mon pays.

— Filomena m'a dit que vous preniez des leçons de peinture, dit sir Hugh d'un ton aimable. Je dois reconnaître que cette villa est le cadre rêvé pour une telle entreprise.

— Oui, mais je doute que mon talent soit à la hauteur. Je progresse, néanmoins. Grâce à Ben.

Je tends le bras vers le plateau garni de petits biscuits recouverts de sucre croustillant. Je croque dans l'un deux et laisse le morceau vanillé fondre sur ma langue.

Sir Hugh rit galamment.

— Je suis certain que vous exagérez.

Je retrouve la sensation familière des visites ennuyeuses à Langton. Je n'ai jamais été très douée pour échanger des banalités. Je trempe les lèvres dans ma tasse, et le cliquetis mélodieux de ma cuillère en argent contre la porcelaine résonne à travers la pièce.

Je cherche désespérément un sujet de conversation.

— Êtes-vous en Italie depuis longtemps ? je parviens enfin à demander.

— Depuis deux mois environ. J'étais auparavant dans le sud de la France, après un séjour à Vienne.

— Vous n'habitez pas en Angleterre ?

— Si. L'Angleterre sera toujours mon foyer. Mais j'ai découvert que les voyages nourrissent mon inspiration. Bien sûr, ajoute-t-il en souriant à Filomena, je dois compter sur l'hospitalité de mes amis, si je veux éviter de passer ma vie à l'hôtel. Lorsque j'ai appris que ma chère Filomena était ici… j'étais prêt à tout pour me faire inviter, je l'avoue. Rien n'est plus doux que de revoir de vieilles connaissances, n'est-ce pas ?

— Peu d'hôtels doivent être en mesure de rivaliser avec cette villa, je souffle en reposant ma tasse vide.

— Vous avez parfaitement raison, approuve sir Hugh en souriant. C'est un endroit unique. Filomena, on peut dire que tu as su tirer ton épingle du jeu.

Il a parlé d'un ton aimable, mais sa remarque manque de me faire bondir.

— J'ai bien conscience de ma chance, répond calmement Filomena. Nous sommes tous très reconnaissants à Léo pour son hospitalité.

— Moi la première, je lance, anxieuse de mettre fin à la tension qui vient d'envahir la pièce. Chez moi, je serais seule, j'aurais froid et je serais malheureuse. Tandis qu'ici…

J'ouvre grand les bras pour désigner les merveilles qui nous entourent.

— Sans compter que vous avez l'opportunité d'apprendre à peindre, ajoute sir Hugh.

— Tout ne peut pas être rose.

Ma plaisanterie le fait rire.

— Dois-je comprendre que Ben n'est pas un professeur très patient ?

— Il est excellent, au contraire. Et je souffre de devoir le reconnaître.

— Béa et Ben adorent… comment dit-on, déjà, en anglais ? demande Filomena en souriant. Ah oui : se chamailler.

Sir Hugh boit une gorgée de thé.

— Benedick a toujours su user de son charme. Et prendre les gens à rebrousse-poil.

Je lui lance un regard interrogateur.

— Vous semblez le connaître fort bien.

— Je connais son caractère, répond-il d'un ton soudain sérieux. C'est un jeune homme tourmenté. Très tourmenté. Mais j'ai entendu dire qu'il était prometteur. (Il semble percevoir ma curiosité.) Son histoire est bien triste. Sa mère l'a eu très jeune et… Eh bien, elle n'était pas mariée…

— Je ne pense pas qu'il soit nécessaire de raconter à Béa toutes ces vieilles histoires, le coupe Filomena.

Je suis soulagée. J'ai le sentiment que c'est à Ben qu'il appartient de m'apprendre tout cela, s'il le désire. Il est temps de changer de sujet.

— Combien de temps prévoyez-vous de rester ici ?

— C'est justement ce dont nous étions en train de discuter au moment de votre arrivée.

— Je vous invite à rester aussi longtemps que vous le désirez ! lance la voix d'oncle Léo.

Nous nous tournons tous les trois vers lui. Frances entre à son tour et va s'installer dans un fauteuil, les jambes croisées. Léo pose une main sur l'épaule de Filomena.

— Nous sommes très honorés de vous accueillir, insiste-t-il en souriant à Frances et sir Hugh.

— Vous êtes trop aimable, répond sir Hugh. Cependant, comme je l'expliquais à votre charmante fiancée, dans deux jours, Frances et moi sommes invités à un dîner de la plus haute importance. Je ne peux vous en dire davantage.

— Mais pourquoi ? s'étonne oncle Léo.

— Ne faites pas attention à lui, intervient Frances. Il adore faire des mystères. La vérité, c'est que Benito nous a conviés à un dîner informel.

Filomena porte une main à sa gorge, dans ce qui me semble être un geste inconscient.

— Vous n'êtes pas sans savoir que mon défunt mari était un ami personnel de Mussolini, qui sera à Rome cette semaine, ajoute Frances.

— Quel honneur ! s'exclame Léo, les yeux écarquillés.

— L'avez-vous déjà rencontré ? lui demande sir Hugh.

— Non, jamais, répond oncle Léo, qui en paraît assez chagriné.

— C'est un homme merveilleux, et des plus charmants, déclare Frances. Pensez à tout ce qu'il a accompli pour ce pays… L'Angleterre ferait bien de s'en inspirer. Espérons que ce cher Oswald parviendra à imposer les changements nécessaires. Sachez, poursuit-elle en se tapotant le menton, que vous pourriez m'accompagner en tant qu'invités, si vous le désirez. Je suis tout à fait disposée à vous introduire auprès de Benito. C'est le moins que je puisse faire pour vous remercier de votre hospitalité.

Léo a l'air d'un enfant face à son cadeau de Noël.

— Aller à Rome pour y rencontrer Mussolini ? bredouille-t-il. Ce serait un grand honneur, n'est-ce pas, ma chérie ? ajoute-t-il en braquant ses yeux brillants sur Filomena.

— Une opportunité incomparable, répond celle-ci sans faire montre de beaucoup d'enthousiasme. Malheureusement, le devoir me retient ici avec Héro et Béa. Mais toi, tu devrais y aller, mon amour, dit-elle à Léo en souriant. Nous parviendrons bien à survivre sans toi une semaine ou deux.

Léo prend sa main dans la sienne.

— Tu es la meilleure des femmes, dit-il. Sans compter que je viens à peine de rentrer. Vraiment, je ne te mérite pas. Qu'en penses-tu, Béa ? N'est-elle pas merveilleuse ?

— Merveilleuse, j'approuve en m'efforçant de sourire.

Je suis presque horrifiée par son enthousiasme à l'idée de rencontrer Mussolini. Rien de ce que j'ai pu observer ou entendre à la villa n'a quoi que ce soit à voir avec les thèses fascistes. C'est même tout le contraire. Je n'ai jamais aimé devoir remettre en question la clairvoyance des adultes de mon entourage. L'idée que mon oncle puisse faire une erreur de jugement pareille, si dangereuse, sur un sujet d'une telle importance, me trouble au plus haut point.

Je m'efforce de faire abstraction de l'angoisse qui monte en moi.

Lorsque je lève les yeux, je remarque une étrange expression, presque de déplaisir, sur le visage de sir Hugh qui regarde mon oncle et Filomena tour à tour.

— L'affaire est donc entendue, conclut Frances. Nous avions prévu de partir demain. N'est-ce pas trop hâtif pour vous ?

— Pas le moins du monde ! s'exclame mon oncle en battant des mains. Dans cette maison, nous avons pour habitude de vivre au jour le jour.

Tout le monde se lève, et j'en profite pour observer Filomena. Ce que je découvre me coupe le souffle. Ses yeux expriment une profonde tristesse, un abattement que trahissent également ses épaules affaissées et ses mains tremblantes.

Mais moins d'une seconde plus tard, son visage a retrouvé toute sa sérénité, ses épaules se sont redressées et elle se tient bien droite. Pour un peu, je croirais avoir rêvé.

CHAPITRE 28

J'ai le sentiment que nous avons tous été soulagés lorsque mon oncle et ses nouveaux amis sont partis pour Rome le lendemain.

Je sens renaître ce sentiment de liberté. Au fil de la semaine, la villa se remplit à nouveau de gens invités par Filomena : toujours plus d'artistes qui se préparent à l'exposition prévue pour la fin de l'été. Parmi ce flot de visages inconnus, je reconnais certaines personnes déjà croisées plus tôt. Tout le monde est très affairé.

Même si elle ne participera pas à l'exposition, Ursula est absorbée par son travail. Elle n'a pas quitté la maison d'été depuis des jours et je découvre qu'elle me manque. Ce matin, j'ai décidé de partir à sa recherche. Je la trouve toute déguenillée, les yeux exorbités, recroquevillée au-dessus de son bureau. Les feuillets éparpillés à travers la pièce semblent s'être multipliés. Des piles à l'équilibre précaire se dressent dans tous les coins et le sol est recouvert de pages maculées de taches rondes laissées par ses tasses de café.

Elle me salue sans même lever la tête.

— Bonjour, Béa. Je crois que je tiens enfin quelque chose, lance-t-elle avec fièvre, tout en martelant les touches de sa machine à écrire.

— Est-ce que tu veux faire une pause ? On pourrait aller se baigner.

— Bonne idée, marmonne-t-elle. Amuse-toi bien.

Je renonce à la convaincre et me résous à regagner la piscine sans elle. Ce pic d'activité aussi général que soudain me déstabilise un peu. Tous, y compris Ben, Filomena et Klaus, semblent animés par une énergie surnaturelle. Je travaille toujours à mes croquis, une occupation qui me procure d'ailleurs un plaisir insoupçonné (j'apprends à regarder la nature d'un œil neuf), mais ça n'est pas la même chose.

J'aimerais partager leur enthousiasme. Ils ont tous une raison d'être : leur passion dévorante. Je ne ressentirai jamais rien de pareil pour l'art, mais c'est ce que m'inspire la science. J'ai de plus en plus de mal à envisager mon retour à Langton (ou, pire encore, à m'imaginer en compagnie de quelqu'un comme Cuthbert). Je prends du plaisir à étudier seule, mais je veux désormais faire quelque chose de mon savoir. J'aimerais me trouver un but, une vocation.

Je poursuis ma réflexion en enchaînant les longueurs dans la piscine. Je savoure la fraîcheur de l'eau qui tourbillonne autour de mes jambes. J'imagine quels commentaires aurait inspirés à ma mère ce maillot de bain court et moulant, d'un rouge tapageur. Cet instant n'en est que plus délicieux. Je m'étends sur le dos, les doigts écartés, et je ferme les yeux. À travers mes paupières closes, je vois danser d'insaisissables éclats dorés.

Enfin, je sors de l'eau et m'enveloppe dans une serviette. Je m'assois sur une chaise longue, puis je démêle mes cheveux du boût des doigts. La chaleur qui se répand peu à peu sur ma peau est agréable.

Plus tard, Ben vient s'asseoir à côté de moi. Je le gratifie d'un sourire languissant. Les cheveux en bataille, les mains et les joues couvertes de peinture, il travaille à une nouvelle œuvre, un projet qui l'enthousiasme énormément, mais dont je n'ai encore rien vu. En tout cas, son regard s'illumine chaque fois qu'il en parle.

— Comment l'exposition va-t-elle se dérouler ? je lui demande alors qu'il s'installe sur la chaise longue.

— Comme c'est la première que Filomena organise à la villa, je ne sais pas exactement.

— Parce qu'elle l'a déjà fait ailleurs ?

— Oui, mais jamais un événement d'une telle ampleur. J'ai assisté à l'une de ses expositions à Florence, il y a deux ans. Tout dépend du mécène.

— Comment ça ?

— Il faut bien que quelqu'un finance la soirée. Quelqu'un comme Léo.

— Mais Léo est le fiancé de Filomena, pas son mécène.

— C'est la même chose, réplique Ben avec un sourire.

Il me faut quelques secondes pour assimiler cette information.

— Les amis de Filomena sont parfois impressionnants, mais ils sont plus pauvres les uns que les autres, poursuit Ben. Très peu d'artistes sont reconnus de leur vivant, Béa. Tout le monde n'a pas autant de chance que sir Hugh, conclut-il avec un sourire lugubre.

— Sais-tu comment seront présentées les œuvres ?

Ben acquiesce d'un hochement de tête.

— Elles seront exposées dans la maison et certaines parties du jardin. En général, Filomena encourage ses convives à boire plus que de raison, et quelques riches visiteurs achètent des tableaux. Des collectionneurs qui espèrent dénicher le talent de demain. J'ai bon espoir qu'un des invités me passe une commande. L'été touche à sa fin. Il est temps pour moi de préparer la suite.

Il a parlé d'un ton léger, pourtant ces mots me percutent avec une puissance inattendue.

— La suite ?

— Oui, bien sûr, répond Ben en me lançant un regard amusé. Nous n'avons pas tous un manoir qui nous attend. Ton oncle ne va certainement pas m'entretenir jusqu'à la fin des temps.

— Sans doute pas, je confirme d'une voix blanche.

— Qu'est-ce qui ne va pas ?

— Rien. C'est juste l'idée que l'été est sur le point de s'achever. L'idée de retourner chez mes parents. C'est la fin de quelque chose.

— La fin d'une inoubliable histoire d'amour estivale ?

— La fin d'une expérience particulièrement stimulante.

— Tout ce qui t'intéresse chez moi, c'est mon potentiel scientifique, grommelle Ben.

— Peut-être bien, je lui réponds avec un sourire. (Je marque une pause.) D'ailleurs, pourquoi as-tu accepté de te prêter au jeu ?

Voilà longtemps maintenant que cette question me taraude. Ben laisse son regard errer sur le lointain.

— J'ai pensé que c'était une idée prometteuse. Il y aurait beaucoup à dire à ton propos, Béa, mais une chose est certaine : avec toi, on ne s'ennuie jamais.

— Oh ! je lâche, quelque peu déçue par sa réponse.

— Bien sûr, j'avais une autre bonne raison.

— Et quelle était-elle ?

— J'avais continuellement envie de t'embrasser. Cela devenait très gênant, dit-il sans manifester d'émotion particulière, comme s'il ne s'agissait que d'un commentaire objectif et anodin.

— C'est vrai ?

— Oui, c'est vrai, soupire-t-il. Malgré les suppliques de mon cerveau, je ne parvenais à penser à rien d'autre chaque fois que tu entrais dans mon champ de vision.

— Je ressentais exactement la même chose, comme si mon cerveau et mon corps n'étaient plus connectés. J'avais perdu le contrôle de mes émotions. Je devrais prendre des notes. À ton avis, est-ce qu'il s'agit d'une réaction chimique ?

Quand nos regards se croisent, je dois reprendre mon souffle. La flamme qui danse dans ses prunelles embrase l'espace qui nous sépare.

— Probablement, répond-il.

Avant que le feu ne nous consume, Filomena apparaît, une étrange expression sur le visage.

— Quelque chose ne va pas ? je l'interroge, tout en remarquant qu'elle tient une lettre dans sa main.

— Tout va pour le mieux, Béa, assure-t-elle.

Un sourire illumine lentement ses traits. Elle s'assoit.

— Bon. Aimerais-tu visiter Florence ? me demande-t-elle.

— Florence ? je répète, éberluée.

— Tu as reçu des nouvelles de Lili ? intervient Ben. Elle est revenue ?

— En effet, confirme Filomena. Elle est rentrée. (Ben pousse un cri de joie.) Elle t'a écrit aussi, bien entendu, poursuit-elle en lui tendant une enveloppe.

— Qui est Lili ?

— Une vieille amie, m'explique Filomena. Une vieille amie qui nous est très chère à tous les deux. Elle vous invite à passer quelques jours à Florence.

— Moi, et… et Ben ? (Je me sens un peu déboussolée, et je n'en reviens pas qu'elle nous traite comme un couple avec un tel détachement.) Comment connaît-elle mon existence ?

— Je lui ai parlé de tes cours de peinture. Quiconque s'intéresse à l'art se doit de visiter Florence.

— Moi aussi, je lui ai parlé de toi, ajoute Ben tout en lisant sa lettre.

— Ah ? je m'étonne, les joues rouges. Mais êtes-vous sûrs que mon oncle sera d'accord ?

— Tu seras rentrée bien avant son retour, rétorque Filomena en balayant mon inquiétude d'un geste de la main. Et je suis persuadée qu'il approuverait ce voyage.

Je n'en suis pas si convaincue. Au fond, je commence à penser que ma première impression n'était pas la bonne, et qu'il n'est pas devenu aussi bohème qu'il m'avait semblé de prime abord. Quoi qu'il en soit, je ne compte pas laisser passer cette opportunité de découvrir Florence. Pas question de me mettre moi-même des bâtons dans les roues.

— Vous pouvez passer quelques jours là-bas et revenir à temps pour l'exposition, propose Filomena. Florence te plaira beaucoup, Béa, ajoute-t-elle avec un enthousiasme évident. C'est l'endroit le plus romantique au monde.

— Dans ce cas, j'ai bien peur de ne pas être le public idéal.

Ma réflexion pousse Ben à lever les yeux de sa lettre pour les braquer sur moi.

— Oh, je n'en suis pas si sûr, Béa ! (Il m'offre un sourire si lumineux que tout mon corps se réchauffe.) Personne n'est immunisé contre la magie de Florence. Pas même toi. Je suis persuadé que tu vas adorer.

QUATRIÈME PARTIE

Florence, août 1933

BÉATRICE
Mais quelle est celle de mes qualités
qui vous a la première infligé de l'amour pour moi ?

BÉNÉDICT
Infligé de l'amour ! L'expression est parfaite !
Il m'a bien été infligé, en effet ; car c'est malgré moi
que je t'aime.

William Shakespeare,
Beaucoup de bruit pour rien, Acte V, Scène 2

CHAPITRE 29

— Parle-moi de Lili.

Ben et moi sommes assis côte à côte sur les vieux sièges en velours vert d'un compartiment de train. Nous n'en avons que pour quelques heures de voyage, mais je meurs d'impatience.

— C'est une Américaine dotée d'une forte personnalité, s'enthousiasme Ben. Elle est loin d'être riche, mais elle dépense le peu qu'elle possède dans des œuvres d'art. Elle a un œil redoutable ; sa collection est incroyable. Tous les artistes de Florence, les plus célèbres comme les plus insignifiants, ont séjourné au moins une fois dans sa maison délabrée.

— Y compris Filomena.

— Exactement. Tout comme… ma mère et moi. (Il sourit en voyant ma mine stupéfaite.) Quand j'avais une dizaine d'années, nous avons vécu chez Lili pendant deux ans.

— Ta mère était une artiste, elle aussi ?

— Elle en rêvait. Elle m'a eu très jeune, et elle n'avait pas un sou. Quand j'étais tout petit, elle a fui l'Angleterre pour se réfugier à Florence, où elle a croisé une bande d'artistes. On peut dire qu'ils lui ont sauvé la vie. Et sans doute aussi la mienne.

— C'est à cette époque que tu as rencontré Filomena ?

Ben hoche la tête.

— Elle a aidé ma mère au moment où elle en avait le plus besoin. Et elle m'a initié à la peinture. C'est elle qui m'a encouragé, qui a su me convaincre de mon talent. C'était une période merveilleuse. Nous étions très heureux. Pendant un temps, du moins.

— Et sir Hugh ? j'ose enfin demander. C'est là que tu l'as rencontré, lui aussi ?

Je le sens se raidir, mais il me répond d'une voix neutre.

— Oui. Ma mère posait pour lui.

Je devine qu'il ne m'en dira pas plus pour le moment.

— Si je comprends bien, pour toi, il s'agit presque d'une réunion de famille ?

— Je considère Lili et Gert comme des tantes, approuve Ben.

— Qui est Gert ? La sœur de Lili ?

Ben sourit.

— Non, ce n'est pas sa sœur. On pourrait dire que Gert est… l'amante de Lili. Mais c'est en fait un véritable couple. Elles vivent ensemble depuis plus de vingt ans.

— Oh, d'accord.

Une fois de plus, je constate combien je suis loin du monde de mes parents. Cette pensée me fait sourire.

— Pourquoi ce sourire ? s'enquiert Ben.

— J'imaginais la réaction de mes parents, s'ils apprenaient une chose pareille.

— Mais toi, tu n'es pas scandalisée ? Je me demande pourquoi cela m'étonne encore. Je vais finir par penser que rien ne peut te choquer.

— Merci, je réponds, ravie. Non, je ne suis pas choquée. On me croit toujours plus ingénue que je ne le suis. J'ai hâte de faire leur connaissance.

— Tout le monde n'est pas aussi tolérant que toi. Lili et Gert évoluent dans un milieu bohème au sein duquel leur relation ne dérange personne, mais quand il leur arrive d'en sortir…

— Oui, je l'imagine volontiers. Cela ne doit pas être simple, surtout dans le climat politique actuel. Les fascistes ne tolèrent pas la différence. Pourtant, mon oncle semble impatient à l'idée de rencontrer Mussolini…

— Je l'ai entendu clamer que l'avenir appartient au fascisme.

— Je suis certaine qu'il le croit vraiment. Mais je doute qu'il mesure le danger que ces idées représentent. Regarde ce qui se passe en Allemagne. Prends Ursula et Klaus. Mussolini est un homme dangereux, j'en suis convaincue.

Ben s'étire sur son siège.

— Tu as peut-être raison. Dans les jours à venir, tous ceux que tu vas rencontrer partageront ton opinion.

— Ce n'est pas ton cas ? je m'étonne en le dévisageant.

Ben hausse les épaules.

— Je suis concentré sur mon travail. Dieu sait que je n'aime pas Mussolini. Mais un tas de gens l'adorent, et ce sont précisément ceux qui pourraient subvenir à mes besoins. (Il fronce les sourcils un instant, puis son visage s'illumine.) Tout ce remue-ménage n'est sans doute qu'un feu de paille ; les choses reviendront à la normale. Seules les œuvres traversent le temps.

Le reste du voyage est agréable. Je demande à Ben de me parler des œuvres d'art que nous allons admirer. Il me décrit avec animation les couleurs et les textures, le génie des vieux maîtres et les créations incroyablement vibrantes des artistes d'aujourd'hui. À l'écouter, j'ai l'impression d'avoir déjà ces tableaux sous les yeux. Plus tard, je sors une liste détaillée des lieux que j'ai prévu de visiter. Je lui parle des collections du musée d'Histoire naturelle et du Jardin botanique.

— C'est le troisième plus ancien d'Europe, j'explique, exaltée. Il a été créé en 1545 par une Médicis, Ben… Une Médicis !

— Tout Florence a été créé par les Médicis, réplique-t-il. Et tu as oublié certains des meilleurs endroits.

— Nous n'aurons jamais le temps de tout voir ! je gémis.

— Bien sûr que si. Je te promets que tu ne manqueras aucun lieu de ton invraisemblable liste.

Lorsque nous arrivons à destination, Ben descend sur le quai et tend la main pour attraper nos bagages. Je souris en repensant à notre première rencontre. Nos regards se croisent et Ben fait la grimace : il s'en souvient sans doute aussi.

Il n'y a personne pour nous accueillir, mais Ben m'assure que c'est tout à fait normal : il connaît le chemin et tout le monde doit être chez Lili et Gert. La gare grouille de voyageurs qui crient et se bousculent. Certaines parties du bâtiment flambant neuf sont couvertes d'échafaudages ; un grand toit de verre nous surplombe.

— Encore une réalisation du Duce, m'explique Ben.

— Il faut reconnaître que ce bâtiment est très moderne, je réponds en admirant le hall imposant.

Tandis que nous traversons la gare, mon esprit est constamment chahuté par les bruits, la foule et tout ce qu'il y a à voir. Nous gagnons une petite place très animée, où des marchands ambulants vantent à grands cris les objets qui garnissent leur étal.

— Il y a cinquante ans à peine, on organisait encore des courses de chars sur cette place, je déclare.

Ça n'est pas difficile à imaginer : la place, encadrée de grands bâtiments de pierre, dégage une impression intemporelle, comme si la frontière entre le passé et le présent était devenue floue. J'ai le sentiment d'avoir été projetée à une autre époque, et cette omniprésence de l'histoire est enivrante.

— Santa Maria Novella, annonce Ben en désignant l'église érigée à l'autre bout de la place. Je ne manque jamais de la visiter en arrivant à Florence. Suis-moi. (Il jette son sac sur son épaule et me prend par la main pour me guider à travers la foule.) C'était l'un des endroits préférés de ma mère, ajoute-t-il.

Après avoir franchi une porte en fer forgé, nous pénétrons dans un charmant petit cloître. Lorsque nous entrons à l'intérieur de l'église, je ressens une incroyable sensation de lumière et d'espace. De hautes arches de pierre se rejoignent avec grâce au centre du plafond voûté de la nef. Le sol à damier noir, blanc et gris a été poli par un million de pas. Les teintes douces des murs et du plafond contrastent avec les vitraux éclatants. L'abondance de choses à voir ne m'empêche pas d'éprouver une grande sérénité, comme si le calme et la beauté des lieux parlaient à mon cœur, s'adressaient directement à mon âme.

Nous retraversons le cloître pour rejoindre une autre chapelle, qui contraste avec l'immense espace blanc que nous venons de quitter. Ses murs et son plafond sont enduits d'ocre vif et nous sommes surplombés par un ciel bleu nuit couvert de saints. Le résultat est joyeux, bruyant, tapageur : une émeute de couleurs.

— Incroyable…, je murmure, soudain intimidée. Je comprends pourquoi ta mère aimait tant cet endroit.

Ben me sourit, puis saisit ma main. J'aime sentir ses doigts autour des miens.

— Viens, dit-il. Allons retrouver Lili.

Nous nous frayons un chemin à travers d'étroites ruelles pavées. À chaque tournant surgit un nouveau décor si éblouissant que je ne peux retenir mon émotion, malgré mes maigres connaissances artistiques. Une lumière dorée caresse amoureusement la pierre.

Enfin, nous nous arrêtons devant une grande bâtisse au toit de tuiles. Les fenêtres sont munies de persiennes grises à la peinture écaillée. Ben gravit les trois hautes marches qui mènent à la porte d'entrée, et fait sonner à la volée la cloche qu'on entend retentir au loin dans la maison.

— Lili, ouvre ! crie-t-il. C'est le retour du fils prodigue !

Il semble avoir rajeuni tout à coup. Je peux l'imaginer dévaler ces marches sous l'apparence d'un petit garçon dépenaillé.

Presque aussitôt, la porte s'ouvre en grand et une femme dégingandée, vêtue d'une chemise blanche ample et d'un pantalon, apparaît. Elle se jette sur Ben. Ses cheveux coupés au carré sont bruns, avec quelques mèches blanches, et son visage bronzé, ridé, exprime une joie intense.

— Aaaah ! Mon garçon, mon garçon ! s'exclame-t-elle en embrassant Ben sur les joues. Tu as encore grandi de trente bons centimètres.

Elle lui donne une tape sur l'épaule, comme pour le punir.

— Et voici sans doute Béatrice, ajoute-t-elle de sa voix chaleureuse à l'accent américain chantant.

Elle écarte les bras et m'adresse un sourire affable avant de me serrer contre elle.

Dans son dos, je découvre une jolie femme, dont les rondeurs me font penser à une figurine de laitière en faïence hollandaise.

— Gert ! parvient tout juste à crier Ben, à nouveau englouti par des bras accueillants.

Après l'avoir libéré, Gert tamponne sans grand résultat ses yeux humides avec un large mouchoir de dentelle blanche.

— Entrez, entrez ! s'écrie-t-elle en s'écartant de la porte. Inutile de donner davantage de grain à moudre aux voisins !

Je pénètre dans un hall d'entrée défraîchi. Le tapis est très usé et une rangée de crochets en laiton disparaît presque entièrement sous plusieurs piles de manteaux, de chapeaux et d'écharpes en piètre état pour la plupart. Ben jette nos sacs au pied de l'escalier, puis s'engouffre dans une porte sur notre droite. Lorsque je le rejoins, ce que je découvre me laisse sans voix.

Tout le rez-de-chaussée a été transformé en une vaste pièce. Les murs sont bordeaux et le parquet est couvert de rayures. Il y a une cuisine de bric et de broc, équipée de deux plans de travail et d'un très vieux four. Des poêles en cuivre sont suspendues à côté d'une haute fenêtre qui donne sur un étroit jardinet. Du plafond pendent d'odorants bouquets d'herbes séchées.

À l'autre bout de la pièce, des canapés moelleux et quelques fauteuils élimés sont disposés autour d'une table basse incroyablement longue, qui ploie sous le poids d'un nombre invraisemblable de livres, de journaux, de magazines et de verres à vin plus ou moins vides. L'antique piano qui occupe un coin de la pièce est lui aussi couvert de livres.

Mais le plus époustouflant, ce sont les œuvres d'art. Des dizaines de tableaux de tous styles se bousculent sur les murs, mis en valeur par la splendide lumière qui se déverse par les fenêtres. C'est le plus merveilleux des musées. De vastes paysages dans des cadres imposants et des illustrations dessinées à l'encre sur des serviettes de table punaisées sans façon. Des scènes mythologiques et des formes géométriques de couleur vive. Ce voisinage insolite produit un effet saisissant.

— Je vais te faire visiter, décrète Lili en me prenant par le bras.

Elle me guide à travers la pièce et me présente plusieurs œuvres tout en racontant des anecdotes amusantes au sujet de leurs auteurs : celui-ci a utilisé toute l'eau chaude pendant son séjour ; celui-là ne voulait boire qu'un type de vin bien particulier et ne s'est nourri que de crudités pendant une semaine. Je connais même certains peintres, comme Picasso et Matisse. Nous nous arrêtons devant une toile. Une route blanche qui serpente dans un ciel bleu vibrant traversé de rais de lumière.

— C'est le tableau préféré de Ben, m'explique Lili.

Ce dernier nous rejoint.

— Balla. Une œuvre incroyable. Regarde : il est parvenu à restituer l'idée de vitesse, d'urgence. La lumière s'écrase par vagues sur la toile, de telle façon qu'on est projeté à l'intérieur.

Mon attention est ensuite attirée par le portrait d'une belle femme, dont le visage m'est familier.

— Et celui-ci ?

Ben se fige, soudain vidé de l'enthousiasme qui l'animait.

— C'est une œuvre originale de sir Hugh Falmouth.

— Un portrait de Susie, la mère de Ben, précise Gert en passant un bras dodu autour de la taille de Ben. C'est la seule raison pour laquelle nous le laissons exposé. Elle était d'une beauté rare.

— En effet, je murmure.

On croirait une femme de la Renaissance, avec ses cheveux dorés formant un halo et sa peau d'un rose délicat. Malgré tout, quelque chose me déplaît. Son regard est celui d'une bête traquée et elle tourne légèrement la tête, comme si elle voulait fuir la toile. J'ai l'impression de me trouver face à un papillon punaisé sur un mur.

Je frissonne. Je me raconte sans doute des histoires. Les autres évoquent joyeusement toutes les personnes qui vont vouloir voir Ben, et j'écoute les histoires de son enfance, confortablement installée dans l'un des canapés, avec une tasse de café. Toutefois, je garde le sentiment que les yeux de Susie sont braqués sur moi, et qu'elle m'implore de lui venir en aide.

CHAPITRE 30

Nous avons bavardé longtemps en trempant des biscuits dans du café noir, puis Gert m'a conduite jusqu'à une petite chambre tapissée de roses minuscules. Elle est garnie d'un vieux lit en laiton et d'une valise usée qui fait office de table de nuit. Gert s'agite en tous sens pour s'assurer que je ne manque de rien.

— Tu n'imagines pas combien nous sommes heureuses de te recevoir, me dit-elle. Ben ne nous présente presque jamais ses amis.

— Il était très impatient de vous revoir. Il vous considère comme sa famille.

— Nous sommes très proches. C'était un petit garçon adorable. Si curieux..., poursuit-elle d'une voix pleine d'affection. Lorsque nous l'avons rencontré, il aimait déjà la peinture et le dessin. Mais ici, il s'est épanoui à un point... (Elle secoue la tête.) Il a beaucoup de talent.

— Et vous vous y connaissez, si j'en crois la multitude d'œuvres exposées en bas.

— C'est vrai, nous en avons vu d'autres. Ben a les moyens d'accomplir de grandes choses. Nous sommes très fières de lui. Son approche a changé, bien sûr, après la mort de sa mère. (Elle tourne vers moi ses yeux bleus candides.) T'a-t-il déjà parlé d'elle ?

— Pas vraiment. Je sais seulement qu'elle l'a eu très jeune.

— Il t'en dira plus, j'en suis certaine. Ce pauvre garçon a besoin de trouver quelqu'un à qui se confier. Avec Lili, nous avons essayé, mais… (Elle me sourit.) Je suis très heureuse qu'il ait enfin rencontré une gentille fille.

— Oh, nous sommes juste amis ! je proteste, gênée.

Gert se contente de sourire paisiblement. Elle a beau afficher un air innocent, je suis convaincue qu'elle n'en pense pas moins.

Lorsque nous regagnons le rez-de-chaussée, je découvre que les premiers visiteurs sont arrivés. En fait, au cours des heures qui suivent, le salon de Gert et Lili se transforme en salle de réception. La cloche sonne sans arrêt, annonçant un flot continu de gens qui s'immiscent dans les conversations en cours comme s'ils étaient là depuis des heures. Lili trône dans l'un des vieux fauteuils, et les visiteurs lui tournent autour telles des abeilles ouvrières auprès de leur reine.

Après un délicieux dîner de pain et de ragoût servi dans des assiettes et des bols aussi ébréchés que dépareillés, je me retrouve dans un coin de la pièce en compagnie d'un très bel homme à la peau foncée, à l'accent français et aux yeux vifs bordés de longs cils. Nous sommes plongés dans un débat consacré aux vertus médicinales de la lavande lorsque Ben fend la foule pour nous rejoindre.

— Pardonne-moi, Alphonse, dit-il en tapotant l'épaule de mon interlocuteur. Puis-je t'emprunter Béa quelques instants ?

Au moment où Ben me prend par la main, j'entends le raclement de meubles qu'on tire sur le sol et le sifflement d'un tourne-disque.

— Vite, c'est le moment ! chuchote-t-il avant de m'entraîner à travers l'assemblée.

Lorsque nous nous faufilons par la porte, je jette un coup d'œil en arrière. Enlacées, Gert et Lili sont en train d'inaugurer la piste de danse improvisée.

Nous gravissons l'escalier en enjambant les groupes de fumeurs plongés dans des discussions animées. Je ressens un certain soulagement : à mesure que nous montons, il fait de plus en plus frais et les bruits s'estompent.

— C'est une sacrée fête, je souffle quand nous parvenons à l'étage.

Ben éclate de rire.

— Pour Gert et Lili, ce n'est même pas une fête, Béa. Juste un mardi soir comme les autres. Cette maison est toujours pleine à craquer, alors tu ferais bien de t'y habituer. Des amis d'amis, des gens qui partagent tous des valeurs communes. Pour eux, Lili et Gert sont... Disons qu'elles les fascinent. Ils sont pareils à des papillons de nuit attirés par les flammes.

— Ça n'a rien d'étonnant. Elles sont si accueillantes, si généreuses. Elles me font penser à Filomena.

— Elle les a beaucoup fréquentées, elle aussi. Attends, je veux te montrer quelque chose.

Il tire sur une corde qui pend du plafond, révélant une trappe équipée d'une échelle branlante qui coulisse sans bruit jusqu'au sol.

— Suis-moi, lance Ben.

Après une seconde d'hésitation, je pose le pied sur l'échelle à mon tour. Lorsque je passe la tête à travers la trappe, je découvre un grenier sombre et exigu, rempli d'objets imposants recouverts de draps poussiéreux. Ben triture la poignée d'une petite fenêtre. Il finit par l'ouvrir, et entreprend de se glisser dans l'ouverture.

— Ben ! Que fais-tu ?

— Suis-moi ! répète-t-il.

Son appel sonne comme un défi que je suis bien décidée à relever. Lorsque je pointe prudemment la tête par la fenêtre, je constate que Ben déambule sur une large corniche. Celle-ci est délimitée par un muret, qui arrive tout juste à hauteur des genoux. Or, de l'autre côté de ce muret… il n'y a que du vide, du vide et encore du vide, jusqu'au jardin tout en bas.

Je soupire, puis, en dépit du bon sens, je m'aventure sur la corniche. Je retiens mon souffle et m'interdis de jeter le moindre regard au muret sur ma droite.

Guidée par le son de la voix de Ben, je parviens à rejoindre la plate-forme sur laquelle il m'attend.

— Tu as réussi ! me félicite-t-il en m'aidant à marcher sur les tuiles. Maintenant, retourne-toi et dis-moi si ça valait la peine de risquer ta vie.

— Oh, c'est incroyable !

— Je savais que tu allais adorer.

Son ton est suffisant, mais cette fois, je m'en moque. Tout Florence se déploie devant nos yeux. La cité étincelle sous un ciel délicatement rosé, pareille à une offrande divine. Le soleil est presque venu à bout de sa tâche quotidienne ; suspendu juste au-dessus de l'horizon, il se consume telle une braise. La lumière dorée de l'après-midi, à présent d'un rose pâle velouté, met en valeur l'Arno, qui serpente à perte de vue dans la ville. Face à nous, un peu plus loin, le Duomo brille doucement, pareil à un phare nous souhaitant la bienvenue.

Je m'assois à côté de Ben, trop émue pour pouvoir prononcer le moindre mot. Tout semble si grand… infiniment grand, comme si le ciel s'était élargi.

— C'est mon jardin secret, dit Ben quelques instants plus tard. À l'époque, je venais me réfugier ici très souvent. Maman se demandait où j'étais passé ; ça la rendait folle. Je pense que Lili avait deviné ma cachette, mais elle n'a jamais rien dit.

— Est-ce que tu veux me parler de ta mère ?

Un silence.

— Elle était très belle, finit-il par répondre, d'une voix étranglée. En fait, c'est surtout cela dont je me souviens. Qu'elle avait l'air d'un ange. J'ai l'impression d'en oublier un peu plus chaque jour, et qu'il ne me reste que des miettes. Je me souviens qu'elle avait l'odeur des lilas au printemps et qu'elle savait éplucher les pommes en ne laissant qu'un long serpentin de peau.

Il se gratte le nez, le regard perdu au loin.

— Elle était toujours nerveuse. Je pense qu'elle était très angoissée, mais comment lui en vouloir ? À seize ans, ses parents l'ont mise dehors, quand ils ont appris qu'elle était enceinte de moi. Elle m'aimait, ajoute-t-il, si bas que je l'entends à peine. De cela, au moins, je suis sûr. (Il s'éclaircit la gorge avant de poursuivre.) J'ignore comment elle s'y est prise, mais elle est parvenue à rassembler assez d'argent pour rejoindre l'Europe. D'abord la France, puis l'Italie. Quelqu'un lui a parlé de Lili, et c'est ainsi que nous avons fini par vivre plus de deux ans ici. Je me sentais chez moi. Plus que nulle part ailleurs, en tout cas.

— Pourquoi êtes-vous partis ?

— Sir Hugh est venu un été pour peindre, en compagnie de Filomena. Dès qu'il a vu ma mère, il a décrété qu'elle devait absolument poser pour lui. Je soupçonne Filomena d'avoir été soulagée de se libérer de lui... Quand j'y repense aujourd'hui, je me dis que cela aurait dû nous alerter, commente-t-il en serrant les poings. Il l'a séduite. J'étais encore trop jeune pour comprendre ce qui était en train d'arriver. Mais je sentais bien que nous n'étions plus autant en sécurité ici : maman pleurait et criait souvent, et elle buvait beaucoup trop. Alors nous sommes partis avec lui. Peu de temps après, il nous a quittés. Elle est morte quelques mois plus tard, ajoute-t-il d'une voix étrangement creuse. J'ai été envoyé dans un orphelinat. À quatorze ans, je me suis enfui pour me réfugier ici. Je n'avais pas revu Lili et Gert depuis deux ans. Elles ne savaient pas où j'étais passé. Elles ne savaient pas que maman était morte. Nous avons beaucoup pleuré.

Il esquisse un sourire à ce souvenir.

— Elles ont trouvé suffisamment d'argent pour financer mes études, poursuit-il avec animation. Alors je me suis confronté au monde : j'ai voyagé, j'ai peint, j'ai accepté tous les emplois qui se présentaient pour subvenir à mes besoins. Puis, il y a quatre mois, j'ai reçu une lettre de Filomena m'invitant à passer l'été à la villa, et... Et voilà comment nous sommes arrivés ici, dit-il en balayant d'un geste de la main le décor à nos pieds. Tu connais ma triste histoire, du moins l'essentiel. Je ne l'avais jamais racontée à personne.

Il m'adresse un sourire si misérable que mon cœur se brise.

— Merci d'avoir accepté de te confier à moi.

Mes mots ne sont pas à la hauteur de ce que je ressens. Je sais ce qu'il vient de me livrer : un fragment de lui-même, qu'il protégeait des regards.

Nous restons assis en silence, les doigts entremêlés, ma tête posée sur son épaule, pendant que le soleil disparaît à l'horizon. La première étoile du soir danse au-dessus de nous.

— Quand je venais me réfugier ici, dit Ben en sortant un sachet de sa poche, j'emportais mes confiseries pour ne pas avoir à les partager avec qui que ce soit. (Il me tend une adorable souris blanche en sucre.) Mais je veux bien les partager avec toi.

Une sensation chaude et lourde me comprime la poitrine. Je m'appuie contre son torse, et il passe un bras autour de mon épaule pour m'attirer à lui, si près que je perçois les battements sourds de son cœur.

— J'aime être ici avec toi, murmure-t-il.

— Moi aussi.

Je me penche pour l'embrasser. Ses lèvres ont un goût sucré.

CHAPITRE 31

À mon réveil le lendemain, je prends le temps de m'étirer dans mon lit douillet. J'arbore toujours le même sourire niais que la nuit dernière. Je touche mes lèvres du bout des doigts en repensant aux baisers qu'y a déposés Ben.

J'ai hâte d'inaugurer la journée chargée qui nous attend. Je m'habille rapidement avant de rejoindre le rez-de-chaussée au pas de course. Dans la cuisine, Lili est en train de faire frire du bacon tandis que Ben boit une tasse de café, appuyé contre la table. À mon entrée, il lève la tête et son visage s'illumine. Il se ressaisit aussitôt, mais Lili nous observe d'un air entendu.

— Bonjour, dit-elle en retournant le bacon d'un coup de poignet habile.

L'odeur de viande grillée et de café fraîchement moulu est divine. Je suis contrainte de poser mes mains sur mon ventre pour tenter de masquer ses gargouillis.

Un ronflement sonore émane de l'un des canapés. Je me retourne et découvre un homme fort et débraillé que je n'avais encore jamais vu. Il est affalé sur la banquette, les jambes étendues et les pieds croisés.

— Ne fais pas attention à Boris, grogne Lili. Il est capable de dormir n'importe où. Crois-en mon expérience : quand ils ne sont pas occupés à faire la révolution, tous ces anarchistes sont de vrais fainéants.

— Est-ce une coutume locale de laisser des anarchistes faire la grasse matinée dans le salon ?

— Dans cette maison, ça l'est, dit Ben.

— Boris ne ferait pas de mal à une mouche, précise Lili, qui vient de casser un œuf que l'on entend crépiter furieusement dans la poêle. Depuis que les Arditi ont été dissous, il est dévasté. (J'avais entendu dire que les *Arditi del popolo*, les Soldats du peuple, constituaient une organisation antifasciste, mais rien de plus.) Et il a bien raison d'avoir peur.

— Vous pensez que Mussolini est dangereux ?

Je bois une gorgée de café, appuyée comme Ben contre la table ; nos bras se frôlent.

Lili entreprend de faire glisser le bacon et les œufs au plat dans des assiettes.

— As-tu remarqué ces gamins qui paradent dans les rues ? m'interroge-t-elle. En noir de pied en cap, une lueur fanatique dans le regard, prêts à faire parler leur violence au nom de leur charmant dictateur. (Elle secoue la tête.) Dis-moi ce qu'on peut espérer en tirer de bon. Le nationalisme est un fléau, conclut-elle en me tendant une assiette. « L'Italie d'abord, proclame Mussolini. Rebâtissons l'Empire romain. » Il leur vend de l'espoir, mais tout le monde semble oublier que l'Empire romain s'est constitué sur une montagne de cadavres.

Dire que mon oncle est peut-être en train de boire le thé avec lui. Mon regard croise celui de Ben et je devine qu'il y a pensé aussi.

— Beaucoup de gens le trouvent charmant, dit-il en haussant les épaules.

Une fois de plus, je suis troublée de constater qu'il ne se sent pas concerné par la situation. Alors que Lili fulmine, Ben semble détendu, davantage intéressé par l'assiette qu'elle lui tend.

— Je crois qu'il se passe la même chose en Angleterre, je souligne. Plusieurs des amis de mes parents sont très attirés par la BUF.

— C'est l'association des fascistes britanniques ? demande Ben en fronçant les sourcils.

— Oui. Ils présentent tous une apparence très civilisée. À l'image de cette affreuse lady Frances Bowling, qui plaît tant à mon oncle.

Lili hoche la tête.

— Le diable adore se déguiser en ange. Il va falloir endurer de terribles épreuves avant que la situation commence à s'améliorer.

— Oublions un instant cette affaire, lance Gert, qui surgit dans la pièce, vêtue d'une robe du soir rose pâle.

Elle dépose un baiser sur la joue de Lili.

— Nous devrions plutôt profiter de Ben et Béa tant qu'ils sont là, ajoute-t-elle.

Nous dégustons notre petit déjeuner en bavardant de tout autre chose, mais j'ai l'esprit ailleurs, et je doute d'être la seule. Je repense à ces films qui montrent Mussolini vociférant devant une foule hystérique, ou des défilés de milliers de soldats au visage dur et docile. L'avertissement de Lili me reste sur l'estomac. Une part de moi sait qu'elle a raison, qu'une créature sombre et dangereuse est en train de refermer ses griffes sur ce merveilleux pays. Il serait facile de prétendre ne rien voir, mais quoi qu'en dise Ben, la situation n'a aucune chance de s'arranger d'elle-même.

— Alors, qu'avez-vous prévu de faire aujourd'hui ? s'enquiert Gert.

— Une tonne de choses, je réponds du tac au tac, aussitôt gagnée par l'excitation.

— D'ailleurs, nous ferions bien de nous mettre en route, intervient Ben. Merci pour le petit déjeuner, Lili.

Il fait le tour du comptoir pour embrasser notre hôtesse. Celle-ci en profite pour lui tapoter la joue.

— À ce soir. Nous dînerons en famille.

Dehors, nous sommes accueillis par un soleil éclatant. Les veines gorgées d'adrénaline, je réalise que nous avons toute une ville à explorer. Ce sentiment vertigineux de liberté s'impose à nouveau et me rappelle que je suis fort loin de chez moi.

Nous arpentons le dédale de ruelles. Ben est si excité qu'il semble presque saoul, et son enthousiasme nourrit le mien. Nous trottons sur le pavé en riant comme des écoliers.

Nous parcourons des kilomètres. Lorsque nous atteignons la *Piazza del Duomo*, je peux enfin voir de près le célèbre dôme recouvert de tuiles rouges. Je tends le cou pour ne rien manquer du bâtiment, jusqu'au globe en cuivre doré qu'a peut-être touché Léonard de Vinci en personne. La cathédrale donne l'impression de sortir tout droit d'un conte de fées. La façade de marbre blanc et vert paraît avoir été créée dans l'atelier d'un confiseur excentrique pour satisfaire le caprice d'un enfant gourmand. C'est une vision si délicieuse qu'elle semble irréelle.

— Comme c'est beau ! je murmure.

— Un vrai gâteau d'anniversaire, réplique Ben en plissant le nez.

Je souris.

— Ou une maison pour tes souris en sucre.

Nous reprenons notre chemin jusqu'à la *Piazza della Signoria*, où se dresse l'hôtel de ville, le *Palazzo Vecchio* : un impressionnant palais-forteresse surmonté de créneaux. Sur la place, nous rencontrons un groupe de Chemises noires qui semblent tous plus jeunes que moi. Bien qu'ils soient en train de plaisanter et de rire, leurs chemises, cravates et calottes noires confèrent une apparence sinistre à ces individus. On croirait voir des corbeaux géants.

Alors que je les observe, mon regard croise celui d'un des garçons. Il me sourit, puis me crie quelque chose en italien.

— Qu'est-ce qu'il a dit ?

— Il vaut mieux ne pas le savoir, répond Ben d'un air sombre, avant de me tirer par le bras.

— Je pensais que tu me connaissais mieux que ça.

Le sourire de Ben ne dissimule rien de son exaspération.

— Disons qu'il faisait l'éloge de ton physique.

— Ah…

Je me retourne. Voyant que le garçon me regarde toujours, je lui crie quelques mots en italien qui le laissent bouche bée. Alors, sous les cris et les rires de ses camarades, il s'élance vers nous.

— Et voilà ! soupire Ben, qui m'entraîne dans une allée.

Nous courons en zigzag à travers la ville, jusqu'à ce que nous soyons certains d'avoir semé notre poursuivant.

— Où as-tu appris à dire ça ? s'indigne Ben. Je doute fort qu'on enseigne ce genre de choses aux jeunes filles comme il faut.

— Par chance, il n'y a pas la moindre jeune fille comme il faut dans les parages. C'est le fruit des leçons d'Ursula, bien sûr. L'italien est une langue si poétique…

Je suis un peu contrariée d'avoir fui. La vision de ces Chemises noires m'a mise hors de moi et, au fond, j'avais envie d'en découdre. J'aurais voulu protester ouvertement contre la menace qu'ils représentent. Me laisser intimider et battre en retraite, ça me donne l'impression d'être lâche.

Cependant, je n'ai pas le loisir de m'attarder davantage sur la question. Nous avons atteint notre premier objectif important, qui est un pèlerinage dans le sanctuaire de Ben : la galerie des Offices. Nous nous engageons dans une ruelle discrète débouchant sur la place étroite qui sépare les deux ailes du musée. On devine au loin les eaux alléchantes de l'Arno, et tout autour de nous s'élèvent les vieux murs du bâtiment érigé pour les Médicis. De gracieuses colonnes soutiennent un portique que des dizaines de promeneurs ravis franchissent en bourdonnant telles des abeilles. Nous nous joignons à l'essaim pour entrer dans le musée.

À l'intérieur, le calme règne. J'ai déjà remarqué que les habitants de Florence considèrent l'art comme une chose sérieuse, presque sacrée, indissociable des icônes, des églises et des cathédrales qui pullulent dans la cité. Nous traversons une galerie interminable dont l'un des côtés est flanqué d'innombrables fenêtres, nous arrêtant de temps à autre pour contempler les bustes et les statues qui y sont exposés. Je peine à croire que ce marbre frais et blanc parvienne si bien à évoquer la chaleur de la peau ou la douceur du tissu.

Dans les salles suivantes, les œuvres présentées sont si célèbres que je n'en crois pas mes yeux. Nous admirons la Vénus de Botticelli debout sur son coquillage et la *Vénus d'Urbin* de Titien, avec son regard franc et le petit chien roulé en boule à ses pieds. Il y a des tableaux de Michel-Ange, de Rembrandt et de Raphaël. Je me sens submergée, mais Ben est un guide parfait. Il attire mon attention sur des détails et m'explique les techniques employées par les artistes.

Plus loin, nous tombons nez à nez avec plusieurs toiles de Caravage. Ben s'amuse de mon goût macabre pour sa représentation de Méduse : une tête tranchée hurlante dont la chevelure est constituée de serpents entremêlés.

— Ces serpents m'ont toujours beaucoup plu. Au moins, Méduse a de la compagnie. (Je penche la tête pour observer la peinture plus attentivement.) Et puis ces serpents valaient sûrement mieux que la plupart des humains qu'elle a rencontrés.

À la sortie du musée, Ben nous achète des petits pots de *gelato* en échange d'une poignée de pièces. Je n'en ai encore jamais mangé. Ma glace est vert pâle et elle a un goût de rayon de soleil.

— De la pistache..., je murmure avant de déguster une autre cuillerée. C'est fantastique, j'ajoute, les yeux clos, tandis que la crème glacée fond sur ma langue.

Nous finissons notre glace en marchant, sans rien manquer du spectacle permanent de la ville. Nous arrivons au bord du fleuve. Le soleil danse sur l'eau bleue, la saupoudrant de paillettes dorées. Nous traversons le *Ponte Vecchio*, le célèbre pont flanqué de boutiques, des bijouteries pour la plupart, dont les stores de bois sont grands ouverts.

Lorsque nos pas nous mènent dans une artère bruissante de vie, au milieu du vacarme des coups de klaxon, puis devant le palais Pitti, mon cœur se met à battre la chamade. Depuis que nous avons évoqué ce séjour à Florence, je rêve de découvrir un endroit en particulier. Nous descendons la ruelle toujours plus étroite, jusqu'à atteindre une humble façade, dont la porte est ornée d'une plaque de pierre.

— *Museo di Fisica e Storia Naturale*, je déchiffre dans un souffle. Le musée de Physique et d'Histoire naturelle.

— Je ne l'ai jamais visité. Ici, c'est toi qui joueras les guides.

Je prends Ben par la main et l'entraîne à travers la porte, puis jusqu'au bout du long passage de pierre à la lumière tamisée.

Ce musée est une authentique caverne d'Ali Baba. Une succession de salles remplies de toutes sortes d'objets fascinants. Certains seraient sans doute horrifiés à la vue des mannequins de cire macabres exposés, mais pas Ben. Lorsque je lui explique qu'ils étaient utilisés par les apprentis médecins au XVIIIe siècle, il m'écoute même avec intérêt.

— S'ils sont si réalistes, c'est parce qu'on a pris de véritables cadavres pour modèles, je développe tandis que nous passons devant un cœur de cire.

Les yeux de Ben s'illuminent.

— Il faudra que je revienne avec mon carnet de croquis.

— Moi aussi. Je me sens comme Stubbs avec ses chevaux.

— Nous allons pouvoir dire à ton oncle que j'ai fini par faire de toi une artiste, déclare Ben, avec un petit rire. Je suis sûr qu'il sera soulagé d'apprendre que son argent n'a pas été dépensé en vain.

Surprise par son ton acerbe, je me tourne vers lui, mais il est déjà devant un autre modèle. Il me demande le nom des différentes veines et artères.

Je l'entraîne vers les collections entomologiques.

— J'aurais dû me douter que tu voudrais passer ton temps avec des insectes, grommelle Ben.

Mais je l'écoute d'une oreille. Là, sur l'un des longs tiroirs de bois, je viens de découvrir une étiquette sur laquelle est écrit : *Collezione Rondani*.

— Les collections de Camillo Rondani…

Émerveillée, j'ouvre le tiroir qui glisse lentement avec un bruit étouffé.

— Qui était-ce ?

— Un expert des *Diptera*. C'est le nom savant des…

— Des mouches, me coupe Ben, avant de rougir. Tu as employé ce terme l'autre jour. Alors j'ai cherché ce qu'il signifiait.

À nouveau, une flamme jaillit dans ma poitrine, cette sensation qui s'épanouit un peu plus en moi chaque jour que nous passons ensemble, et que je me refuse à nommer. Je me retiens de lui sourire béatement, comme tant de filles ont dû le faire avant moi.

— Oui, des mouches. Il a aussi consacré des études fascinantes à des insectes siciliens conservés dans de l'ambre.

— C'est-à-dire ?

Je traverse la pièce pour lui montrer différents spécimens. Je suis ravie de le voir si curieux, et de constater qu'il se moque de ne pas en savoir autant que moi. Il me pose autant de questions que je lui en ai posées devant les œuvres d'art. Mes parents m'ont toujours affirmé qu'aucun homme ne pouvait apprécier une femme plus savante que lui. Je souris. L'attitude de Ben les contredit.

Le soir venu, lorsque nous rentrons chez Lili, je suis heureuse et détendue. Ben me tient la porte, et je le frôle au moment d'entrer. Il m'arrête et m'embrasse. C'est dangereux, je le sais ; nous jouons avec le feu.

Pourtant, quand je le regarde, je me sens prête à incendier la ville tout entière.

CHAPITRE 32

Le lendemain, nous retournons au musée d'Histoire naturelle, où Ben exécute des croquis rapides et pleins de vie, tandis que je m'attaque à mes études anatomiques. Je suis particulièrement fière de ma reproduction du système digestif humain, inspirée par les mannequins de cire.

— Tu ne trouves pas ça fascinant, Ben ? De penser à tout ce qui se passe en nous à chaque instant. De voir que nos corps sont des machines parfaites.

— C'est… assez incroyable.

— Splendide, je renchéris en observant la coupe transversale d'un avant-bras.

Les os, les muscles et les veines forment un ensemble d'une harmonie absolue.

Ben éclate de rire.

— Pas étonnant que mon approche romantique traditionnelle ne t'ait pas fait frémir.

— Rassure-moi : tu n'as pas l'intention de te remettre à me lire des poèmes, n'est-ce pas ?

— Philistine, rétorque Ben avant de se replonger dans son dessin.

Ce soir-là, nous dînons avec Lili et Gert. Elles me parlent de l'enfance de Ben, et plus particulièrement de ce jour où il avait recueilli un pigeon blessé. Il l'avait installé dans une boîte cachée dans sa chambre.

— Il a fallu que je suive une traînée de miettes pour découvrir le pot aux roses, raconte Lili. Nous nous demandions pourquoi nos réserves de pain diminuaient si vite. Quand Ben a fini par le relâcher, il était devenu le plus gros pigeon de tout Florence.

— Béa l'aurait adoré, intervient Ben. Elle lui aurait donné un nom latin. *Pigeonus maximus*, ou quelque chose comme ça.

— *Columbidae*, je le corrige en souriant. J'ai fait la même chose que toi, avec un moineau. Mais quand ma mère s'en est rendu compte, elle s'est mise en colère. Elle m'a interdit de le garder. Comme je n'ai pas manqué de le lui faire remarquer, cette vieille ruine de Langton Hall est pourtant pleine de rats, de chauves-souris et d'autres créatures bien moins charmantes.

— Et ça n'a pas suffi à la convaincre ? feint de s'étonner Ben.

— Surprenant, n'est-ce pas ? Ma mère est hermétique à la logique la plus élémentaire.

— Quelque chose me dit que tu te serais très bien entendue avec Ben, commente Gert.

Je hoche la tête.

— Oui, je le crois aussi.

— Oh, pour ma part, je doute que Béatrice aurait voulu traîner avec le va-nu-pieds que j'étais alors.

Ben a beau avoir parlé sur le ton de la plaisanterie, je le soupçonne de le penser vraiment, et ça ne me plaît pas du tout.

— En tout cas, je me réjouis que vous ayez fini par vous rencontrer, affirme Lili.

Mon regard croise celui de Ben.

— Buvons, buvons ! lance-t-il en levant son verre, et nous trinquons tous ensemble.

Plus tard, après que toutes les bougies se sont consumées et que la table est débarrassée, Ben et moi retournons sur le toit. Je suis persuadée que Lili et Gert savent que nous nous cachons souvent là-haut, mais elles ne font aucun commentaire à ce sujet. Tant que nous nous efforçons de préserver les apparences, elles semblent disposées à fermer les yeux.

Ce soir encore, la vue me coupe le souffle. Des étoiles tournoient au-dessus de nos têtes, et les lumières qui brillent aux fenêtres alentour me donnent l'impression de flotter dans l'espace. Nous nous installons dans notre nid de couvertures et de coussins, puis Ben me tend le sachet rempli de bonbons que nous avons choisis ensemble ce matin, comme le veut notre tradition. Je fouille dans le sachet pour dénicher une pastille violette, mes préférées.

Ben, qui suçote un bonbon à la cannelle, me dévisage, pensif.

— Demain, nous rentrons à la villa.

— Je sais, je réponds en caressant du doigt la couverture. Je n'arrive pas à croire qu'il faut déjà quitter Florence. J'adore cet endroit.

— Mais tu adores aussi la villa.

— Oui. (Je lève la tête pour le regarder droit dans les yeux.) Mais c'est différent d'être ici. Avec toi. Je veux dire que tout est différent entre… entre nous.

Pendant quelques instants, nous nous observons sans rien dire.

— Il ne reste que deux semaines avant ton départ, avance prudemment Ben.

J'en ai l'estomac noué.

— Je sais.

— Nous arriverons alors au terme de notre expérience. Dirais-tu qu'elle a porté ses fruits ?

Je réfléchis à la question.

— Eh bien, si l'on considère les objectifs initiaux, je pense pouvoir affirmer que nous avons fait du bon travail.

— Quels étaient ces objectifs ?

Il me tend un autre bonbon, et nos doigts se frôlent.

— Tu m'avais promis du romantisme, et j'ai eu droit à des fleurs, des sucreries et... des poèmes, je conclus en grimaçant.

— Je crois me souvenir qu'Ursula avait exigé des baisers. Nous n'avons pas non plus démérité sur ce point, selon moi.

— Elle était aussi persuadée que tu fais très bien l'amour.

Ben s'étouffe sur son bonbon.

— Que... Quoi ? finit-il par balbutier. Je n'ai aucun souvenir de ça.

— C'est que tu n'étais pas là.

— Oh !

— Est-ce que tu serais intéressé par cette idée ?

Il se contente de me dévisager.

— Tout a commencé parce que j'ai dit que j'aimerais avoir un amant. Ce serait une conclusion logique à notre expérience, tu ne crois pas ?

Ben passe une main dans ses cheveux, les décoiffant d'une manière que je trouve très attirante.

— Tu as raison, répond-il en pesant ses mots. Je n'étais pas sûr que tu...

— Ah ! J'aurais dû être plus directe.

Ben se met à ricaner.

— Tu es toujours directe, Béa. C'est l'une des choses que je préfère chez toi. Mais je ne voulais pas que tu te sentes forcée de… Comme si j'attendais…

Je décide que le meilleur moyen de mettre un terme à cette discussion chaotique est de l'embrasser.

— Parfum violette, murmure-t-il. Tu as un goût de printemps.

Je l'attire à moi en riant. Il m'embrasse à son tour, puis il prend ma tête entre ses mains. Nous sommes désormais à genoux, tous les deux, et nous nous tenons serrés l'un contre l'autre. Mes mains sont posées sur ses épaules, et lorsque je les fais glisser sur son torse, je sens les battements de son cœur. Il m'allonge et j'enroule mes bras autour de son cou ; nous échangeons un baiser désespéré, tendre, vorace, délicat. Je n'aurais jamais imaginé qu'un baiser pouvait être tant de choses à la fois.

Avec un frisson plein d'attente et de plaisir, je sens ses doigts habiles courir jusqu'à ma taille. Je meurs de chaud, comme si un violent incendie s'apprêtait à me consumer tout entière.

Ben s'écarte enfin et plonge ses yeux presque violets, couleur de dauphinelle, dans les miens.

— Tu en es sûre ? demande-t-il d'une voix douce. Tu en as vraiment envie ?

— Oui, je réponds, le sourire aux lèvres, en approchant ma bouche de la sienne. S'il te plaît.

CINQUIÈME PARTIE

Villa di Stelle, août 1933

« Assez de soupirs, belles, assez de soupirs !
Les hommes furent trompeurs toujours :
Un pied à la mer, un pied sur la rive.
Jamais fidèles à la même chose ! »

William Shakespeare,
Beaucoup de bruit pour rien, Acte II, Scène 3

CHAPITRE 33

Dans le train qui nous ramène à la Villa di Stelle, je sens que quelque chose a changé entre Ben et moi. Je pense sans cesse à la nuit dernière. Moi qui me croyais devenue experte en ébats amoureux, j'étais loin d'imaginer un tel déferlement d'émotions. Je n'étais pas préparée à une chose pareille.

— Plus que satisfaisant, avais-je concédé.

Ben avait ri avant de couvrir mon corps de baisers.

Je me sens différente. Ce n'est pas seulement entre nous que tout est chamboulé ; c'est aussi en moi, pour toujours. J'aimerais lui parler de ce que je ressens, mais j'ignore comment m'y prendre. Alors je me contente de regarder le paysage défiler. Le monde se résume à une succession de visions fugaces. Lorsque je souris à Ben, il me sourit à son tour, et je lis dans ses yeux un bonheur vertigineux semblable au mien.

Mon esprit vagabonde, et voici que je me demande, pour la toute première fois, si cette expérience pourrait se poursuivre au-delà des deux prochaines semaines. A-t-elle une chance de survivre à l'été ? Je nous imagine un avenir radieux. Cette vision aussi légère et fragile que les ailes d'un papillon s'évade de mon esprit sans que j'ose tenter de la retenir. Se pourrait-il que Ben pense à la même chose ?

Avant notre voyage, rien en lui ne le laissait supposer, mais tout est différent désormais. À Florence, je l'ai vu sous un autre jour. Il a baissé la garde et m'a montré son vrai visage.

— Florence me manque déjà, je souffle, troublée. J'ai adoré cette ville.

— J'étais heureux de la revoir, moi aussi.

— Est-ce que… tu penses retourner là-bas, quand tu auras quitté la villa ?

Un silence.

— Je ne sais pas, répond Ben du bout des lèvres. J'espère avoir trouvé du travail d'ici là.

— Oh ! dis-je en tirant sur un fil qui dépasse de mon siège. C'est vrai. L'exposition a lieu demain. Comment ai-je pu oublier ?

À mesure que nous nous éloignons de la cité, j'ai le sentiment que notre complicité se délite peu à peu. Que nous sommes en train de revenir au point de départ. Suis-je naïve de croire que je suis différente des autres, et que Ben aura envie de plus, avec moi, que ces quelques baisers volés à l'été ? Et si j'avais tout imaginé ?

Non, me dis-je. *Entre nous, ça a toujours été ainsi : électrique et excitant, depuis le tout premier jour.*

— Je n'ai pas envie de mettre un terme à l'expérience.

Les mots sont sortis tout seuls de ma bouche, mais je n'ai aucun regret. Je me redresse et relève le menton. Ne rien dire serait trop facile. Laisser un bonheur possible s'envoler sans essayer de le retenir… ce serait de la lâcheté. J'ai bien des défauts : je suis têtue, exigeante, peut-être querelleuse, mais je ne suis pas une froussarde.

— Béa.

Il a parlé d'une voix blanche. Je le regarde dans les yeux en m'efforçant de paraître calme et sereine. Il se penche vers moi, et j'incline la tête vers lui. Il prend une profonde inspiration ; un silence épais nous enveloppe tous les deux.

— Je..., commence-t-il.

« *AREZZO ! AREZZO !* » clame une voix.

Je sursaute, à bout de nerfs.

— Nous sommes arrivés, commente Ben bien inutilement avant de se lever.

Ce moment m'a été dérobé. Je me demande comment le faire revivre, je veux savoir ce qu'il s'apprêtait à dire. Nous sommes emportés par la cohue des voyageurs qui descendent du train.

Nous traversons le hall de la gare sans prononcer une parole.

Klaus nous attend à la sortie. Il est adossé contre une voiture décapotable flambant neuve, aussi racée qu'un cheval de course. Il agite les bras lorsqu'il nous aperçoit.

— Bonjour ! je le salue. D'où sors-tu un engin pareil ?

Klaus se penche pour m'embrasser.

— C'est le dernier jouet de ton oncle, explique-t-il en m'ouvrant la portière passager, tandis que Ben se glisse sur la banquette arrière.

— Il est déjà rentré ? je m'écrie, déconcertée.

Klaus s'installe au volant, puis démarre le moteur.

— Oui, confirme-t-il avec un sourire figé. Ils sont revenus plus tôt que prévu.

— Ils ?

Voilà qui ne présage rien de bon.

— Ton oncle a réussi à convaincre ses invités d'assister à l'exposition.

— Tu parles de lady Frances Bowling ?
— Oui, répond Klaus tandis que nous quittons la gare. Et sir Hugh.

Dans le rétroviseur intérieur, mon regard croise celui de Ben. Notre bulle de bonheur a bel et bien éclaté.

CHAPITRE 34

— Tu dois être plus prudente, Béatrice, insiste oncle Léo. Pense à ta réputation. Tu ne peux pas partir batifoler à Florence sans ma permission. Et sans chaperon, qui plus est. Tes parents m'ont chargé de veiller sur toi. Je dois m'assurer qu'ils approuveraient tout ce que tu fais ici.

Les efforts de Filomena pour donner à mon escapade une apparence honorable n'ont visiblement pas suffi à convaincre mon oncle.

— J'avais un chaperon.

Léo fronce les sourcils.

— Ben est un précepteur digne de confiance, j'en conviens, concède-t-il, manquant de me faire éclater de rire. Mais il n'en est pas moins un jeune homme, Béatrice. Il ne peut en aucun cas constituer une escorte convenable pour une demoiselle de ton rang.

Mon oncle a changé, cela saute aux yeux. Au fil des jours, l'homme joyeux et débraillé qui m'avait accueillie s'est effacé. Il se tient droit, est mieux habillé. Il s'est rasé, n'épargnant qu'une fine moustache. Sa rencontre avec lady Bowling l'a sans doute influencé, mais je pense qu'il s'agit de sa nature profonde. Il ne faisait que jouer au mécène bohème.

Comme nous sommes rentrés moins de vingt-quatre heures avant l'exposition, Ben a été si absorbé par son travail que je l'ai à peine croisé. C'est sûrement mieux ainsi, puisque oncle Léo a fini par s'intéresser à mes allées et venues, mais je ne peux que constater combien il me manque, même si nous ne sommes séparés que depuis quelques heures. Tout cela est très déroutant.

Les artistes se tuent à la tâche. L'atmosphère est chargée d'une attente fébrile, si bien que je suis moi-même emportée par l'excitation des exposants tout en leur enviant la détermination qui les anime. Klaus m'a demandé de l'aider à accrocher ses toiles aux murs de la villa. Il s'agite en tous sens comme un papillon de nuit sur une vitre éclairée. Pour faire plaisir à mon oncle, Filomena a tenu à ce que je présente aussi mes œuvres, le fruit des leçons de Ben. Je ne suis pas persuadée qu'un croquis détaillant l'intérieur d'un avant-bras réponde aux attentes de Léo, mais je suis assez fière de ce dessin. Je l'installe dans un coin discret où personne ne risque de le remarquer.

Je me réfugie dans ma chambre pour y lire au calme et étudier le reste de mes croquis réalisés à Florence. Maintenant que je peux les comparer à mon tout premier essai, le dessin du lucane cerf-volant, je mesure l'étendue de mes progrès. Ces leçons, que j'avais d'abord trouvées si pénibles, étaient finalement précieuses. En me les imposant, Filomena m'a fait un vrai cadeau, sans doute plus beau qu'elle ne l'avait imaginé.

Par la fenêtre ouverte, j'entends les premiers invités arriver : de grands cris, des éclats de rire et l'écho de leurs pas dans les couloirs. Il est temps de me préparer. Plus tôt je me joindrai à la fête, plus tôt je pourrai voir Ben.

À Langton, les soirs de réception me rendaient toujours mélancolique. Je repense à la fête désastreuse qui a provoqué mon exil. Cela me semble si lointain, j'ai l'impression que c'est arrivé à quelqu'un d'autre, à une fille qui n'aurait aucun point commun avec celle qui vit ici depuis six semaines.

J'ouvre mon armoire pour y chercher une tenue appropriée. Malheureusement, je ne possède aucun vêtement neuf adapté aux circonstances. Tandis que je fais défiler les habits du bout des doigts, je frôle le tissu d'une de mes vieilles robes. À Langton Hall, je ne pourrais porter aucune de mes tenues italiennes. Dans les couloirs lugubres de notre demeure, ces morceaux d'étoffes éclatants paraîtraient aussi incongrus qu'un papillon. Jamais mes parents n'organiseraient une fête comme celle-ci ; ils n'ouvrent pas leur porte à n'importe qui. Il y aurait une liste d'invités, un plan de table, et l'éternel défilé de connaissances approuvées issues de leur cercle étriqué. Les yeux clos, je pense à mes parents et à mon foyer. Je me sens presque mal d'être si heureuse de les savoir loin.

Lorsque je rouvre les yeux, la vision de ma chambre me réconforte. Cette pièce chaleureuse et lumineuse est amicale, déjà familière. J'y suis comme chez moi.

Je décroche la moins moche de mes vieilles robes et l'enfile en soupirant. J'y suis à l'étroit.

On frappe à ma porte. C'est Ursula.

— Je peux entrer ?

Elle semble flotter dans sa robe, une colonne de fils d'or, et ses yeux sont soulignés d'un large trait de khôl. Elle ressemble à une reine d'Égypte nubile.

J'en reste sans voix. Après avoir repris mon souffle, j'ouvre la porte en grand.

Ursula m'observe un long moment, le nez froncé et la bouche tordue.

— Que se passe-t-il ? je demande en croisant les bras sur ma poitrine.

— Puis-je savoir pourquoi tu portes… cette chose ? articule-t-elle en insistant lourdement sur chaque mot.

— À t'entendre, on croirait que j'ai enfilé un sac à patates.

— C'est tout comme. Cette robe ne te va pas, Béa. Elle ne te va pas du tout.

— Oui, eh bien, je n'ai pas mieux. Mais merci pour ton soutien.

— Nous devrions pouvoir arranger ça, murmure-t-elle. Ne bouge pas d'ici, je reviens.

Je m'assois sur mon lit dans une posture raide imposée par la robe. Quelques minutes plus tard, Ursula réapparaît, les bras chargés de vêtements sombres.

— Mais… on dirait des habits de Klaus, je m'étonne lorsqu'elle les jette sur mon lit.

Elle me fait taire d'un geste impatient et se met à fouiller dans mon armoire, dont elle sort une chemise de soie blanche.

— Enfile ça, ordonne-t-elle en me tendant l'un des pantalons de Klaus.

Il est noir, orné d'un ruban sombre qui court le long de la couture.

— C'est bien un smoking ?

— Bon sang, Béa, nous n'allons pas en discuter toute la soirée ! grommelle Ursula. N'as-tu jamais entendu parler de Marlene Dietrich ?

Mon haussement d'épaules s'accompagne d'un bruit déchirant : la bretelle de ma robe trop ajustée vient de céder.

— Impossible de porter cette horrible chose, désormais, se réjouit Ursula. Autant s'en remettre à mon plan.

Après m'être débarrassée de ma robe, j'enfile la chemise blanche et le pantalon. Ce dernier me va plutôt bien, ce qui n'était pas garanti vu le gabarit de Klaus.

— Il est un peu large, je constate néanmoins.

Ursula fait alors glisser une mince ceinture à travers les passants, puis elle la serre au niveau de ma taille. On croirait l'un des pantalons amples que j'ai portés au cours des dernières semaines.

Elle me tend ensuite une veste noire, dont elle épingle les côtés pour la cintrer. Enfin, elle se tient debout devant moi et entreprend d'accrocher un nœud papillon autour de mon cou.

Je me prête au jeu patiemment, même si je suis convaincue que le résultat sera désastreux. Lorsque Ursula me place en face du miroir, je réalise mon erreur… tout en me demandant si j'aurai l'audace d'assumer une telle tenue.

Je ne crois pas que mon costume soit vraiment indécent. J'ai passé l'été habillée plus ou moins de la même manière. Mais quelque chose me déconcerte. J'ai l'air… féminine. Les soirs de réception, j'ai pour habitude de me cacher, de me faire toute petite. Or cette tenue m'affiche plutôt qu'elle ne m'efface.

Je ne ressemble pas aux jolies silhouettes élancées présentées dans les magazines que ma mère dissimule dans la maison, mais ce que je vois me plaît. J'ai l'impression d'être une adulte, comme si je n'avais jusqu'à présent porté que des déguisements, comme si l'on m'avait forcée à jouer un rôle qui n'était pas le mien. Le pantalon est ample et léger, la chemise de soie court sur ma peau dans un murmure. Je peux bouger. Je peux respirer.

— Bien, commente Ursula avec un petit rire. Voilà qui est déjà mieux.

— N'est-ce pas un peu trop audacieux ? je m'interroge en observant mon reflet sous toutes les coutures.

— C'est parfait, réplique Ursula, qui m'inspecte de son œil impitoyable. Du moins, à condition que tu évites de te recroqueviller comme… comme une crevette éplorée.

— Une crevette éplorée ? je répète avec un sourire en coin.

— Oui. C'est à cela que tu m'as fait penser, le jour de ton arrivée. Cesse de douter de toi. C'est à mourir d'ennui. Cette tenue est parfaite. Tu vas la porter ce soir, et les yeux de Ben vont lui sortir de la tête. Tu es à croquer.

— À croquer. Très bien.

Je porte la main à mes cheveux pour faire une tresse.

— Ah non, pas question ! proteste Ursula. Laisse tes cheveux détachés.

— Tu en es sûre ?

— J'en suis certaine.

Elle s'approche et entreprend de démêler mes boucles avec une douceur inattendue.

— Merci pour ton aide. C'est agréable de se préparer ensemble.

— C'est à cela que servent les amies, non ? lance Ursula après quelques secondes. À échanger des ragots et du rouge à lèvres.

— Je ne sais pas, je réponds très honnêtement. Je n'en avais encore jamais eu.

— Moi non plus.

— Et je n'ai même pas de rouge à lèvres à te prêter.

Nos regards se croisent dans le miroir, et je lui adresse un sourire timide.

Elle me sourit à son tour.

— Sur ce point, dit-elle en se penchant pour ramasser son sac doré, tu peux compter sur moi.

Ursula colore mes lèvres d'un rouge sombre, puis elle cercle mes yeux de khôl.

— Alors ? je l'interroge tandis qu'elle s'est écartée pour examiner son œuvre.

Elle hoche la tête.

— Ça fera l'affaire. Tu es prête ?

— Oui, je réponds avant de prendre une profonde inspiration. D'accord. Allons-y.

CHAPITRE 35

Alors que nous avançons dans le couloir, j'entends déjà le bruissement des conversations et un air de musique émanant du jardin. Dans l'escalier, je suis gagnée par la nervosité. Une foule compacte occupe tout le rez-de-chaussée. La plupart des invités ont l'âge de mon oncle, et ils étudient attentivement les peintures accrochées aux murs.

— Prometteur, confie un homme à son voisin. Filomena a toujours eu un goût très sûr.

L'essentiel du bruit semble provenir du jardin. Un couple se retourne et nous observe avec curiosité. Je me sens mal et, l'espace d'un instant, je m'imagine faire quelque chose de honteux, par exemple dévaler l'escalier la tête la première. À mon grand étonnement, Ursula glisse alors son bras sous le mien. Elle me fait un petit sourire gêné, comme si elle était la première surprise par son geste.

— J'ai l'impression que tout le monde me regarde, je lui avoue.

— Non, ma chérie, réplique Ursula, amusée. Si ces gens regardent quelqu'un, c'est moi.

Elle dégage son bras et entreprend de lisser sa robe tout en lançant un sourire ravageur à l'un des invités. Celui-ci écarquille les yeux, visiblement troublé. Ursula affiche un petit air satisfait.

— Nous allons bien nous amuser, me glisse-t-elle avant de descendre les marches gracieusement.

Nous nous dirigeons droit vers l'extérieur. Comme je le pressentais, cette fête n'a rien de commun avec celles que j'ai connues. Des centaines de bougies illuminent le jardin : certaines sont disséminées le long des sentiers, d'autres scintillent dans des lanternes de verre accrochées aux branches. Les flammes remplissent la nuit, formant un tableau à couper le souffle. En passant sous un arbre, je m'aperçois qu'on y a suspendu de petits miroirs qui reflètent les flammes dansantes à l'infini. On ne peut être qu'ébloui par ce tour de magie, et chacun des invités pousse un cri en découvrant ce monde féerique.

Ces constellations se lovent autour des tableaux installés sur des chevalets et des sculptures perchées sur des socles. D'autres bougies encadrent les allées, invitant les visiteurs à s'aventurer dans les profondeurs du jardin, où des trésors supplémentaires les attendent. L'air est chargé d'électricité. Les convives assemblés devant les œuvres parlent fort, avec passion, en s'aidant de grands gestes pour esquisser des formes géométriques. Ils emploient des mots chargés de magie comme « cobalt », « malachite » et « azurite », qui semblent parfaitement à leur place dans ce décor.

La table autour de laquelle nous avons l'habitude de nous réunir est recouverte d'offrandes préparées par Rosa. Je choisis une olive verte, aussi grasse que du beurre, dont je savoure le goût salé. J'aperçois les autres : Héro est tout de rose vêtue et la joie illumine son visage en forme de cœur. Klaus, dont les cheveux sombres sont plaqués en arrière, porte un costume gris clair ajusté. Un nœud papillon rouge parachève l'élégance de sa tenue.

Quant à Ben, il a déjà ôté sa veste de costume. Il porte un pantalon crème légèrement froissé et un gilet assorti, par-dessus une chemise blanche dont il a retroussé les manches et déboutonné le col. Mes yeux s'attardent sur la base de son cou, ce qui allume un incendie au creux de mon ventre. Ses cheveux blonds sont ébouriffés et il a une barbe de trois jours.

— Béa ! s'écrie Héro. Tu as l'air tellement… différente ! (Elle m'examine de plus près.) Tu es magnifique.

— Oh, n'en dis pas plus ! la gronde Ursula. Si tu la fais encore rougir, son teint va jurer avec son rouge à lèvres.

Klaus s'avance vers moi, puis se penche théâtralement pour déposer un baiser à l'intérieur de mon poignet. Il me lance un regard si admiratif que je ne sais plus où me mettre.

— Je suis d'accord avec ta cousine, murmure-t-il. Tu es si belle que tu fais de l'ombre à toutes les autres femmes.

— Pas à toutes les autres, proteste Ursula.

Dans la lueur des bougies qui danse sur sa robe dorée, elle se déhanche et pose une main sur sa taille.

— Tu as raison, ma sœur adorée, répond Klaus en riant. Je te prie de me pardonner. Nul n'oserait t'accuser de te tapir dans l'ombre.

En me tournant vers Ben, je découvre qu'il m'observe d'un air énigmatique.

Il s'approche et m'embrasse longuement sur la joue.

— Tu es superbe, Béa, chuchote-t-il.

Ses mots caressent mon oreille, mettant tout mon corps en alerte.

Nos regards se croisent, et aussitôt je sais. Il me voit. Il me connaît. Et il me trouve ravissante.

Nous nous dirigeons vers la terrasse, escortés par le flot de paroles de Héro et les réponses animées de Klaus. Nous sommes tous saisis par l'excitation du moment. Presque ivres. Et comment pourrait-il en être autrement ? Nous sommes entrés au royaume des fées. Rien ne semble réel.

Un bruit me tire de ma rêverie : le son saccadé, pareil à un chant d'oiseau, d'un violon entonnant une mélodie. Je n'avais pas remarqué l'orchestre qui se prépare à jouer. Lorsque les musiciens empoignent leurs instruments, un murmure enthousiaste traverse le jardin.

Un jeune homme svelte et gracieux au sourire éclatant fait glisser son archet sur les cordes de son violon, projetant dans l'air une mélodie guillerette accueillie par des cris de joie. Instantanément, les invités se déplacent de manière à dégager une piste de danse.

— Bon…, dit Ben en haussant un sourcil. Je suppose que tu n'as pas choisi cette tenue pour te contenter d'admirer le spectacle. M'accorderais-tu une danse ?

— Bien sûr, je réponds en me glissant entre ses bras. J'en serais ravie.

CHAPITRE 36

Serrée contre Ben, je songe qu'il est délicieux de valser ainsi sous les étoiles. Je n'ai jamais beaucoup aimé danser, pourtant cela m'apparaît soudain comme une occupation merveilleuse.

— L'inventeur de la danse mériterait une médaille, dit Ben, en écho à ma pensée.

— Je crois que les humains ont toujours dansé. Homère évoque des scènes de danse dans *L'Iliade*. Il y a plus de trois mille ans. Mais je pense qu'on pratiquait déjà la danse depuis longtemps, et partout dans le monde. Même s'il est bien difficile d'en trouver des preuves.

— Et si la danse était le propre de l'homme ? suggère Ben en souriant.

Je m'écarte un peu de lui.

— Certainement pas, Ben. Il existe de nombreux oiseaux danseurs. La grèbe, par exemple, hérisse ses…

Je suis interrompue par le rire de Ben, dont la poitrine est parcourue de secousses. Ses yeux sont plissés par l'hilarité.

— Nous avons bien fait d'inclure la danse à notre expérience, commente-t-il.

— Qu'as-tu observé d'intéressant ?

— Je note que tu as le rouge aux joues, répond-il en faisant glisser un doigt sur mon visage, que tes yeux brillent et que nous ne nous sommes pas encore marché sur les pieds. Un succès éclatant.

Il me tient fermement par la taille. Ma main est posée sur son épaule, et le tissu de sa chemise me caresse le bout des doigts.

Quand l'orchestre attaque un nouveau morceau, Ben me fait subitement virevolter. Le monde se met à tourbillonner dans un kaléidoscope de lumière et de bruits. La musique est aiguë et excitante, une cacophonie entêtante de sons pleins de vie. Certains des airs suivants sont des chansons que les Italiens s'empressent d'entonner à tue-tête. Je demande à Ben de me traduire les paroles. Je ne saurais dire si elles sont réellement scandaleuses ou s'il se moque de moi, mais je suis très intéressée dans tous les cas.

— Il est grand temps que j'aille présenter mes œuvres, me confie Ben d'un ton résigné. Tu voudras bien danser encore avec moi plus tard ?

— Peut-être.

Avec un sourire triste, Ben relâche ma taille et recule d'un pas. L'air qui s'engouffre entre nous est frais, et j'en suis décontenancée, comme si mon corps avait besoin de temps pour se faire à l'absence de contact entre nous.

Mais aussitôt Ben parti, je danse avec un nouveau partenaire, puis un autre, et un autre encore. « Une danse, quémandent-ils. Une danse, une danse. » Je n'ai jamais été si courtisée et je m'efforce de profiter de chaque instant. Au bout d'un moment, cela ne me demande plus le moindre effort : je me laisse emporter par la liesse ambiante.

Klaus bavarde avec les musiciens entre chaque morceau ; il semble s'intéresser tout particulièrement au beau violoniste. Ils se lancent des sourires complices. Voilà qui est surprenant.

J'ai l'impression de m'être changée en toupie. Je me retrouve soudain entre les bras de Klaus, qui m'embrasse comme si nous ne nous étions pas vus depuis des mois. Enfin, après lui avoir offert une dernière valse, j'en ai assez. Je l'abandonne à sa nouvelle partenaire pour partir chercher à manger et à boire.

Au buffet, je retrouve Héro. Elle est assise, le menton reposant sur une main, les yeux braqués sur les scènes de débauche qui défilent devant elle. À la voir ainsi plongée dans la pénombre, le visage zébré de rais de lumière, on croirait qu'elle est dans une salle de cinéma.

— Est-ce que tu passes une bonne soirée ? je l'interroge en m'asseyant à côté d'elle.

J'attrape une tranche de pain recouverte de tomates confites et de feuilles de basilic odorant.

— Je ne me suis jamais autant amusée, souffle Héro. C'est merveilleux, tu ne trouves pas ? Ce n'est pas dans cette vieille Angleterre poussiéreuse qu'on pourrait voir une chose pareille.

— En tout cas, pas dans notre Angleterre, j'approuve tout en me léchant les doigts.

— J'espère que nous ne partirons jamais d'ici, déclare Héro, les yeux pleins de tristesse. Je me demande… Je me demande si papa n'a pas le mal du pays.

— Peut-être qu'il passe trop de temps avec lady Bowling et sir Hugh. Cela doit forcément lui rappeler l'Angleterre. Quand ils seront partis, tout redeviendra comme avant.

En vérité, je ne crois pas que Léo se sente vraiment concerné par tout ce qui se passe ici. On dirait qu'il a déjà regagné les fumoirs guindés de son pays.

— Tu as sans doute raison.

Héro ne semble pas tout à fait convaincue. Elle se tourne vers Klaus qui est en train de faire valser Ursula, dont la robe dorée scintille tel un phare. Je remarque plusieurs hommes agglutinés sur les côtés de la piste, prêts à fondre sur elle dès la fin du morceau.

— Klaus est très beau, tu ne trouves pas ? soupire Héro.

— C'est vrai.

— Ben est également très beau, ajoute-t-elle.

— C'est bien son opinion, en tout cas, je réponds en riant.

— Il me semble que vous avez déjà eu l'occasion d'exprimer votre admiration pour ma beauté, miss Béatrice Langton des Langton du Northumberland, intervient Ben d'un ton moqueur.

Il se laisse tomber sur le siège le plus proche de Héro, puis se sert un verre de vin qu'il avale d'un trait.

— Rien n'est moins séduisant qu'un homme arrogant, Benedick, je réplique.

— Tu es superbe, Ben, dit Héro avec malice, mais je trouve que ma cousine est la plus belle fille de la soirée. Qu'en penses-tu ?

— En tout cas, moi, je suis bien de cet avis, lance une voix à l'accent italien prononcé.

Un homme raffiné d'une petite trentaine d'années s'incline vers moi.

— Me feriez-vous l'honneur de cette danse, signora ? ajoute-t-il en tendant une main dans ma direction.

Mais avant que je puisse répondre, Ben se lève.

— Malheureusement, elle me l'a réservée, prétend-il.

À ces mots, il m'arrache presque à ma chaise et m'entraîne hors de la foule. J'entends Héro étouffer un rire.

— C'était très grossier, je gronde.

— Cet homme est un séducteur. Je jouais mon rôle de protecteur. C'était une action chevaleresque.

— Oui, bien sûr, je n'en doute pas. Je déteste la compagnie des beaux séducteurs. Ce sont les pires. Merci beaucoup, mais je suis parfaitement capable de me protéger toute seule.

— Je le sais bien ! Je voulais m'assurer qu'il ne finirait pas avec un œil au beurre noir.

— C'est incroyable ! Il suffit de frapper quelqu'un une seule fois pour qu'on en entende parler jusqu'à la fin des temps. D'autant que tu n'avais même pas un bleu.

Je me tourne vers Klaus, qui est revenu discuter avec le beau musicien. Leurs têtes sont si proches qu'ils semblent reliés par une sorte de fil invisible.

— Tu m'as dit que Klaus flirtait avec moi… mais je me demande s'il ne serait pas davantage intéressé par ta personne, j'avance prudemment.

Surpris, Ben écarquille les yeux.

— Tu es donc au courant ?

— Je n'ai fait que collecter quelques observations.

— Eh bien, figure-toi que je ne suis pas son genre.

— Hmmm. Je vois. Contrairement à ce violoniste.

— Décidément, rien ne t'échappe, s'amuse Ben. Mais tu dois savoir une chose : le fait que Klaus soit intéressé par le violoniste ne signifie pas qu'il n'est pas également intéressé par toi.

— Oh, vraiment ? Il serait attiré par les hommes et par les femmes ? Quel personnage passionnant.

— Insatiable, plutôt. Mais assez parlé de Klaus, enchaîne-t-il en me tirant par la main. Je voudrais te montrer quelque chose.

— N'essaierais-tu pas de m'entraîner dans un recoin obscur ?

Ben me dévisage un long moment.

— Peut-être plus tard, réplique-t-il avant de me mener vers le fond du jardin. J'aimerais te montrer mon tableau.

— Oh ! J'en serais très heureuse.

Et j'espère trouver mieux à dire que « c'est joli », cette fois.

Le brouhaha s'atténue à mesure que nous avançons sur le sentier bordé de bougies. Ben me conduit jusqu'à la fontaine, où des lanternes suspendues à des cordes éclairent les lieux d'une lueur dorée.

Et là, trônant sur des chevalets, je découvre trois toiles merveilleuses. Les grands traits de couleur vive insufflent l'illusion de la vie et, bien qu'il ne s'agisse pas de peintures tout à fait réalistes, je reconnais les modèles au premier coup d'œil.

— *Anisoptera*, je murmure, figée face à une toile couverte de bleus, de verts et de violets éblouissants.

Je me tourne vers le tableau suivant. Celui-ci est safran, or et cannelle.

— *Gonepteryx cleopatra*. Le Citron de Provence.

Et enfin…

— *Upupa epops*.

La huppe fasciée, cet oiseau dont j'avais tant rêvé, avec sa crête aux formes géométriques noires et blanches surplombant des plumes orange cuivré.

— Je n'arrive pas à croire que tu les as peints.

Ben a su capturer la liberté qui émane de ces créatures, leur beauté et leur façon unique de se mouvoir.

— Je les ai faits en pensant à toi, dit-il en touchant la libellule. Notre première rencontre au bord de la fontaine.

(Il se tourne vers la toile suivante.) Notre premier rendez-vous, pour ce pique-nique désastreux. (Il pose la main sur le dernier.) À nouveau la fontaine... après que tu m'as poussé dedans.

— Ce ne sont pas tes plus beaux souvenirs, si je comprends bien, je murmure, toujours ensorcelée par les peintures.

— Oh, si ! répond Ben d'une voix tendre. Car j'étais avec toi.

Lorsque je me tourne pour le regarder, j'ai les larmes aux yeux.

— Je les adore. Merci.

— Il faut croire que notre expérience nous a été bénéfique à tous les deux. Je me suis surpassé.

— Je suis ravie de l'apprendre, je réplique en me forçant à paraître gaie. J'aurais été déçue d'être la seule à en avoir tiré profit.

Je m'attends à ce qu'il enchaîne sur une plaisanterie au sujet des « profits » en question, mais il se contente de me sourire, un sourire lent et doux.

— Non. Tu n'es pas la seule.

Mon cœur se met à battre de façon anarchique.

— Tu es bien romantique, tout à coup.

— C'est ta faute.

J'ignore comment interpréter le regard qu'il pose sur moi. Une étrange tension se développe entre nous. Je crois que c'est à cause de toutes ces choses qui restent tues.

J'ai envie de me livrer à lui, mais je me rends compte que ce n'est pas si simple. Pas seulement à cause de ce qui s'est passé à Florence ; il y a un autre enjeu, cette fois. Une chose confuse en rapport avec nos sentiments. Une chose qui ne devrait en aucun cas interférer avec notre expérience.

Moi qui n'hésite jamais à dire ce que je ressens, j'ai l'impression d'être terriblement vulnérable, comme si je découvrais mes émotions pour la toute première fois.

— Je…

Malheureusement, je ne sais pas du tout comment compléter cette phrase.

— Béa.

Il fait un pas vers moi.

— Ah, vous voilà ! claironne une voix sonore.

C'est mon oncle, accompagné de sir Hugh et de lady Bowling. Lorsqu'il nous rejoint dans la clairière, ses yeux fondent sur Ben et moi. Le mécontentement se lit sur son visage.

— Béatrice, tu ne devrais pas te trouver seule ici. C'est pour le moins inconvenant.

— Vraiment ? je réponds avec froideur, choquée par cette façon brutale d'interrompre un moment si intime.

J'ai l'impression d'avoir été stoppée net en pleine course, et je peine à retrouver mon souffle.

— Tu le sais très bien, s'impatiente Léo. Ben n'a rien d'une escorte convenable.

Ben se retourne.

— Vraiment ? réplique-t-il à son tour.

L'espace d'un instant, Léo semble mal à l'aise.

— Enfin, je ne veux pas dire que… Je ne suggère pas qu'il se passe quoi que ce soit de déplacé. Je vous rappelle simplement qu'il est important de veiller aux apparences. On n'est jamais trop prudent lorsque la réputation d'une jeune lady est en jeu, tout particulièrement une lady du rang de Béatrice. N'oublions pas que ses parents attendent de nous que… que…

— Les parents de Béatrice souhaitent forcément qu'elle conserve un certain niveau d'exigence, intervient Frances en braquant sur Ben un regard plein de mépris.

— Et puis-je savoir ce qui définit cette exigence ? je demande d'un ton tout aussi hostile. Car, jusqu'à preuve du contraire, ils ont confiance en mon oncle, et je n'ai fait que discuter en toute innocence avec ses invités. (Je la dévisage.) Et ils ne sont pas tous aussi polis que Ben.

— Béatrice ! s'exclame mon oncle, épouvanté. Je suis persuadé que Benedick nous comprend très bien. Il sait comment tout cela fonctionne. Un jeune homme de son... extraction ne peut pas faire office de chaperon pour une jeune femme telle que toi. Pour des leçons de peinture, il n'y a aucun problème, mais...

— Je ne faisais que présenter mes œuvres à Béa, dit Ben d'un ton neutre.

— Elles sont admirables, intervient sir Hugh, qui étudie les peintures de près depuis son arrivée. Une approche d'une grande fraîcheur, Benedick. Très prometteur.

— Merci, monsieur, répond Ben dans sa barbe.

— Bien..., dit oncle Léo en regardant autour de lui d'un air anxieux.

Je réalise soudain qu'il fuit les conflits comme la peste, et qu'il ne pourrait rien trouver à dire qui soit de nature à apaiser chacun des membres de notre petit groupe.

— Nous devrions retourner faire la fête.

À cet instant, des invités nous rejoignent. L'un d'eux entraîne Ben à l'écart pour lui parler de ses tableaux. Léo profite de l'occasion pour saisir ma main et la glisser au creux de son bras. Je suis toujours figée, à peine capable de prendre conscience de ce qui vient de se produire : on a encore fait éclater notre bulle de bonheur parfait.

Je cherche Ben du regard, mais on dirait qu'une porte s'est refermée.

— Ben…

— Tu ferais mieux d'y aller, Béatrice, lance-t-il d'une voix dont je suis probablement la seule à percevoir la dureté. Je m'en voudrais terriblement de ternir davantage ta réputation.

Son visage n'est qu'un masque souriant. Il se tourne vers les nouveaux venus pour répondre à leurs questions enthousiastes, me laissant bouleversée par sa froideur.

— On dirait que Ben s'est fait remarquer, commente mon oncle, qui s'imagine sans doute être réconfortant. Qu'il se concentre sur son travail, ajoute-t-il en me tapotant la main, cela vaut mieux pour tout le monde, hein ?

Nous sommes de retour au cœur de la fête. La musique envahit toujours l'espace avec une gaieté qui s'accorde fort mal avec ce que je ressens.

— Vous me deviez une danse, dit une voix.

Comme dans un songe, me voilà tournoyant entre des bras, et je m'efforce d'ignorer la douleur sourde au creux de ma poitrine.

CHAPITRE 37

Le lendemain matin, je reste longtemps au lit pour tenter de remettre de l'ordre dans mes pensées. Notre histoire est à un tournant, il me faut l'accepter. Inutile de fuir la réalité ; le moment est venu de faire face à mes sentiments.

J'ai fini par comprendre que nous avons quitté le champ de notre expérience. Ce qui se passe désormais entre nous est bien réel. Ben est-il du même avis ? Je fronce les sourcils. Il n'a rien dit de tel, en tout cas pas si clairement, mais je crois que oui. Mon cœur se serre quand je pense aux règles que nous avions établies, et notamment à la dernière : je n'ai pas le droit de tomber amoureuse de lui. Le doute me submerge. Bientôt, incapable d'en supporter davantage, je me précipite dans l'escalier pour partir à sa recherche.

Des éclats de voix me coupent dans mon élan. C'est Ursula, et elle semble très en colère.

Je suis les échos d'une discussion houleuse jusqu'au salon, où je découvre un groupe figé en pleine action. On croirait voir les personnages d'une pièce de théâtre à l'heure du dénouement. Mon oncle est assis à côté de Héro, qui fixe ses mains, désespérée. Frances et sir Hugh sont présents également, ainsi que Filomena, qui semble s'être changée en statue de sel.

Ursula se tient debout au centre de la pièce avec Klaus. Elle a la mâchoire serrée et le regard dur.

— Je n'ai rien à ajouter, dit-elle froidement. Mon frère et moi allons préparer nos bagages et partir d'ici.

— Partir ? je m'écrie en m'élançant vers elle, tandis que sept paires d'yeux se tournent vers moi. Mais pourquoi donc ? (Je saisis Ursula par le bras.) Que s'est-il passé ? (Elle se détourne, mais je ne lâche pas prise.) Est-ce que je peux faire quelque chose ?

— Non, ma belle, répond-elle avec douceur. (D'un geste qui ne lui ressemble pas, elle pose une main sur la mienne.) Il se trouve simplement que les gens comme nous ne sont pas les bienvenus dans cette maison.

— Pas les bienvenus ?

— Non, ce n'est pas…, proteste mon oncle en rougissant.

— Voyons, voyons, le coupe Frances de sa voix langoureuse et glaciale. J'ai seulement exprimé mon intérêt pour les théories de Herr Hitler concernant la race et la pureté culturelle. Personnellement, je n'ai rien contre les Juifs… mais il est crucial de préserver certaines valeurs.

— Vous n'êtes qu'une ignorante. Vous n'avez pas la moindre idée de ce dont vous parlez, s'enflamme Ursula.

— Ursula…, murmure Filomena en levant une main.

Je ne saurais dire si elle cherche à la faire taire ou à lui montrer son soutien.

— Je pense qu'il faut savoir raison garder, intervient oncle Léo, dont la nervosité saute aux yeux. Comme l'a souligné lady Bowling, il n'y a là rien de personnel. Personne ne devrait se sentir offensé.

— Je peux vous assurer que nous nous sentons personnellement visés, rétorque Ursula. C'est toujours ainsi que cela commence, ne comprenez-vous pas ? (Elle parcourt l'assemblée du regard.) L'intolérance et la haine... Il ne s'agit pas d'un marteau qui s'abat brusquement sur votre crâne. C'est quelque chose d'insidieux. (Son regard méprisant se pose sur Frances.) Tout débute dans un salon, avec une femme bien habillée qui boit du thé en évoquant « certaines valeurs ». Voilà comment ces vermisseaux parviennent à leur fin : ils rongent le fruit depuis l'intérieur. Et vous n'y voyez que du feu. Personne ne comprend ce qui se passe avant qu'il ne soit trop tard.

Sa rage l'embellit. Elle paraît faire trois mètres de haut et ses paroles sonnent comme un appel aux armes. J'ai le sentiment que tout le monde devrait se lever pour l'applaudir.

— Quelle comédie ! se moque pourtant Frances.

Ursula lui adresse un rictus hostile.

— Avant qu'il ne soit trop tard, répète-t-elle.

Elle quitte la pièce, suivie par un Klaus tout pâle. Je suis figée sur place.

— Je... Je..., bégaie Léo. Je ne sais pas quoi vous dire, Frances.

— Allons, Léo, le rassure sir Hugh. Il faut être indulgent avec notre ardente jeunesse.

— C'est bien elle, la dramaturge ? demande Frances à mon oncle, qui acquiesce d'un hochement de tête. Dans ce cas, son départ est peut-être une bonne chose, même si cela me fait de la peine. Il en va de votre intérêt. Ses œuvres sont interdites en Allemagne, précise-t-elle d'un ton badin, comme si elle était en train de commenter la météo. Nous vivons des temps incertains.

Léo semble songeur.

— Bien, dans ce cas, mon annonce arrive à point nommé. Je regrette de devoir écourter ton séjour parmi nous, ma chère, dit-il en se tournant vers moi, mais cette visite à l'ambassade britannique de Rome avec lady Bowling et ses charmants amis m'a donné le mal du pays.

Un frisson glacé parcourt tout mon corps. Je regarde Héro, pâle et silencieuse sur le canapé.

— Que voulez-vous dire par là ?

— J'ai organisé notre retour en Angleterre. Héro va rentrer dans le Suffolk avec moi pour y retrouver une éducation digne de ce nom. Depuis la mort de ma chère Thea, je me suis comporté comme un égoïste irresponsable. Il était temps que je m'en aperçoive. Frances va partir également ; nous l'escorterons jusqu'au Kent.

Frances lui adresse un signe de tête à peine perceptible, à la manière d'une reine félicitant l'un de ses courtisans.

J'en ai la tête qui tourne.

— Vous rentrez en Angleterre ? Mais quand ?

— Tout est déjà prévu, répond Léo avec un sourire radieux, comme s'il s'agissait là d'une excellente nouvelle. Nous partons à la fin de la semaine. J'ai déjà écrit à tes parents. Ils seront ravis de te revoir.

— Mais… Mais…

Mon cœur bat à tout rompre. Je cherche à accrocher le regard fuyant de Filomena, qui affiche un air calme et grave.

— Et Filomena ? je m'écrie enfin.

Visiblement mal à l'aise, Léo s'éclaircit bruyamment la gorge. Sa fiancée se lève et s'avance vers lui, aussi gracieuse qu'à l'ordinaire.

— Je vais rester pour veiller à ce que tout soit en ordre dans la villa. Je rejoindrai Léo dans un second temps.

— Merveilleux ! approuve mon oncle avec un râle de soulagement. C'est une excellente idée. Retrouve-nous plus tard, quand tout sera arrangé.

Il adresse un grand sourire à Frances et moi. Je me tourne à nouveau vers Héro, qui n'a pas ouvert la bouche depuis mon arrivée. Elle ne paraît pas vraiment bouleversée.

Elle s'y attendait. Elle semble triste, certes, mais résignée. Je repense à son attitude tout au long de l'été : son impatience et sa frustration, son envie de savourer chaque instant, comme si tout pourrait prendre fin trop tôt. À croire qu'elle savait que ce moment allait arriver.

— Dans ce cas, dit Filomena en se dirigeant vers la porte, je ferais bien d'aller m'occuper des préparatifs.

— Une autre tasse de thé, Frances ? propose Léo.

— Bien volontiers, merci.

Et ils reprennent leur conversation comme si de rien n'était. Quant à moi, je demeure figée sur place. Soudain, au milieu des pensées qui s'entrechoquent dans mon crâne, une idée se détache.

Ben.

CHAPITRE 38

Je passe des heures à parcourir le domaine, à commencer par la fontaine, mais Ben demeure introuvable. Lorsque je le débusque enfin, c'est dans le dernier endroit auquel j'aurais pensé : la chambre de Filomena.

Bien qu'il me tourne le dos, sa posture rigide me laisse deviner sa colère.

Filomena est en train de plier des habits, qu'elle range avec soin dans une valise ouverte sur le grand lit à baldaquin.

— Tu ne peux pas partir avec lui, assène Ben. C'est impossible.

— Que se passe-t-il ? je chuchote en refermant la porte derrière moi.

Ben fait volte-face, révélant des yeux pleins de flammes.

— Elle part. Elle part avec Hugh.

Je me fige, désorientée.

— Filomena… Pourquoi ? Je ne comprends pas.

— C'est vrai, répond Filomena. Je vais partir avec Hugh, car il m'a invitée à le suivre. (Elle m'adresse un petit sourire.) Et parce que je n'ai nulle part où aller. Je m'estime chanceuse.

— Mais ça n'a aucun sens ! Tu devais retrouver mon oncle et Héro en Angleterre.

Filomena s'assoit sur le lit.

— Je n'ai fait que réciter ce que Léo voulait m'entendre dire, explique-t-elle avec un haussement d'épaules. Ton oncle n'aime pas les conflits. Alors je lui ai fait un cadeau : une fin paisible à notre histoire. Je sais qu'il n'aurait pas voulu d'une dispute. Mais je sais aussi ce que son retour en Angleterre signifie : j'ai fait mon temps.

— Mais pas Hugh ! supplie Ben. Je t'en prie, Fil. Tu connais sa nature profonde.

— Oui, Ben, répond-elle, une lueur vive dans le regard. Et je suis capable de prendre soin de moi.

— Comme ma mère ? Pour lui, les femmes ne sont que des choses. Des objets à sa disposition.

— Je comprends que tu veuilles m'aider, rétorque Filomena avec une infinie douceur. Et j'aimais ta mère… autant que je t'aime toi, malgré ce que tu t'imagines. Je te suis reconnaissante de t'inquiéter pour moi. Mais je le connais et je me connais. Et je ne suis pas comme ta mère.

Après un long silence, Ben se retourne puis il quitte la pièce sans dire un mot. Je m'apprête à le suivre, mais Filomena me retient.

— Non. Laisse-le, au moins une minute. Il voudra te voir, mais pas tout de suite.

— Comment peux-tu être si calme ? je l'interroge, tandis qu'une rage grandit en moi. Comment fais-tu pour supporter tout ça ?

Elle hausse les épaules une fois encore, un geste de résignation et de lassitude.

— Pour moi, ça n'a rien d'une surprise. J'ai toujours su que mon histoire avec Léo prendrait fin un jour. Le tout était de savoir quand.

— Parce que tu ne l'aimes pas ?

Je repense à la distance qu'elle ménageait entre eux, à son refus de parler d'une date pour leur mariage.

Filomena m'adresse un regard plein de pitié.

— Parce qu'il ne m'aime pas. Il était seulement amoureux de ce que je représentais, et ça n'a duré qu'un temps.

Alors je comprends enfin ce qui m'a tant perturbée tout l'été, cette impression que je ne parvenais pas à définir précisément. Je croyais que les sentiments de Filomena n'étaient pas aussi passionnés que ceux de mon oncle. En réalité, elle ne faisait que se protéger, en prévision de ce qui est en train d'arriver.

— Ce n'est pas un mauvais homme, Béa, poursuit-elle en me prenant la main, d'un geste qui fait tinter ses bracelets en or. Mais il est influençable. Il laisse les autres lui dicter sa conduite. Il est l'esclave de ceux qu'il admire. Pour lui, je pense que j'étais… Comment dit-on, déjà ? Une nouveauté. Nous avons connu des moments de bonheur, de pur bonheur, et je dois m'en contenter.

— Ça ne suffit pas, je murmure.

Désormais, mon oncle m'apparaît tel qu'il est réellement : un homme influençable, facile à dominer, effrayé par toute forme de conflit. Ni mauvais ni faible, mais un peu écervelé.

— Écoute-moi, Béa. Avant ton départ, je voudrais que tu écoutes bien ce que j'ai à te dire.

Je lève la tête vers son regard déterminé.

— Ce que j'ai dit à Ben, je le pensais vraiment. Si je pars avec Hugh, c'est parce que je l'ai décidé. Je n'ai pas peur d'être seule, car j'ai conscience de ma force. Je sais ce que je veux ; c'est l'art qui me permet d'avancer, qui donne du sens à ma vie. L'art est ma priorité, pas les hommes. (Sa voix est grave, presque hypnotisante, et ses mots pénètrent jusque dans ma chair.) Tu es si forte, Béa. Tu es pleine de ressources, de joie, tu es douée pour la vie. Ta volonté et ton intelligence ne doivent pas rester enfermées. Affronte le monde et laisses-y une trace. Tu es brillante. N'autorise jamais personne à te faire croire le contraire. Ni tes parents ni personne d'autre.

Pendant quelques secondes, j'ai l'impression d'avoir reçu un violent coup sur le crâne. Mes oreilles bourdonnent et j'ai le vertige.

Puis, peu à peu, je comprends que Filomena ne fait que me conforter dans mes choix. Il m'est impossible de reprendre le fil de ma vie comme si de rien n'était. Si je me laisse entraîner vers le fond par les problèmes liés à Langton Hall, je finirai par dépérir.

Je veux être maîtresse de mon destin. Je veux aller à l'université pour m'y instruire. Je veux voyager et découvrir le monde. Et, pour la toute première fois, je n'ai pas peur de me battre pour y parvenir. Je regarde Filomena droit dans les yeux, puis je hoche la tête. Elle presse ma main dans la sienne, et je vois dans son regard qu'elle a tout compris.

— Vas-y, dit-elle.

CHAPITRE 39

Je retrouve Ben devant la fontaine. Notre fontaine. Il est debout, le regard perdu dans l'eau.

— Comment vas-tu ? je lui demande timidement, en posant une main sur son épaule.

Je le sens se détendre un peu à mon contact.

— Je ne sais pas, admet-il avant de pousser un profond soupir. Filomena a raison. Elle n'a pas besoin d'être protégée. J'étais en colère, c'est vrai, mais pas contre elle. (Il baisse les yeux, puis se tourne vers moi.) Je suis heureux de te voir une dernière fois, avant mon départ.

Le sol vacille sous mes pieds.

— Tu t'en vas.

— Oui. Tu m'imagines vraiment faire le beau pour Hugh et cette sorcière de lady Bowling ?

— Mais… et moi ?

— Et toi ? Tu pars aussi, non ?

— Ou… Oui, je crois.

— Alors, à quoi bon en parler davantage ? (D'un geste rageur, Ben passe une main dans ses cheveux.) Ton oncle va te raccompagner chez toi, Béa. L'été est fini. Notre grande expérience touche à sa fin.

Les mots sortent de ma bouche avant qu'ils se soient formés dans mon esprit.

— Mais je n'en ai pas envie. Et toi, c'est ce que tu veux ?

Ben secoue lentement la tête.

La joie m'envahit, laissant mon corps brûlant et engourdi. Je sens un sourire s'épanouir sur mes lèvres.

— Et si tu m'accompagnais ? Viens en Angleterre avec moi.

Ben éclate d'un rire triste.

— Oh ! je suis sûr que tes parents seraient ravis de me trouver dans tes bagages ! Ton oncle a parfaitement décrit la réaction qui serait la leur s'ils apprenaient qu'il y a eu quoi que ce soit entre nous.

— Je me fiche de leur avis. Et je suis surprise que tu puisses imaginer le contraire.

— Vraiment ? dit Ben en se frottant le front. Je te connais, Béa. Tu m'as expliqué à maintes reprises que tu avais le souci de leur plaire, de les rendre heureux. C'est important pour toi, quoi que tu prétendes.

— C'est vrai. C'était vrai. (Je peine à choisir les mots justes.) Si je m'efforce de faire partie de leur monde, nous serons tous très malheureux. Je dois tout faire pour l'éviter. Je vais aller à l'université. Voilà ce que je veux, ce que j'ai toujours voulu. Étudier la médecine, peut-être. Trouver un moyen d'aider les autres, de changer les choses.

Ben sourit, et cette fois il s'agit d'un authentique sourire.

— C'est formidable. Tu seras formidable, j'en suis sûr.

— Et tu pourrais m'accompagner.

— Pour faire quoi ? (Ben s'éloigne d'un pas nerveux, puis se retourne.) Écoute, on m'a passé une commande en Espagne. Une commande importante, de celles qui pourraient tout changer. Tu as ta vie à vivre, Béa, et j'ai la mienne. Je ne veux pas retourner en Angleterre, mais toi, c'est ce que tu devrais faire. C'est la solution la plus rationnelle, conclut-il avec un petit sourire.

Je sens mes membres s'engourdir un à un. Ses mots semblent venir de très loin.

— J'en ai bien conscience, je parviens à articuler. Je sais que c'est logique, mais… mais ce que je ressens pour toi n'a rien de rationnel.

L'instant d'après, nous échangeons un baiser sauvage et désespéré, si féroce, dévorant et intime que j'en ai presque mal. J'ai l'impression de n'être plus qu'une boule de matière en fusion. Comme si j'avais confié mon âme à Ben, et qu'il m'avait confié la sienne en retour. Nos corps s'emboîtent, à croire qu'ils ont été conçus à cet effet, ce que je suis toute prête à penser. C'est un baiser gonflé d'espoir, de tendresse et de chagrin, et je tremble comme une feuille lorsque nous nous séparons enfin.

— Ce que je ressens pour toi n'a rien de rationnel non plus, dit Ben. Mais ça ne change pas la réalité. Nous avons toujours su que notre histoire prendrait fin en même temps que l'été. C'est d'ailleurs pour cela que nous avions fixé des règles.

— « Tu ne dois pas, quoi qu'il arrive, tomber amoureuse de moi », je récite à voix basse.

— Exactement.

— Alors tu vas partir en Espagne ? je lance d'un ton amer, projetant sur lui mes mots pleins de colère. Pour y faire quoi ? Peindre ? Séduire des femmes ? Continuer à ignorer le monde qui t'entoure ? Ce n'est pas seulement moi que tu essaies de fuir. Tu préfères enfouir la tête dans le sable, tellement ce qui se passe te fait peur. Tu es prêt à accepter de l'argent de n'importe qui, sans chercher à savoir ce qu'il y a derrière. Tu ne comprends donc pas que ces gens, tous ces riches mécènes qui sont ravis d'aller dîner chez un dictateur… sont les mêmes qui n'hésiteraient pas à faire du mal à tes amis. Ursula et Klaus. Gert et Lili. (En le voyant vaciller, je devine que ma flèche a touché sa cible.) Tu as peur, je poursuis avec un calme qui m'étonne moi-même. Tu es trop effrayé pour affirmer tes désirs. Tes convictions. Crois-tu vraiment que je me préoccupe de ton passé ? Ne crois-tu pas que je serais prête à me battre pour toi, à te défendre ? Tu es un lâche. Tu es un lâche qui tourne le dos à une histoire potentiellement sérieuse.

Il y a un long silence. Je suis foudroyée par la colère, la tristesse, la douleur et tant d'autres émotions dont je perçois le reflet dans le regard de Ben.

— Tu as peut-être raison, dit-il enfin, retrouvant sa nonchalance habituelle en dépit de sa voix rauque.

Il n'ajoute rien de plus. J'ai à la fois envie de le boxer et de l'embrasser. J'ai eu l'occasion de faire les deux et, à cet instant, je ne saurais dire ce qui m'apporterait le plus de satisfaction.

Il pose une main sur ma joue.

— Je n'avais pas l'intention d'enfreindre les règles, murmure-t-il. Mais je n'ai pas pu faire autrement.

Puis il s'éloigne et disparaît.

CHAPITRE 40

Depuis le pont du bateau, la poitrine emplie d'émotions contradictoires, je regarde les falaises blanches de Douvres apparaître à l'horizon. Je ne suis plus celle qui vient de quitter l'Angleterre et qui, pour la première fois, tournant le dos à ces mêmes falaises, goûte à la liberté. Mon cœur est cabossé, meurtri, moins ouvert qu'il l'était alors. *J'ai fini par vivre toutes ces expériences dont j'avais tant rêvé*, me dis-je en serrant les lèvres. Étonnamment, je me sens beaucoup plus vieille qu'il y a deux mois. C'est fou comme un seul été peut vous changer du tout au tout.

Mais je n'y renoncerais pour rien au monde. Même à cette douleur qui me dit que je suis vivante, plus vivante que je ne l'ai jamais été.

Mon oncle est quelque part sur le pont inférieur, occupé à flatter lady Bowling. Je me demande ce que l'avenir lui réserve, s'il changera encore, s'il deviendra à nouveau quelqu'un d'autre pour plaire à quelqu'un d'autre. Il est inconstant et va où le vent le porte.

Grâce à mon pantalon, je peux grimper sans peine jusqu'à la proue du bateau. J'ai laissé mes anciens vêtements à la villa, en compagnie de la fille qui les portait autrefois. Je suis plus forte, désormais. Je sais ce que je veux, et je sais comment l'obtenir. Je vais profiter de ma vie jusqu'à la dernière goutte de bonheur. Je ne vais plus me contenter d'être celle qu'on voudrait que je sois.

Ce sont les bénéfices concrets de mon expérience, et cela va bien au-delà de notre histoire, à Ben et moi. Dans ma valise se trouve un carnet rempli de listes : celle de tous les oiseaux que j'ai vus, celle de nos baisers et celle des choses que je veux faire une fois rentrée.

— Que caches-tu dans ta main ? me demande Héro, qui vient de me rejoindre à la proue.

Au moment de partir, j'ai trouvé la fleur posée sur ma valise. Je la tiens précieusement entre mes doigts, tandis que le vent tourbillonne tout autour de moi. Ses pétales blancs délicats, déployés comme les bras d'une étoile, sont aussi doux que du velours. Elle dégage une odeur entêtante à vous donner le vertige.

Je ne sais pas où il l'a trouvée.

— *Gardenia jasminoides.*

— Qu'est-ce que ça veut dire ? m'interroge Héro en fronçant les sourcils.

— Ça veut dire « je t'aime ».

J'ouvre les doigts, et le gardénia s'envole. Je le regarde se poser sur la mer, danser à sa surface.

ÉPILOGUE

Angleterre, juillet 1937

BÉATRICE
« Je vous connais depuis longtemps. »

William Shakespeare,
Beaucoup de bruit pour rien, Acte I, Scène 1

— Nous allons recevoir de la visite, lance mon oncle en entrant dans la pièce, un télégramme à la main. Des amis de longue date.

— Ah ?

Je me résous à lever les yeux de mon livre. J'ai beau être en vacances pour l'été, je n'ai pas l'intention de négliger mes études. Mère et Père sont parvenus à me faire passer quinze jours chez Léo et Héro dans le Suffolk au prix d'un redoutable chantage affectif, mais comme je le leur ai expliqué, quand on étudie à Oxford, la période des examens n'est pas à prendre à la légère.

Au moins, cela me permet d'échapper à leurs tentatives de me trouver un époux. J'ai cru comprendre que ce pauvre Cuthbert Astley compte leur rendre visite ; mes parents le considèrent toujours comme un gendre satisfaisant. J'avais espéré que mon obtention d'une bourse pour étudier la médecine apaiserait leurs ardeurs, mais j'étais bien naïve. Chassez le naturel, il revient au galop. J'avais beaucoup changé au cours de cet été en Italie, tandis que mes parents étaient restés les mêmes. Ils n'ont pas évolué depuis.

Cela dit, je supporte bien mieux leurs lubies maintenant que j'ai une vie à moi, et qu'elle n'est pas confinée entre les murs lugubres de Langton.

La semaine dernière, j'ai entendu ma mère se confier au pasteur : « Sans surprise, Béatrice est déjà presque médecin. Première de sa classe. » Son ton indifférent ne suffisait pas à masquer un frémissement de fierté qui m'a coupé le souffle. « Les voies du Seigneur sont impénétrables », a répondu le pasteur.

— De qui s'agit-il ? demande Héro en se levant d'un bond.

Ma cousine se met à sautiller autour de son père. Dans de pareils moments, elle semble incroyablement jeune. Malgré ses dix-huit ans, je retrouve ma petite cousine, celle qui voulait m'entendre répéter encore et encore l'histoire du crapaud.

Peut-être son côté enfantin est-il le fruit des cajoleries de Léo. Par bonheur, son association avec lady Frances Bowling n'a duré que quelques mois. Après avoir très brièvement fréquenté l'Union des fascistes britanniques de Mosley, mon oncle s'est résigné à un célibat joyeux, concentrant toute son attention sur sa fille.

— Peter, un vieux compagnon d'armes, et son frère John, répond Léo.

— Je ne les connais pas, se désole Héro.

— Peter t'a connue toute petite. Mais ce ne sont pas les vieux amis que j'évoquais. Ils sont accompagnés d'un groupe de jeunes gens qui combattaient en Espagne.

Je tends une oreille intéressée.

— Oh ? Je suis curieuse de savoir ce qui se passe là-bas. Il est heureux que certains aient assez de convictions pour se décider à agir.

— Oui, ces fascistes sont une abomination ! s'écrie Léo avec ferveur, ce qui ne manque pas de me faire sourire. Il n'y a rien de bon à en tirer. Cela dit, je ne suis pas persuadé que ces garçons aient raison de se mêler d'une histoire qui ne les concerne pas.

— Si j'étais un homme, je les rejoindrais, j'affirme résolument.

Léo affiche une mine horrifiée.

— Mais qui sont ces gens ? insiste Héro.

— Je ne suis pas certain que vous vous souveniez d'eux. Vous les avez rencontrés il y a des années, quand nous vivions... Ah ! en Italie. La bande d'artistes.

Mon livre me glisse entre les doigts, puis heurte le sol dans un bruit sourd. Je me penche aussitôt pour le ramasser, avec l'espoir de parvenir à dissimuler mon trouble.

— Klaus ? s'écrie Héro, aux anges.

— C'est bien lui, confirme Léo en souriant. Avec l'un de ses compagnons d'alors.

Il consulte le télégramme.

— S'agirait-il du signor Benedick ? je suggère d'une voix parfaitement calme.

— Ben ! s'exclame Léo. C'est bien lui. Figurez-vous qu'ils peuvent arriver à tout moment. Visiblement, le garçon du bureau de poste n'était pas pressé de nous délivrer ce télégramme.

Avec un sens de l'à-propos presque comique, un coup de klaxon retentit dans la cour.

— Ah ! lance Léo. Les voilà déjà.

Nous le suivons jusqu'à la porte qui mène à l'allée de gravier.

À l'ombre du porche, je regarde les portières des deux voitures s'ouvrir. Plusieurs hommes en sortent. Parmi eux, je repère d'abord Klaus. Il est toujours aussi beau, bien que ses traits me semblent plus marqués que dans mon souvenir. Puis, émergeant en dernier, Ben apparaît.

Mon cœur bat si fort qu'il couvre leurs paroles. J'étudie Ben avec attention. Ses cheveux dorés, ses yeux bleu clair plissés par un rire. Il me paraît plus grand qu'autrefois, et il est indéniablement plus maigre. Il est bronzé et ses vêtements sont très usés. Ses traits ne sont pas tout à fait les mêmes qu'à l'époque de la villa ; ils sont plus tranchants. Un visage d'homme, peut-être, non plus d'un jeune garçon. Il lance quelques mots qui font éclater de rire ses compagnons, mais il est interrompu par Héro, qui dévale les marches et se jette droit dans les bras de Klaus.

Je m'avance en pleine lumière.

— Je me demande pourquoi tu t'obstines à parler, Ben, je lâche, fière de constater que ma voix ne trahit en rien l'émotion que j'éprouve. Il est évident que plus personne ne t'écoute.

Il tourne les yeux vers moi, et les quatre années passées s'évanouissent aussitôt.

— Bonjour, Béa, dit-il d'une voix douce en marchant à ma rencontre. Pourquoi tant de dédain ?

Il m'adresse un regard de défi.

— Et pourquoi pas ? Il y a tant à dédaigner.

Je le dévisage des pieds à la tête, avant de plonger mes yeux dans les siens.

J'ignore combien de temps nous nous regardons, mais une sensation familière reprend possession de moi. Soudain, Ben sourit, et une lueur s'allume dans ses prunelles.

Un sourire s'épanouit sur mes lèvres.

Oh, oui ! Nous allons bien nous amuser.

Fin
du commencement.

REMERCIEMENTS

J'ai de nombreuses raisons d'être reconnaissante et quantité de personnes à remercier d'avoir donné vie au livre que vous tenez entre vos mains. Je n'en reviens toujours pas que le frémissement d'une vague idée née dans mon cerveau ait pu aboutir à cet objet magnifique, bien réel. Rien de tout cela n'aurait pu arriver sans toute une équipe de personnes.

C'est à mon agent, Louise Lamont, que devrait revenir l'essentiel du mérite. Après nous être envoyé pendant des années des gifs et des photos de *Beaucoup de bruit pour rien* pour célébrer différents moments de notre vie, il était logique que nous finissions par concevoir ce joyeux livre ensemble. Merci infiniment pour tout ce que tu fais, merci de rendre mon travail si amusant, et merci de ne pas m'avoir incitée à mettre plus de fascisme.

À mon éditeur, Gen Herr, merci une nouvelle fois d'être mon ami, mon soutien, et la personne en qui j'ai le plus confiance. Merci d'avoir accepté de lire le fouillis inachevé qu'était la première version de ce livre et de m'avoir aidée à la transformer en cette œuvre que j'adore. Je n'aurais pu y arriver avec personne d'autre ; ce roman est aussi le tien.

Merci à tous les membres de l'équipe de Scholastic pour leur travail acharné et leur enthousiasme qui m'a donné la force d'aller jusqu'au bout. Un merci tout particulier à Harriet Dunlea, Kate Graham, Emma Jobling et Pete Matthews. Merci à Sophie Cashell, Lauren Molyneux, Lauren Fortune et Sam Smith de m'avoir épaulée quand j'en avais le plus besoin. Merci à Jamie et Yehrin de s'être à nouveau alliés pour créer cette merveilleuse couverture. Je ne pourrais rêver d'une meilleure équipe.

Merci aux incroyables lecteurs, blogueurs et auteurs qui m'ont témoigné, ces deux dernières années, une affection qui me donne envie de pleurer. Je vous aime tous énormément. Un merci tout particulier à Amy McCaw, Chelle Toy, Jo Clarke, Liam (@notsotweets) et Claire (@thechesilbeach) pour leur soutien indéfectible sur Twitter – où en serais-je sans vous ! À ces rayons de soleil humains que sont Alice Broadway, Melissa Cox, Lauren James, Katherine Woodfine, Maggie Harcourt, Laini Taylor, Ella Risbridger, Lucy Powrie et Lucy Strange, merci, merci, merci d'avoir été si généreuses avec moi. Je respecte énormément votre opinion, et vos commentaires sur mon premier voyage dans l'univers des romans YA ont eu une importance cruciale et ont rendu ce livre possible.

Merci à mes amis et à ma famille pour leur soutien indéfectible. Ma mère et mon père restent pour moi un modèle de parents fiers et solidaires, sans qui je serais perdue. Lorsque ce roman sortira, je serai sur le point d'avoir une nouvelle sœur, et je suis folle de joie que mon petit frère ait trouvé sa moitié. Je vous aime tous les deux ! Je dois des remerciements particuliers à Mary Addyman, qui apporte de la joie, des rires et des gâteaux dans ma vie chaque fois que j'en ressens le besoin. Le plus grand et le plus important de tous mes mercis va à Paul. Ce livre est spécial pour de nombreuses raisons, mais l'une d'elles est que *Beaucoup de bruit pour rien* était l'une de ces choses que nous avions en commun depuis le début. Celui-ci t'est dédié, car tu es ce que j'aime le plus au monde.

Et enfin, merci beaucoup, beaucoup à mes (futurs) meilleurs amis : Emma Thompson et Kenneth Branagh. J'ai vu votre adaptation de *Beaucoup de bruit pour rien* l'année de mes seize ans, et cela m'a fait découvrir un monde totalement nouveau. En donnant vie à Shakespeare, vous avez changé mon existence.

Ouvrage composé par
PCA – 44400 REZÉ

Imprimé en France
par Normandie Roto Impression s.a.s.
61250 Lonrai
N° d'impression : 2302102
S31166/02

#lisez! engagé
www.lisez.com
Pour plus d'information :
Imprimé sur du papier issu de forêts gérées durablement.

PKJ • www.pocketjeunesse.fr
• POCKET JEUNESSE

92, avenue de France – 75013 Paris